Oetinger

Karen-Susan Fessel, 1964 in Lübeck geboren, studierte Theaterwissenschaften, Germanistik und Romanistik und arbeitet als freie Journalistin und Autorin. 1999 erschien ihr erstes Kinderbuch, *Ein Stern namens Mama*, das sowohl auf die Bestenliste des Zürcher Kinderbuchpreises »La vache qui lit« als auch auf die Empfehlungsliste des Evangelischen Buchpreises gesetzt wurde. Ihr Jugendbuch *Und wenn schon!* wurde 2003 für den Deutschen Jugendliteraturpreis nominiert. Ihre Bücher sind bereits in mehrere Sprachen übersetzt worden.

Karen-Susan Fessel

Lametta am Himmel

Verlag Friedrich Oetinger · Hamburg

Karen-Susan Fessel bei Oetinger

Ausgerechnet du
Lametta am Himmel
Ein Stern namens Mama
Steingesicht
Und wenn schon!*
*nominiert für den Deutschen Jugendliteraturpreis

Einband von Kerstin Schürmann, formlabor
Satz: Dörlemann Satz, Lemförde
Druck und Bindung: Clausen & Bosse, Leck
Printed in Germany 2004
ISBN 3-7891-3510-0

www.oetinger.de

Kapitel 1

Das blaue Auto

Eigentlich war es ein Tag wie die meisten anderen auch. Oder fast jeder andere. Es sind ja sowieso nicht alle Tage gleich, klar, wo es ja schon Sommer und Winter und Herbst und Frühling gibt und es mal kalt oder warm ist oder regnet und so. Und Ferien sind anders als Schultage, und Wochenenden sind auch anders als Schultage, das schon. Aber meistens sind doch alle Tage irgendwie gleich oder jedenfalls ähnlich. Außer wenn ich Geburtstag hab und Weihnachten und Ostern noch.

Und wenn Mama mal kommt. Aber das weiß ich ja nie vorher und deshalb kann ich das nicht so richtig mitzählen, find ich.

Jedenfalls war dieser Tag einer wie die meisten anderen auch, und ich hätte nie gedacht, dass er ganz anders aufhören würde. Er fing nämlich schon so doof an wie ganz oft. Aufstehen und frühstücken ging ja noch, aber dann …

1 »He, Missgeburt!«

Ich drehte mich nicht um. Ich ging einfach weiter, einen Fuß vor den anderen, und guckte geradeaus auf das zerbeulte Schild an der Bushaltestelle weiter unten an der Straße.

»Monsterauge! Kaya Monsterauge!« Marcos Stimme kam näher. Ich drückte die Schultern noch ein bisschen mehr durch. Mein schlimmes Auge juckte ein bisschen, aber das hatte nichts zu bedeuten. Mein schlimmes Auge juckt oft.

Unter dem Schutzdach der Bushaltestelle wartete Peggy auf mich. Ein Stück neben ihr stand Jasmin und hinten am Pfeiler lehnte einer von den großen Jungs aus dem Dorf, von dem ich den Namen nicht kenne. Peggy fummelte an ihrer Haarspange rum, die Zunge zwischen die Lippen geklemmt, der große Junge hörte Walkman, und Jasmin kramte in ihrem Rucksack. Keiner von ihnen sah zu mir rüber. Zum Glück nicht.

»Missgeburt!« Marcos schrille Stimme war jetzt direkt neben mir. »Monsterauge!«, schrie er. »Und tschüss denn!«

Ich hörte, wie das Mofa aufheulte, und dann raste es auch schon an mir vorbei. Dennis, Peggys großer Bruder, hockte mit gekrümmtem Rücken auf dem Sitz, und Marco hatte sich hinter ihn gequetscht und die Arme um Dennis' Taille geschlungen. Aus dem Augenwinkel konnte ich sehen, wie Marco mir die Zunge herausstreckte, aber ich tat einfach immer noch so, als wäre ich nicht nur halb blind, sondern ganz. Und dazu auch noch taub.

»Bis gleich, Missgeburt!«, brüllte er ein letztes Mal mit überkippender Stimme zu mir herüber. Dann gab Dennis Gas und brauste an der Bushaltestelle vorbei, und einen Moment später waren die beiden auch schon den Berg hinuntergesaust und um die Kurve verschwunden.

Ich ging weiter auf die Bushaltestelle zu, wo Jasmin immer noch in ihrem Rucksack kramte und der große Junge immer noch Walkman hörte, als hätten sie nichts mitgekriegt. Vielleicht stimmte das ja auch, aber ich glaubte es eigentlich nicht. Die meisten Leute tun nämlich bloß immer so, als wär nichts gewesen, wenn irgendwas Fieses passiert.

Aber Peggy sagte dann doch was, als ich mich neben sie stellte. »Sind die doof, wa, die beiden?«, sagte sie und rückte ihre Haarspange zurecht, so 'ne richtige Mädchenspange, rosa mit Schmetterlingen drauf. Peggy trägt immer so Mädchenzeugs. Ihre Mutter übrigens auch.

»Saudoof«, sagte ich und zuckte mit den Schultern. Mehr nicht. Was soll man zu so einem Scheiß auch sagen?

Peggy und ich standen da und guckten den Berg hoch. Von dort würde der Bus kommen, aber jetzt rasten nur ein paar

Autos hintereinander mit aufgeblendeten Scheinwerfern auf uns zu, preschten vorbei und sausten steil runter bis unten zur Kurve.

Ich würde zu gerne auch mal von ganz da oben mit 'nem Fahrrad runterbrettern, aber ich hab keins. Peggy auch nicht. Und außerdem dürften wir gar nicht. Wir dürfen ja noch nicht mal allein über die Straße. Nur übern Zebrastreifen direkt vor der Bushaltestelle, weil die Straße so gefährlich ist.

Stimmt ja auch – die Autos, die von oben kommen, rasen wirklich meistens wie irre den Berg runter, so schnell kann man oft gar nicht gucken. Bei uns vorm Haus ist sogar mal ein Auto, das 'nem Reh ausweichen wollte, in den Holzzaun gekracht. Ich war da gerade in der Schule, deshalb hab ich nicht selbst gesehen, wie es passiert ist. Aber der Zaun ist immer noch nicht repariert. Ein dickes Loch ist drin, doppelt so breit, wie ich groß bin, und an den Rändern hängt zersplittertes Holz.

Peggy und ich standen also da und guckten den Berg hoch, da hörte ich, wie es hinter mir klatschte, und ich drehte mich um. Jasmins Rucksack war runtergefallen. Sie hatte eine knallrote Birne, als sie ihn wieder aufhob, und sie sah mich gar nicht erst an. Aber der große Junge starrte mir voll ins Gesicht, und dann rutschte sein Blick hoch und blieb an meinem schlimmen Auge hängen. Sein Mund verzog sich zu einer leicht angeekelten Grimasse, und er drehte sich weg.

»Der Bus!«, rief Peggy. Oben war tatsächlich der Bus aufgetaucht. Er donnerte den Berg herunter und hielt mit einem satten Quietschen direkt vor uns, mit der Schnauze genau da, wo der Zebrastreifen beginnt. Als die Tür aufging, war von drinnen lautes Kreischen zu hören, und ein Papierball flog knapp an mir vorbei und landete im matschigen Laub am Straßenrand.

Peggy guckte auf das Gewimmel hinter den Fenstern und seufzte. »Manno! Schon wieder kein Sitzplatz!«

»Wetten, doch?«, sagte ich, und dann war ich auch schon wie der Blitz an der Tür. Als Erste natürlich.

2 Peggy und ich kriegten natürlich zwei Plätze, und sogar nebeneinander. Dazu musste ich nur zwei Erstklässlerinnen von ihren Sitzen verscheuchen, und das schaffte ich locker: Eine fiese Grimasse und – schwupp! – waren sie weg. Bei Jüngeren klappt das eigentlich immer. Solange der Fahrer nicht hinsieht. Aber der hat ja was Besseres zu tun: Berge runterdonnern und haarscharf vor Zebrastreifen halten, zum Beispiel. Und auch sonst kümmert der Fahrer sich eigentlich nie groß drum, was in seinem Bus los ist. Sogar wenn wir einsteigen, sieht der nicht hin und starrt immerzu geradeaus, als gäbe es da sonst was zu sehen. Ich glaube, da könnten drei Bären einsteigen und der würde es nicht mal bemerken.

Ich rutschte durch ans Fenster und lehnte die Stirn an die Scheibe. Draußen flogen die letzten Häuser des Dorfes vorbei.

»Hast du die Matheaufgaben gemacht?«, fragte Peggy neben mir.

Meine Stirn machte ein leise quietschendes Geräusch an der Scheibe, als ich den Kopf schüttelte. Ich kniff mein gesundes Auge zu, und die Gebäude und Bäume draußen verschwammen zu grauen Schatten, mit hellem Geflimmer dazwischen. Wie Schneegeriesel auf dem Bildschirm vom Fernseher, wenn der Empfang mal wieder schlecht ist.

»Und Erdkunde?«, fragte Peggy. »Hast du Erdkunde geübt?«

»Nö. Du?«

»Na klar«, sagte Peggy entrüstet. »Morgen schreiben wir doch die Arbeit!«

Peggy übt immer. Ich glaube fast, das macht ihr sogar Spaß.

»Du, weißt du was?«, sagte sie jetzt. »Übernächste Woche gehe ich ins Kinderballett! Nach Wernigerode, mit Mama und Dirk.« Dirk ist der Freund von Peggys Mama, Peggys Stiefvater sozusagen. Er wohnt auch bei ihnen.

»Na, das ist ja der Hammer!« Ich machte mein gesundes Auge wieder auf, um sehen zu können, wie mein Atem die Scheibe beschlagen ließ. »Und Dennis? Kommt der denn auch mit?«

»Quatsch!«, sagte Peggy, fast ein bisschen beleidigt. »Der doch nicht! Aber ich dachte, vielleicht willst du ja mit?«

»Uäää!«, sagte ich und tat so, als müsste ich würgen, und die Scheibe quietschte wieder. Meine Stirn war schon eiskalt. Bis zum Winter war's nicht mehr lang hin.

Peggy schwieg, jetzt wirklich beleidigt. Das ist sie immer, wenn ich sie mit ihren Hobbys aufziehe. Na ja, Hobbys sind es ja eigentlich nicht. Eher Sachen, für die sie sich total begeistert. Peggy ist ein richtiger Fan. Wovon, das wechselt allerdings ständig. Letztes Jahr war Peggy Eislauf-Fan. Dann war sie Diddl-Fan, und dann, im Frühjahr, redete sie nur noch von Hamstern. Sie hat aber keinen gekriegt, und seitdem steht sie auf Ballett. Also ehrlich, Ballett! Mit Röckchen und Beinchen-streck-dich und so. Das ist doch echt albern! Mal sehen, was als Nächstes kommt.

Draußen auf der Landstraße zogen die Bäume vorbei. Das Laub leuchtete in vielen Farben, wie ein braungrünes Meer mit roten Tupfern darin. Der Bus schwenkte nach links, und wir überholten Dennis und Marco auf ihrem Mofa. Dennis hing über dem Lenker, und Marco lugte mit zusammengekniffenen Augen an Dennis' Helm vorbei nach vorne. Ich presste die Handflächen an die Scheibe und streckte Marco die Zunge raus, so weit, wie ich konnte.

Aber Marco guckte leider nicht zu mir her. Er starrte angestrengt nach vorne, und sein Gesicht war vom Fahrtwind heftig gerötet.

»Affenarsch«, sagte ich leise gegen die Scheibe. Sie beschlug von neuem, und die Jungs dahinter waren nicht mehr zu sehen.

War ja klar, dass Marco mich nicht hörte. Aber trotzdem.

3 In Mathe kam ich nicht dran, das war schon mal gut. Ich hatte schließlich keine einzige Aufgabe zu Hause gemacht. Und Peggy, die neben mir saß, hätte mir auch nicht groß vorsagen können. Ihre Lösungen waren fast alle falsch, wie meistens in Mathe.

Danach hatten wir Erdkunde. Darin bin ich echt gut, und ich war richtig schadenfroh, als Frau Smorra die große Deutschlandkarte runterrollte und Marco aufrief. Er sollte die Hauptstädte der Bundesländer benennen. Konnte er aber nicht.

»Wie heißt denn die Hauptstadt von Bayern?«, fragte Frau Smorra.

Marco sitzt ganz hinten, neben Ronny, mit dem er andauernd rumalbert. Aber jetzt war er mucksmäuschenstill.

»Marco? Die Hauptstadt von Bayern?«

»München, oder?«, flüsterte Peggy mir zu.

»Ruhe!«, rief Frau Smorra. »Marco? Und, Ronny, nicht vorsagen, ja?«

Ich hätte zu gern Marcos dummes Gesicht gesehen, aber dazu hätte ich mich einmal ganz herumdrehen müssen, und das wär dann doch zu auffällig gewesen. Denn wenn Marco das mitkriegt, bleibt's nicht bei blöden Sprüchen.

Von hinten hörte ich ein Flüstern, und dann sagte Marco mit etwas unsicherer Stimme: »München?«

Frau Smorra sah ein bisschen so aus, als hätte sie in eine Zitrone gebissen, aber sie nickte. »Richtig«, sagte sie. »Und die Hauptstadt von Sachsen-Anhalt?«, fragte sie. »Kannst du mir die vielleicht nennen, ohne dass dir einer vorsagt, Marco?«

Marco schwieg. Die ganze Klasse war still.

»Sachsen-Anhalt, das ist das Bundesland, in dem wir leben«, erklärte Frau Smorra. »Wie heißt da die Hauptstadt?«

»Wernigerode?«, riet Peggy neben mir.

»Marco?«, fragte Frau Smorra. »Na, so viele große Städte haben wir hier doch nicht. Welche könnte es sein?«

»Wernigerode?«, schlug Marco vor.

»Siehste!«, flüsterte Peggy begeistert.

Frau Smorra seufzte. »Nein. Wernigerode nicht.«

»Ach nee, doch nicht«, sagte Peggy enttäuscht.

»Habt ihr das denn nicht gehabt letztes Jahr?«, fragte Frau Smorra. Marco ist nämlich sitzen geblieben und macht die Fünfte jetzt zum zweiten Mal, aber viel nützt ihm das offenbar auch nicht. »Also, die Hauptstadt von Sachsen-Anhalt, wer kann mir die nennen?«

Ein gutes Dutzend Hände flogen hoch und eifriges Schnipsen setzte ein. Ich meldete mich nicht, obwohl ich die Antwort wusste. Wenn's um Länder und Städte geht, weiß ich fast alles. Aber ich melde mich trotzdem fast nie. Ich kann's nicht leiden, vor der Klasse zu reden. Irgendwer macht immer 'ne blöde Bemerkung. Auch bei anderen machen sie das, klar. Aber mir reicht es auch so schon, das mit den blöden Sprüchen, die ich ständig zu hören krieg.

Frau Smorra sah sich nachdenklich in der Klasse um, und ihr Blick glitt über mich hinweg, als wäre ich gar nicht da. »Jasmin!«, rief sie schließlich, und Jasmin antwortete artig wie aus der Pistole geschossen: »Die Hauptstadt von Sachsen-Anhalt ist Magdeburg.«

»Sehr gut«, sagte Frau Smorra zufrieden.

Der dicke Tom rief höhnisch: »Toll, Jasmin, toll!«, und die halbe Klasse begann zu grölen und wild in die Hände zu klatschen.

»Ruhe!«, rief Frau Smorra verärgert.

Ich konnte es einfach nicht lassen und drehte mich nach Jasmin um. Sie hatte schon wieder einen hochroten Kopf und guckte angestrengt in ihren Rucksack. Kommt davon, wenn man so eine Streberin ist.

»Hü!«, flüsterte ich, und Peggy neben mir musste lachen. Jasmin hat nämlich einen Pferdetick, und Peggy und ich machen uns immer darüber lustig. Auf fast allen ihren Sachen sind Pferde drauf, sogar auf ihrem Rucksack.

»Jasmin, leg bitte deinen Rucksack zur Seite«, sagte Frau Smorra. »Und Marco kommt nach vorne. Wir gehen jetzt noch mal die Bundesländer und ihre Hauptstädte durch. Ich hab den Eindruck, das sitzt noch nicht so richtig.«

Marco ging maulend nach vorn, und ich konnte den Rest der Stunde gemütlich verträumen, wie meistens. Das mach ich am liebsten: aus dem Fenster gucken und träumen. Deshalb sitz ich ja auch immer am Fenster, und zwar so, dass ich mit dem gesunden Auge gut rausgucken kann. Für die Seite mit der Klasse und der Tafel reicht auch mein schlimmes Auge.

Schule ist nicht so mein Fall. In Erdkunde bin ich ja gut, und Mathe geht auch so. Aber in Deutsch bin ich nicht so besonders, denn Lesen ist bei mir schlecht und Schreiben geht eigentlich gar nicht. Am schlimmsten sind die Diktate – ich kann mir die meisten blöden Buchstaben einfach nicht merken. Und die, die ich mir merken kann, bring ich ständig durcheinander. Wenn ich was schreiben will, verdrehen die Buchstaben sich immer in meinem Kopf und am Ende steht auf dem Papier irgendwas, aber nicht das, was da stehen soll. Da kann ich üben, so viel ich will, und deshalb üb ich auch gar nicht mehr. Bringt ja sowieso nichts.

Überhaupt ist das komisch: Jasmin übt einmal und kann sofort alles, Peggy lernt ständig und kann trotzdem fast nichts, Marco macht zweimal die Fünfte und kann immer noch nichts, und ich übe nie und kann ein paar Sachen gut und andere gar nicht. Wie eben Schreiben zum Beispiel. Aber das fällt gar keinem mehr auf. In der Ersten und Zweiten, da hat unsere Klassenlehrerin noch manchmal extra mit mir lesen und schreiben geübt, aber das ist jetzt schon lang nicht mehr so.

Wie gesagt, am liebsten verträum ich die Stunden. Manchmal kneif ich dabei mein gesundes Auge zu – dann sehe ich nämlich jedes Mal wieder was Neues, fliegende Schatten und verschwommenes Licht und anderes Zeug. Macht richtig Spaß.

Und genau das tat ich auch jetzt. Ich saß ganz bequem da,

sah aus dem Fenster, kniff ab und zu mein Auge zu und überlegte mir, was ich am Nachmittag machen würde – mal wieder im Wald herumstreunen oder zum Gutshof laufen und in meiner Lieblingsscheune nach Schätzen suchen –, da schreckte mich ein lautes Surren aus meinen Träumen. Marco saß wieder auf seinem Platz, und Frau Smorra hatte die Karte zusammengerollt.

»So, und nun schlagt eure Hefte auf!«, rief sie. »Wir schreiben jetzt einen Test!«

Nein wirklich, Schule ist echt nicht mein Fall. Peggys allerdings auch nicht.

»Hilfe!«, flüsterte sie.

4

Auf dem Rückweg saß Marco mit im Bus und markierte mal wieder den dicken Maxe. Er rüttelte wie wild am Sitz vor ihm und zog dem Mädchen, das da saß, an den Haaren, bis es heulend das Feld räumte. Marco trommelte sich auf die Brust, stieß ein Affengeheul aus und sah sich triumphierend um. Peggy und ich saßen ganz hinten, und ich machte mich klein und hoffte, dass Marco mich gar nicht bemerkte.

Aber natürlich tat er das doch.

»He, Monsterauge«, schrie er zu mir rüber. »Schieb deine hässliche Fresse zur Seite, sonst muss ich kotzen!«

Ein paar von den anderen Kindern lachten, und ich drehte den Kopf weg und sah aus dem Fenster. Marco hat mich schon auf dem Kieker, seit ich denken kann. Irgendwann gibt er's vielleicht ja mal auf. Aber bislang sieht's nicht so aus.

In Adeleben stiegen Peggy und ich als Letzte aus und warteten, bis Marco sich davongemacht hatte.

»Kommste nicht mit?«, fragte Peggy, die schon am Zebrastreifen stand.

»Geh du schon mal vor«, sagte ich. »Ich dreh noch 'ne Runde.«

Peggy blieb brav wie immer am Straßenrand stehen, guckte

nach links und rechts und ging dann über den Zebrastreifen und langsam den Berg hoch. Es sah ein bisschen komisch aus, wie sie lief, mit kleinen Schritten, ganz steif und staksig. Erst als sie schon fast bei ihrem Haus angelangt war, kapierte ich, was sie da eigentlich machte: Sie übte Ballett. Vor der Haustür machte sie einen Knicks und verschwand endlich im Eingang, und ich drehte mich um und begann meine Runde. Das mache ich ganz gern nach der Schule. Meistens ist zwar nichts los, aber man kann ja nie wissen.

Adeleben ist nicht gerade groß. Links an der Wernigeroder Landstraße, die über den Berg und weiter bis Wernigerode führt, stehen nur zwei große Häuser, die früher zur LPG gehört haben und jetzt nur noch teilweise bewohnt sind. In dem einen wohnt Peggy, im anderen ich.

Auf der anderen Seite liegt das eigentliche Dorf: zwei Dutzend Häuser entlang einer sanft ansteigenden Schotterstraße, die von der Wernigeroder Landstraße abgeht, weiter hinten einen Bogen macht und ein Stück weiter oben wieder zur Landstraße zurückführt.

An den Straßenrändern lagen große Haufen bunten Laubes, und ich pflügte mit beiden Füßen mitten hindurch, dass es laut raschelte und die Blätter wild in die Luft flogen. Ein Stück vor mir konnte ich Jasmin sehen, die die Dorfstraße entlanglief, ihren Pferde-Rucksack auf dem Rücken, und weiter oben verschwand Marco gerade um die Ecke.

Links von mir lag das kleine Haus vom alten Bresan, der immer so muffelig guckt und nie grüßt, und ich marschierte daran und an den nächsten paar Häusern vorbei, direkt auf das Eckhaus zu.

Dort stand Frau Stücker auf der Veranda und fütterte ihre Katzen. Sie hat mindestens ein Dutzend davon, wenn nicht noch mehr, und ich blieb stehen und guckte zu, wie die ganze Horde maunzend und miauend um Frau Stückers Beine strich und gierig die gefüllten Schalen in ihren Händen beäugte.

»Wollt ihr wohl!«, rief Frau Stücker und stellte mit einem Seufzer die Schalen auf den Boden. Die Katzen stürzten sich drauf, und Frau Stücker richtete sich wieder auf und rieb sich ächzend ihr Kreuz. Dann entdeckte sie mich.

»Hallo, Kaya!«, rief sie. »Na, wie war die Schule?«

»Wie immer!«

Frau Stücker lächelte. »Dann wünsch ich dir einen schönen Nachmittag«, sagte sie, winkte mir zu und ging zurück ins Haus.

Ich lief weiter. Da, wo die Dorfstraße den Bogen macht, steht das »Gasthaus zum Hirschen«, das Marcos Vater gehört. Genau gegenüber wohnt Jasmin. Sieht man sofort: So langweilig und brav, wie Jasmin ist, genauso sieht auch ihr Haus aus. Blitzblank geputzt und knallweiß gestrichen und der Vorgarten wie geleckt.

Dazu muss ich vielleicht erklären, dass bei uns im Dorf die meisten Leute ständig an ihren Häusern rumbasteln. Wenn Geld da ist, wird hier was ausgebessert und da ein Teil Dach neu gedeckt oder das Loch in der Schuppenwand endlich repariert. So kommt es, dass bei allen immer irgendwelche Bretter und Farbdosen in den Gärten rumliegen und dass fast alle Häuser ein bisschen aussehen wie Hexenhäuser, mit geflickten Dächern und nicht zueinander passenden Fenstern und Türen und so. So richtig neu und ordentlich sieht eigentlich keins aus, nur eben das von Jasmin. Jasmins Vater hatte mal Geld. Der war Architekt. Ist er jetzt aber nicht mehr.

Aus dem Gasthaus konnte ich Marcos Vater rumschreien hören, und ich machte, dass ich schnell weiterkam. Ich zwängte mich durch die Lücke zwischen den Brettern, die den Eingang zum alten Gutshof verschließen, und lief quer über den Hof. Eine weiß gescheckte Katze rannte davon, als sie mich sah, und irgendwo in einem der halb verfallenen Gebäude krachte ein Balken herunter. Vor meiner Lieblingsscheune zögerte ich kurz, aber dann lief ich doch weiter und durch den Hinterausgang des Gutshofs wieder hinaus. Kurz vor der Wernigeroder Landstraße, bei der alten Schmiede, blieb ich stehen und sah an der hohen Fassade hinauf.

Wie immer war alles still. Ganz früher hatten in der Schmiede die Pferde ihre Hufeisen gekriegt, später war hier der Kaufladen Konsum drin gewesen, und dann hatte sie ganz lange leer gestanden. Aber seit ein paar Jahren gehört die Schmiede nun einem Verein, der was mit Kunst macht. Trotzdem hatte ich so gut wie noch nie jemanden hier gesehen. Ein paarmal war ein Mann auf einem Fahrrad gekommen, einige Stunden in der Schmiede verschwunden und dann wieder gefahren. Das war auch schon alles, und das wusste ich ziemlich genau. Unser Haus liegt nämlich schräg gegenüber auf der anderen Seite der Landstraße. Von meinem Schlafzimmer aus kann ich zwar nur die Seitenwand sehen mit einem Fenster darin und einen Teil von der gepflasterten Einfahrt, aber trotzdem hab ich den alten Kasten ganz gut im Blick.

Plötzlich fing mein Magen an zu knurren, und ich guckte nach drüben. Bei uns vorm Haus war keiner zu sehen, und auch die Toreinfahrt an der Seite war leer. Einen Moment zögerte ich. Über die Straße war natürlich kürzer, aber wenn mich Papa dabei erwischte, gab's garantiert mächtigen Ärger. Also schlug ich doch lieber den Weg hinter der Schmiede durch den verwilderten Garten ein, quetschte mich durch die Lücke in der Hecke und rannte quer durch den alten Obstgarten dahinter, in dem keiner mehr erntet. Und dann lief ich den kleinen Schleichweg hinter Bresans Haus entlang.

Bresans Kettenhund hinter dem Zaun fing wie wild zu bellen an, als er mich kommen sah, und ich legte noch einen Zahn zu. Der Hund ist ziemlich groß und schwarz und hat ein richtiges Monstergebiss, und er riss heftig an seiner Kette und versuchte immer wieder gegen das Zaungitter zu springen. Aber die Kette war viel zu kurz und reichte nicht bis dahin.

Klar wusste ich, dass er mich eigentlich gar nicht kriegen konnte, aber trotzdem war ich heilfroh, als ich die Straße erreichte. Ein paar Autos sausten an mir vorbei, danach kam noch ein Bauer auf einem Moped hinterhergezuckelt und dann war Ruhe. Genau wie Peggy vorhin guckte ich brav nach links und rechts und ging dann über den Zebrastreifen, so wie's sich gehört.

Zu schade, dass Papa gerade nicht guckte.

5 In der Küche stand Oma am Herd und kochte, und Tante Eileen saß am Tisch und fütterte Kevin mit Kartoffelbrei. Kevin ist vier und eigentlich schon zu groß, um gefüttert zu werden, aber Tante Eileen macht es einfach zu gern.

»Was gibt's denn?«, fragte ich und rutschte auf meinen Platz auf der Sitzbank.

»Was fragst du denn«, brummte Oma. »Siehste doch, oder? Hast doch Augen im Kopf.«

»Ja, aber wo!«, sagte Tante Eileen und lachte. Kevin lachte auch. Das macht er oft, wenn Tante Eileen lacht. Tante Eileen lacht meistens sehr hoch und schrill und hört dann ganz plötzlich wieder auf damit. Das klingt wie abgehackt, und Kevin versucht immer sie nachzumachen.

Ich guckte auf den gelborangefarbenen Brei, der auf Kevins Teller lag. »Kartoffeln gemanscht?«, fragte ich enttäuscht. Kartoffeln gemanscht, das ist Kartoffelbrei mit Möhrenbrei gemischt. Nicht gerade mein Lieblingsessen.

»Und Buletten«, sagte Oma und drehte sich um. In der Hand hatte sie einen Teller voller Buletten, und die sind ganz bestimmt mein Lieblingsessen.

»Klasse, Oma!«, sagte ich begeistert.

»Klasse, Klasse«, brummte Oma und kam zu mir herüber, um mir ein paar Buletten auf meinen Teller zu legen. »Was soll das denn heißen? Klassen gibt's ja wohl nur in der Schule.« Sie wuschelte mir durchs Haar und zog mich ganz leicht am Ohr, um mich zu necken.

Tante Eileen lachte, und Kevin lachte auch. Ein bisschen

Brei fiel aus seinem Mund auf die Wachsdecke, und Tante Eileen hob ihn mit dem Löffel auf.

»Mensch, Oma! Weißte doch, wie ich das meine«, sagte ich und füllte mir von den gemanschten Kartoffeln auf. Aber nur ein bisschen. Man muss ja nichts übertreiben.

»Nein, aber wirklich«, sagte Oma und schüttelte den Kopf. Dann warf sie einen scharfen Blick auf meinen Teller. »Nimm noch mehr gemanschte Kartoffeln! Die sind gesund.«

Ich nahm mir noch eine klitzekleine Portion, und als Oma zum Herd zurückging, klatschte ich sie auf Kevins Teller. Tante Eileen lächelte, und Kevin zeigte anklagend mit dem Finger auf mich.

»Kaya hat die Toffeln auf mein' Teller gemacht!«, rief er. »Kaya hat die Toffeln auf mein' Teller gemacht, Oma!«

Aber Oma hörte sowieso nicht hin. Sie rührte in einem Topf und schüttelte den Kopf, während sie sich gleichzeitig eine Zigarette ansteckte. »Klasse, nein wirklich!«, brummte sie vor sich hin.

Oma ist immer ein bisschen brummig, das sind alle bei uns, bis auf Tante Eileen, die immerzu lacht oder lächelt. Aber ansonsten ist Oma wirklich ganz lieb. Nur eben brummig.

»Olle Petze«, sagte ich zu Kevin, streckte ihm die Zunge raus und fing an zu essen.

6

Nach dem Essen wanderte Tante Eileen zum alten Geräteschuppen oben auf dem Berg, um Papa und Onkel Gerd dort zur Hand zu gehen. Oma hatte weiter in der Küche zu tun, und deshalb wurde ich dazu verdonnert, eine Weile auf Kevin aufzupassen. Das schmeckte mir natürlich genauso wenig wie die gemanschten Kartoffeln, aber gegen Omas Befehl konnte ich nichts machen.

Draußen sah es nach Regen aus, so ganz düster und grau, und deshalb zog ich meine Gummistiefel an und ging mit Kevin raus auf den Hof.

Kevin stürzte sich gleich auf sein Tretauto und fing an, wie wild durch den Hof zu kurven und dabei vor sich hin zu quietschen und zu brummen, und ich setzte mich erst mal auf den alten Baumstumpf neben der Hintertür.

Unser Hof ist riesig groß und überall liegt und steht altes verrostetes Gerät rum, Mistforken und Eggen und Pflüge und ein alter Trecker, der geht sogar noch. Aber kein Mensch weiß, ob noch irgendwer das Zeug hier je wieder braucht. Und eigentlich weiß auch keiner, wem's jetzt gehört. Früher gehörte alles der LPG, aber die gibt's ja nicht mehr, und nun liegt und steht das hier eben alles so rum.

Die LPG, das war so eine Art Riesenbauernhof, wo alle Leute aus dem Dorf gearbeitet haben. Solche LPGs gab es in der DDR in jedem Dorf, da hatte keiner seinen eigenen Bauernhof so wie heute, und alle hatten Arbeit. Echt alle, auch bei uns: Oma war Küchenhilfe bei der LPG und Tante Eileen Tierpflegerin und Papa und Onkel Gerd und Opa, der aber schon lange tot ist, die haben die Landwirtschaft gemacht, Ackerbau und Ernte und so.

Aber dann kam die Wende und die DDR ging kaputt und die LPGs wurden zugemacht, hier in Adeleben und überall woanders auch. Ein paar LPGs sind auch verkauft worden, viele davon an reiche Bauern aus dem Westen, aber die meisten rotten so vor sich hin.

Das weiß ich natürlich alles nur vom Erzählen, denn das ist schon urlange her, da war ich noch gar nicht geboren. Aber ich weiß, dass die meisten Leute wegziehen mussten in den Westen oder nach Halberstadt oder Magdeburg oder sogar Berlin. Eben dahin, wo sie Arbeit kriegen konnten. Und deshalb stehen auch so viele Häuser und Wohnungen leer hier in Adeleben.

Unser Haus zum Beispiel ist das größte Haus am Ort, und früher war es das Haupthaus von der LPG, aber wir bewohnen nur ein paar Zimmer unten, zur Hofseite hin, und noch drei im ersten Stock. Der Rest ist eben leer. Von außen sieht man das auch, weil nur vor unseren paar Fenstern Vorhänge sind. Die anderen sind schwarze Löcher. Der Vordereingang ist mit Brettern vernagelt, überall bröckelt der Putz von der Wand, und das Dach auf der rechten Seite ist auch schon halb eingefallen. Sieht manchmal fast ein bisschen unheimlich aus, sogar für mich, obwohl ich's ja gewohnt bin.

Ich hätte es eigentlich lieber, wenn wir nicht die Einzigen im Haus wären und noch andere hier wohnen würden, das wär irgendwie schöner. Und noch schöner wär's, wenn wir in so einem kleinen Haus wie drüben auf der anderen Seite der Landstraße wohnen würden und nicht in so einem riesigen Kasten. Aber Oma sagt immer, wir sollen froh sein, dass wir überhaupt hier wohnen bleiben konnten. Dass wir da ein ganz großes Riesenglück gehabt haben, weil wir keine Miete zahlen müssen, sondern sogar noch ein bisschen Geld dafür kriegen, dass Papa und Onkel Gerd sich um die Gerätschaften kümmern und in Haus und Hof nach dem Rechten sehen, damit es nicht ganz und gar verfällt.

Kevin kurvte immer noch laut quietschend mit seinem Tretauto im Hof rum und versuchte alles umzufahren, was ihm in den Weg kam, und ich spürte, wie die Langeweile in mir hochkroch. Ein ekliges Gefühl, finde ich.

Schließlich stand ich auf und ging zum Hoftor hinüber und bis zum Gemeindeschaukasten, der kurz vor der Straße steht.

»Wo gehst'n du hin, Kaya?«, schrie Kevin und fuhr mit seinem Tretauto gegen den Baumstumpf, auf dem ich vorher gesessen hatte.

»Nirgendwohin!«, schrie ich zurück.

Oben vom Berg kam ein Laster die Straße herunter und bretterte an mir vorbei. Ich hob einen Stock auf, lehnte mich an den Gemeindeschaukasten und fing an, Figuren auf meine staubigen Gummistiefel zu kratzen. Unser Hof ist nicht gepflastert, da wird schnell alles staubig.

»Was machst'n du da, Kaya?«, schrie Kevin hinter mir.

»Geht dich nichts an!«, schrie ich zurück. Der Schaukasten knarrte an meinem Rücken, und ich drehte mich um. Ein Plakat hing drin, ganz alt und vergilbt und mit Reißzwecken befestigt. Eine hatte sich gelöst und deshalb hing das Plakat an einer Ecke herab und verdeckte das halbe Gesicht von dem Mann, der darauf abgebildet war.

Ich sah mir den Mann genau an. Er hatte einen kleinen Schnurrbart und wässrige Augen und irgendwie gelbliche Haut, aber das konnte daran liegen, dass das Plakat schon sehr lange da hing. Wie lange genau, wusste ich nicht, aber mindestens, seit ich zur Schule gekommen war. Das war vor etwas mehr als vier Jahren, und damals konnte ich noch kein Wort lesen.

Lesen konnte ich jetzt zwar so einigermaßen, aber eben nicht gerade schnell. Letzten Sommer, als ich mal Langeweile hatte, da hatte ich mir die Mühe gemacht, rauszufinden, was auf dem Plakat stand. Ich hatte eine Ewigkeit dafür gebraucht, obwohl es ja nicht gerade viel war: Für unsere Zukunft in Sachsen-Anhalt – Mako Sonnberg. Und dann noch ein großes C. Der Rest war von der runterhängenden Ecke verdeckt.

»Kaya? Was machst'n du da?« Kevin stand jetzt am Hoftor und sah mich quengelig an.

»Ich guck nur was«, sagte ich und schmiss meinen Stock weg. »Fahr mal wieder mit deinem Auto, okay?«

Aber Kevin blieb da stehen und starrte mich an, nervig wie immer. Langsam wurde ich sauer. Immer dasselbe! Andauernd musste ich auf Kevin aufpassen und mich langweilen und nie passierte mal was. Immer war alles gleich, gleich langweilig und blöde. Ich schmiss meinen Stock weg, trat wütend gegen den Kasten und drehte mich zur Landstraße um.

Aber es war doch nicht immer alles gleich. Denn drüben in

der Einfahrt zur Schmiede stand jetzt ein Auto. Ein kleines blaues Auto.

Ich kniff mein gesundes Auge zusammen und ging näher zur Straße.

»Kaya«, nörgelte Kevin. »Kaya, bleib hier!«

Ich tat so, als würde ich ihn nicht hören. Ein Lieferwagen brauste vorbei, und der Fahrtwind blies mir die Haare zurück.

Hinten auf dem kleinen blauen Auto waren ein paar bunte Aufkleber drauf, so viel konnte ich sehen.

»Du darfst nicht über die Straße!«, rief Kevin.

»Weiß ich ja selber!«, schrie ich über die Schulter. Ein Aufkleber war gelb und einer ganz bunt, aber mehr konnte ich nicht erkennen.

Ich guckte mich vorsichtig um. Oben auf dem Berg und im Hof war keiner zu sehen. Nur Kevin stand immer noch am Tor.

»Du darfst da nicht rüber!«, rief er schon wieder.

Ich musste unbedingt wissen, was das für Aufkleber da auf dem Auto waren, und so stellte ich mich an den Straßenrand und drehte den Kopf nach links und dann so weit wie möglich nach rechts, um den Berg ganz runtersehen zu können. Die Straße war frei.

»Du bleibst im Hof«, schrie ich Kevin zu, und dann rannte ich los.

7 Drüben bremste ich ab, steckte die Hände tief in die Hosentaschen und ging langsamer weiter. Meine Gummistiefel machten ein platschendes Geräusch auf dem Kopfsteinpflaster. Das lag daran, dass sie ein bisschen zu groß waren. Früher hatten sie mal Tante Eileen gehört.

Ich tat so, als würde ich irgendwas in meiner Hosentasche suchen, während ich vorsichtig zum Auto rüberschielte. Die Schmiede lag still im diesigen Licht. Kein Mensch war zu sehen, aber die Tür stand weit offen. Einen Moment wartete ich ab, dann, als alles ruhig blieb, lief ich die Einfahrt hoch und hockte mich hinters Auto.

Gleich fünf Aufkleber klebten auf dem Heck. Auf einem war eine Art Trompete und auf dem daneben eine bunte Fahne. Der nächste Aufkleber war gelb, und da stand irgendwas mit Berlin drauf, aber so schnell konnte ich das nicht lesen. Auf dem vierten war ein Bierglas und daneben stand auch was, in einer merkwürdigen Schrift, die ich erst recht nicht lesen konnte. Den letzten Aufkleber kannte ich, den hatten viele Autos hintendrauf: ein großes schwarzes D auf weißem Grund.

Plötzlich stupste mich jemand von der Seite an, und ich erschrak so, dass ich fast umfiel. Ich konnte mich gerade noch mit den Knien abstützen. Im nächsten Moment spürte ich etwas Nasses, und dann merkte ich, dass es ein großer Hund war, der neben mir stand und mir mit seiner großen roten Zunge quer übers Gesicht leckte. Mir blieb fast das Herz stehen, vor allem als ich die weißen Zähne in dem riesigen Maul so dicht vor mir sah. Rasch hielt ich mir beide Arme vors Gesicht.

»Lumpi, komm her!«, rief jemand. »Keine Angst, der tut dir nichts! Der ist wirklich ganz lieb!«

Ich lugte misstrauisch hinter einem Arm hervor. Der Hund stand immer noch direkt neben mir, aber jetzt hielt ihn eine Frau am Halsband fest.

»Hast du dich erschrocken?«, fragte sie besorgt. »Aber du brauchst wirklich keine Angst zu haben, Lumpi tut nichts.«

Der Hund wedelte heftig mit dem Schwanz und zog die Lefzen zurück. »Siehst du«, sagte die Frau. »Er kann sogar grinsen.«

Komischerweise sah es wirklich ein bisschen so aus, als ob er grinste. Langsam ließ ich die Arme sinken.

»Und guck mal«, fuhr die Frau fort, »er tanzt sogar für dich!«

Lumpi hatte angefangen auf allen vier Pfoten zu trippeln. Das sah so lustig aus, dass ich jetzt fast gar keine Angst mehr hatte.

»Du kannst ihn ruhig anfassen«, sagte die Frau.

Ich zögerte, aber dann streckte ich vorsichtig eine Hand aus. Lumpi leckte mit seiner langen Zunge darüber. Irgendwie fühlte sich das gut an.

»Okay? Dann lass ich ihn los, ja?«

»Beißt er auch echt nicht?«, fragte ich.

»Lumpi? Auf gar keinen Fall. Ich glaub, Lumpi weiß gar nicht, wie das geht.« Sie ließ den Hund los, und Lumpi tänzelte um mich herum und versuchte mir wieder übers Gesicht zu lecken. Das kitzelte, und ich stand rasch auf. Die Frau zuckte zusammen, als sie mein schlimmes Auge sah, aber wenigstens starrte sie es nicht an. Und sie guckte auch nicht weg, wie die meisten Leute es machen.

»Auweia«, sagte sie. »Du bist ja ganz dreckig! Das ist aber blöd.«

Ich drehte den Kopf ein bisschen zur Seite, damit sie mein schlimmes Auge nicht mehr sehen konnte, und sah an mir herunter. An meinem rechten Knie war jetzt ein feuchter brauner Fleck. Aber das machte nichts, die Hose war sowieso nicht mehr sauber gewesen.

»Ach, ist doch egal.« Vorsichtig streichelte ich Lumpi, der immer noch um mich herumtänzelte, über den Kopf. Eigentlich hatte ich vor allen großen Hunden Angst, so wie vor dem Kettenhund eben. Aber Lumpi schien wirklich lieb zu sein.

»Kriegst du da keinen Ärger zu Hause wegen der Hose?«

»Pff, nö.« Ich winkte ab. Die Frau sah wirklich nett aus, mit ihren blauen Augen und den kurzen Haaren. Eigentlich hatte sie fast genau die gleiche Frisur wie Tante Eileen. Aber die sah mit ihrer überhaupt nicht so gut aus.

»Ich bin übrigens Tilla«, sagte die Frau. »Und wie heißt du?«

»Kaya«, sagte ich. Und bevor sie mich fragen konnte, was ich eigentlich hier machte, fragte ich schnell: »Was sind das für Aufkleber auf deinem Auto?«

Tilla lächelte ein bisschen, dann ging sie vor dem Auto in die Knie und sah auffordernd zu mir hoch. Ich hockte mich neben sie, natürlich auf ihre rechte Seite, damit sie mein schlimmes Auge nicht sehen konnte, und schließlich drängte sich auch noch Lumpi zwischen uns beide. Tilla lachte fröhlich.

»Also, dann wollen wir drei mal Aufkleber gucken!«, sagte sie und zwinkerte mir zu. »Auf geht's!« Sie tippte auf die Trompete. »Ich hab mal im Posaunenchor gespielt. Da war ich ... wie alt bist du?«

»Elf.«

»Dann war ich da ungefähr so alt wie du. Das hier«, Tilla zeigte auf die bunte Fahne, »ist die Regenbogenfahne, und das hier ist das Deutschlandzeichen, das kennst du ja sicher. Und das«, sie deutete auf den Aufkleber mit dem Bierglas, »das war mal so eine Aktion.«

»Was denn für eine Aktion?«, fragte ich. Lumpi leckte mir übers Ohr, und ich musste fast kichern.

»Na ja, ›Saufen gegen rechts‹, wie es ja auch draufsteht«, sagte Tilla. »Was rechts ist, weißt du wahrscheinlich, oder?«

»Klar«, sagte ich. So ganz doof bin ich ja auch nicht.

»Da ging's eben darum, dass man in den Kneipen trinken sollte gegen rechts«, erklärte sie. »War eigentlich eher ein Spaß.«

Ich kapierte nicht ganz, was sie meinte. »Wie, trinken gegen rechts? Nur links trinken, oder wie?«

Tilla lachte auf. »Nein, *das* Rechts doch nicht!«, sagte sie. »Das politische Rechts. Die Rechten. Die Rechtsradikalen.«

Ich hatte immer noch keine Ahnung, was sie meinte. Erst als sie weiterredete, fiel bei mir der Groschen.

»Die Skinheads. Skins«, sagte Tilla. »Hast du das schon mal gehört?«

»Klar, Skins kenn ich«, sagte ich. Dennis und Pascal und noch ein paar ältere Jungs aus dem Dorf brüllten manchmal so Zeug mit »Skin« drin durch die Gegend, meistens abends, wenn sie im Gutshof rumhingen und Bier tranken. Was das eigentlich bedeutete, wusste ich nicht so richtig, aber immerhin kannte ich das Wort.

Tilla guckte richtig erleichtert. »Also, dann weißt du ja ungefähr, was ich meine. Skins, das sind Rechte.«

»Aha«, sagte ich. »Und warum soll man gegen die saufen?«

»Na ja«, Tilla druckste ein bisschen herum, »weil man eben lieber saufen als Skin sein sollte.«

»Versteh ich nicht!«

Tilla kraulte Lumpi nachdenklich hinter den Ohren. »Wenn ich es mir recht überlege«, sagte sie, »versteh ich es auch nicht. Aber es war ja auch nur ein Spaß.«

»Und der hier?« Ich tippte auf den gelben Aufkleber, auf dem irgendwas mit Berlin draufstand. »Was ist das für einer?«

Tilla legte den Kopf schräg und betrachtete mich einen Moment lang, und ich wich schnell ihrem Blick aus und streichelte Lumpi über den Kopf, der sofort freudig mit dem Schwanz wedelte.

»Berlin-Friedrichshain grüßt den Rest der Welt«, las Tilla vor. »Da wohne ich normalerweise.«

»Und sonst?«

»Wie, sonst?«

»Na, wo du sonst wohnst! Wenn du normalerweise in Berlin wohnst, dann musst du ja sonst noch anderswo wohnen.«

Tilla lachte auf. »Hier!«, sagte sie. »Hier wohne ich sonst! Aber eigentlich bin ich ja auch eher zu Besuch. Bis Weihnachten.«

»Hier in der alten Schmiede?« Ich sah erstaunt an der Schmiede hoch. »Ich dachte, da ist dieser Kunstverein drin?«

»Ist er ja auch. Der Kunstverein hat mich eingeladen, hier

zu wohnen, damit ich in Ruhe arbeiten kann. Drei Monate lang.«

»Du ganz allein? In dem Riesenkasten?«

»Nicht ganz allein. Erstens ist ja Lumpi dabei, und außerdem sind wir zu dritt. Zwei andere Künstler und ich.«

»Künstler? Was denn für Künstler?« Das wurde ja immer seltsamer, was sie da erzählte!

»Einer macht Fotos, und der andere und ich, wir sind Maler«, erklärte Tilla.

Ich guckte sie verblüfft an. Sie sah gar nicht aus wie eine Malerin. Aber wie die eigentlich aussahen, wusste ich im Grunde ja auch nicht.

Tilla stand auf, und ich rappelte mich auch hoch. Erst jetzt merkte ich, dass es angefangen hatte zu nieseln, und mit einem Schlag fiel mir Kevin wieder ein. Hoffentlich war er noch draußen im Hof und nicht abgehauen!

»Willst du dir mal das Haus ansehen?«, fragte Tilla.

Ich schüttelte den Kopf. »Ich muss wieder nach Hause«, sagte ich und klopfte mir die Hose ab.

»Wo wohnst du denn?«, fragte Tilla und guckte interessiert zur Straße rüber.

Ich zeigte auf unser Haus auf der anderen Straßenseite und konnte genau sehen, wie sich Tillas Gesicht schlagartig veränderte.

»Ach, da drüben«, sagte sie gedehnt. »Ich dachte, da wohnt gar keiner mehr!«

»Doch«, sagte ich, »wir! Wir wohnen da.« Ich strich Lumpi noch einmal über den Kopf und dann lief ich los.

»Du kannst mich gerne wieder besuchen kommen, wenn du Lust hast!«, rief Tilla mir nach.

Ich nahm die Abkürzung hintenrum. Bresans Hund bellte wie wild und zerrte an seiner Kette, als ich an ihm vorbeirannte, und der Himmel über mir verdunkelte sich immer weiter. An der Straße sah ich mich kurz um und lief dann über den Zebrastreifen und den Berg wieder hinauf. Bevor ich um die Hausecke bog, blickte ich schnell über die Straße zur Schmiede hinüber.

Tilla stand immer noch da drüben in der Einfahrt, neben dem Auto. Sie winkte mir zu, und ich winkte zurück. Dann spurtete ich am Gemeindeschaukasten vorbei um die Ecke.

Kevin saß mitten auf dem Hof auf seinem Tretauto und heulte.

Ich bückte mich zu ihm hinunter und legte die Arme um ihn.

»Nicht weinen, ja, Kevinchen? Ich bin ja wieder da. Und nicht petzen bei Oma, okay?«

Kevin hörte sofort auf zu schniefen und nickte langsam. Im gleichen Moment ging das Küchenfenster auf, und Oma beugte sich raus und blies einen Schwall Zigarettenrauch in den Nieselregen hinaus.

»Reinkommen, Kinder!«, rief sie uns zu. »Es regnet! Merkt ihr das nicht?«

8 Beim Abendbrot hielt Kevin wirklich die Klappe, zum Glück. Papa war nicht gerade bestens gelaunt, und wenn er dann noch mitgekriegt hätte, dass ich über die Straße gerannt war ... Wär bestimmt nicht so lustig gewesen.

»Nächstens können die ihren Kram alleine machen«, schimpfte Papa und legte sich eine zweite Scheibe Wurst auf sein Brot. »Den ganzen Monat müht man sich mit diesem Geräteschuppen ab, und hinterher heißt es: ›Wird sowieso nicht mehr gebraucht, lass ruhig verrotten!‹ Und dafür plackert man sich ab! Ich bin doch hier nicht der Idiot!«

»Nee, nee, da haste man Recht. Undank ist der Welt Lohn«, pflichtete Onkel Gerd ihm bei und tunkte sein Brot in den Tee. Onkel Gerd tunkt sein Brot immer irgendwo rein, weil er fast keine Zähne mehr im Mund hat. Das andere Essen macht Oma ihm immer klein, und meistens isst er sowieso Suppe oder Brei. Aber abends eben manchmal auch Stullen.

Papa steckte sich den Rest Brot in den Mund und schmierte sich die nächste Scheibe. Oma legte einen neuen Stapel Brot in den Korb, und Tante Eileen malte Kevin ein Ketschup-Gesicht auf seine Käsestulle.

»Haste schon gesehen? Der Westbauer ist noch nicht mal am Pflügen«, sagte Onkel Gerd. »Und wir haben ja schon Mitte Oktober!«

»Typisch Wessi, dicke Ländereien pachten, aber von Landwirtschaft keinen Schimmer!« Papa fischte sich eine kleine Salzgurke aus dem Glas und schluckte sie runter, ohne zu kauen. Wie er das immer schafft, werde ich niemals kapieren.

Onkel Gerd schmatzte genüsslich und strich sich seine spärlichen Haare nach hinten. »Aber dem seine Kartoffeln sind groß, da kann man nicht meckern.« Er zwinkerte mir zu und rieb sich behaglich den Bauch.

»Nee«, sagte Papa und stierte mürrisch auf seinen leeren Teller hinunter. »Leider nicht.«

»Vielleicht können wir dem wieder beim Pflügen helfen.« Onkel Gerd zündete sich eine Zigarette an. Bei uns rauchen alle. Nur Tante Eileen nicht. Und Kevin und ich auch nicht, na klar.

Obwohl, Marco raucht auch schon. Und der ist auch erst gerade mal dreizehn.

»Der kommt bestimmt eh bald angeschissen, um uns zu fragen. Ohne uns kriegt er's doch gar nicht hin«, brummte Papa.

»War früher besser«, sagte Onkel Gerd und blies den Rauch aus, und Oma nickte beifällig.

»Früher war't besser, ja«, sagte sie. »Aber man kann die Zeit ja nicht zurückdrehen. Und aus'm Westen kommt nicht nur Schlechtes!«

»Nee«, sagte Onkel Gerd, »da haste man Recht, Schwesterchen. Aber die Wirtschaftslage, die ist schlecht, das ist man wahr.«

»Tante Eileen, ich will noch Blot!«, rief Kevin mit vollem Mund. Papa guckte hoch und betrachtete Kevin, und gleich sah er wieder besser gelaunt aus. Er langte über den Tisch und kniff Kevin zärtlich in die Backe. Kevin kicherte, und Tante Eileen kicherte auch.

»Jawoll, kleiner Mann«, sagte Papa. »Iss nur tüchtig, dass du so groß und stark wirst wie dein Papa!«

Darüber musste ich lachen. Kevin sieht sowieso schon genauso aus wie Papa. Er hat genau den gleichen runden Kopf mit den leicht abstehenden Ohren, die gleichen braunen Augen, den gleichen großen Mund und alles, nur in klein. Vielleicht mag Papa Kevin ja deshalb so besonders gerne: weil er ihm so ähnlich sieht.

Papa schob seinen Teller zur Seite, schnippte sich eine Zigarette aus seiner Packung und guckte zu mir rüber. »Wat ist denn? Biste fertig mit Essen?«

Ich nickte.

»Na denn hopp, ab nach oben ins Bett«, sagte Papa. »Fernsehen ist heute nicht.«

Frag mich einer, warum. Manchmal ist das so und manchmal anders. Manchmal spielen wir noch eine Runde Mau-Mau oder sitzen zusammen und gucken fern, und manchmal müssen Kevin und ich gleich hoch ins Bett. Kann man nie wissen bei Papa.

9

An diesem Abend wurde ich einfach nicht müde. Ich blätterte noch eine ganze Weile in meinem alten Kinderatlas und guckte mir Afrika an und dann noch Australien, und dann sah ich noch mal nach, wo genau Friedrichshain lag – ziemlich in der Mitte Berlins, ein bisschen im Osten. Tante Eileen brachte Kevin hoch und gab mir einen Gute-Nacht-Kuss, und nicht viel später gingen sie und Oma ebenfalls ins Bett. Aber ich lag immer noch wach, als sie alle längst schliefen.

Das krieg ich immer ganz genau mit, ob die andern schon

schlafen oder noch wach sind. Ich hab nämlich ein eigenes Zimmer und dann doch auch wieder nicht. Das heißt, ich hab zwar ein eigenes Bett und einen Schrank und einen Nachttisch, und ich schlaf auch allein in meinem Zimmer, aber es gehört trotzdem nicht mir ganz allein. Weil man durch mein Zimmer gehen muss, um in das Schlafzimmer von Oma und Kevin und Tante Eileen zu kommen. Und weil die Tür zwischen unseren Zimmern nachts immer auf ist.

Oma und Tante Eileen schlafen zusammen in einem großen Bett, dem alten Ehebett von Oma und Opa, und Kevins Kinderbett steht direkt daneben. Kevin gibt beim Schlafen fast keinen Mucks von sich und Tante Eileen auch nicht, wenn sie nicht gerade im Schlaf redet. Aber Oma, die schnarcht fast so laut wie ein Trecker. Na ja, nicht ganz. Aber schon ziemlich laut. Ich find das eigentlich ziemlich gemütlich, und ich kann auch gut einschlafen dabei. Manchmal träum ich dann sogar von Treckern. Oder von Hubschraubern, die mich mitnehmen, hoch in die Luft.

Aber an diesem Abend schlief ich einfach nicht ein. Mein schlimmes Auge fing an zu jucken, und als ich es rieb, juckte es nur noch mehr. Schließlich stand ich auf und ging rüber ins Bad. Ich trank ein bisschen Wasser, und dann zog ich den Hocker vors Waschbecken und stieg vorsichtig drauf, weil er so wackelt.

Im Spiegel konnte ich mein Gesicht sehen. Es hatte überall dunkle Flecken, aber die kamen vom Spiegel, von den Stellen, wo er zerkratzt war. Mein Auge hatte aufgehört zu jucken, und ich betrachtete mich ganz genau.

Wie Kevin oder Papa seh ich wirklich nicht aus, aber auch nicht wie Mama oder irgendwer sonst. Gibt wahrscheinlich niemanden, der überhaupt so komisch aussieht wie ich. Aber eigentlich kann man gar nicht richtig sagen, wie ich wirklich aussehe oder mit wem ich vielleicht Ähnlichkeit habe. Eigentlich sieht man immer nur mein schlimmes Auge.

Ich finde mein Auge im Grunde ja gar nicht so schlimm, denn ich kenn mich ja nicht anders. Aber die anderen Leute finden das alle.

Das ist nämlich so: Mein linkes Auge ist blau und sieht ganz normal aus, wie überhaupt die ganze linke Seite von meinem Gesicht. Aber rechts ist alles krumm und schief und verwachsen. Mein Mundwinkel und die Nase sind auf der Seite völlig verzogen, und mein Auge sitzt fast auf der Stirn, halb versteckt hinter so komischen Wülsten aus Haut. Aber gleichzeitig steht es auch irgendwie vor, und noch dazu guckt es schräg nach oben anstatt nach vorn. Aber das macht nicht groß was aus, denn viel sehe ich damit ja ohnehin nicht.

Ich beugte mich vor. »Monsterauge«, flüsterte ich meinem Spiegelbild zu. »Monsterauge. Missgeburt.«

Komisch, wenn ich das sage, klingt das immer gar nicht so schlimm. Und deshalb sag ich's auch manchmal zu mir. Dann klingt es vielleicht auch nicht so schlimm, wenn Marco oder die anderen Kinder mich so nennen.

Ich stieg runter vom Hocker, schob ihn wieder unters Waschbecken und lief zurück in mein Zimmer. Bevor ich mich ins Bett legte, warf ich einen Blick aus dem Fenster. Drüben in der Schmiede brannte Licht, und als ich das sah, ließ ich die Bettdecke wieder fallen und ging zum Fenster hinüber.

Es hatte aufgehört zu regnen und der Mond schien zwischen den Wolken hervor. Das Dach der Schmiede glänzte feucht, und zum allerersten Mal, seit ich mich erinnern konnte, war das einzige Fenster in der Seitenwand hell erleuchtet. Das Licht schien warm und freundlich zu mir herüber.

Auf einmal freute ich mich. Ein bisschen war es, als hätte ich ein Geheimnis.

Da drüben wohnten jetzt Tilla und Lumpi. Und das wusste nur ich.

Kapitel 2

Werfen und Fangen

1 Drei Tage lang behielt ich die Schmiede drüben genau im Auge. Am zweiten Nachmittag, als ich aus der Schule kam, stand ein weißer Lieferwagen in der Einfahrt, und zweimal sah ich einen großen, dünnen Mann vor dem Haus, aber von Tilla und Lumpi war weit und breit nichts zu sehen. Am dritten Tag hielt ich es nicht mehr aus und flitzte nach dem Mittagessen davon, bevor Oma mich mal wieder dazu verdonnern konnte, auf Kevin aufzupassen.

Der Lieferwagen stand immer noch vor der Schmiede, das kleine blaue Auto war daneben geparkt, und die Tür zum Haus war weit offen. Eine Weile drückte ich mich auf der Straße herum und linste hinüber. Als sich nichts tat, schlenderte ich schließlich die Einfahrt hoch.

In der Türöffnung blieb ich stehen. Drinnen gingen rechts und links weitere Türen ab, und geradeaus führte eine Treppe nach oben. Ich war noch nie in der Schmiede gewesen, und obwohl die Tür ja sperrangelweit aufstand, war es mir trotzdem nicht ganz geheuer, so einfach hineinzugehen. Ich machte einen zaghaften Schritt, aber weiter kam ich nicht. Im nächsten Moment nämlich hörte ich das Scharren von Krallen, und dann tauchte Lumpi oben auf der Treppe auf und rannte schwanzwedelnd hinunter und direkt auf mich zu, mit hochgezogenen Lefzen. Seine Zähne glänzten weiß und sahen sehr spitz aus, aber diesmal wusste ich ja schließlich, was das zu bedeuten hatte.

»Hallo, Lumpi!«, sagte ich und streckte die Hand aus, und Lumpi leckte mit seiner nassen Zunge darüber, um dann vergnügt um mich herumzutänzeln. »Na, grinst du mal wieder?«

Lumpi wedelte noch heftiger, und ich bückte mich zu ihm hinunter und streichelte seinen Kopf, aber ganz vorsichtig. Ein bisschen Angst hatte ich nämlich trotzdem noch.

»Huhu!« Tilla hatte den Kopf übers Treppengeländer gestreckt und lachte zu mir herunter. »Da bist du ja wieder! Lang nicht gesehen!«

Ich richtete mich wieder auf. »Och, ich war gerade so in der Nähe«, sagte ich.

»Warte, ich komm runter zur dir«, rief Tilla und sprang die Treppe hinunter, wobei sie immer vier Stufen auf einmal nahm. Sie trug eine fleckige Trainingshose und einen farbbeklecksten weißen Kittel, und ihr Haar stand wirr vom Kopf ab, als hätte sie es sich gerade gerauft. Beim letzten Sprung trat sie fast daneben und musste nach dem Geländer greifen, um sich festzuhalten.

»Ups!«, rief sie fröhlich. »Glück gehabt! Wir sind gerade dabei, uns einzurichten. Willst du mal sehen?« Sie wartete meine Antwort erst gar nicht ab, sondern stieß die Tür rechts neben uns auf, marschierte einfach voraus, und Lumpi und ich folgten ihr.

Verdutzt blieb ich im Türrahmen stehen. Das Zimmer war riesig groß und fast ganz leer. Aber nur fast. Auf dem Fußboden standen lauter Kisten und Kartons voller Tuben, Gläser und Pinsel, daneben lagen dicke Stöße Papier, und in zwei Ecken des Raumes standen merkwürdig aussehende Gerüste aus Holz, die ungefähr meine Größe hatten.

»Ich dachte, man braucht Möbel, wenn man sich einrichtet«, sagte ich.

Tilla grinste und fuhr sich durchs Haar. »Da hast du Recht! Aber ich meinte ja auch eigentlich, dass wir gerade dabei sind, unser Atelier einzurichten.«

»Atelier?« Das Wort hatte ich zwar schon mal gehört, aber was genau es zu bedeuten hatte, wusste ich eigentlich nicht.

»Atelier, ja. Der Raum, in dem wir malen. Unsere Zimmer

sind oben, und da haben wir natürlich auch Möbel.« Tilla deutete mit dem Daumen an die Decke. »Allerdings nur ein paar. Zeig ich dir später.«

»Und was sind das da für komische Dinger?« Ich zeigte auf eins der Holzgerüste.

»Die Staffeleien meinst du?« Tilla ging zu dem nächststehenden Gerüst und hob im Vorbeigehen ein großes Blatt Papier vom Boden auf. Dann lehnte sie es gegen das Holzgerüst, und erstaunlicherweise fiel es nicht wieder herunter. Das musste ich mir näher ansehen.

Ich ging zu Tilla hinüber und betrachtete das Papier von nahem. Erst jetzt sah ich, dass es gar kein Papier war, sondern ein über einen Holzrahmen gespanntes Stück Stoff. Als ich probeweise mit dem Finger dagegen tippte, merkte ich, dass der Stoff zwar sehr dünn, aber ganz fest war und kaum nachgab.

»Das ist eine Leinwand«, sagte Tilla, die mich lächelnd beobachtet hatte. »Darauf malen wir. Und damit man das bequem im Stehen oder Sitzen machen kann, braucht man so eine Staffelei.«

Ich streckte einen Arm ganz nach oben, aber selbst als ich mich auf die Zehenspitzen stellte, reichte ich nicht bis an die Oberkante der Leinwand. »Gibt's so was auch für Kinder?«, fragte ich neugierig.

Tilla runzelte die Stirn. »Tja, da hab ich noch nie drüber nachgedacht. Aber bestimmt!«

»Gibt ja bestimmt auch kleine Maler, oder nicht?«, fragte ich.

»Oder Zwergenmaler«, sagte Tilla und kicherte. Ich musste auch grinsen. Zwergenmaler, wo gibt's denn so was!

»Guck mal einer an, wir haben Besuch!«, sagte eine Stimme hinter uns, und ich drehte mich erschrocken um.

Zwei Männer waren hereingekommen, und Lumpi, der sich neben meinen Füßen zusammengerollt hatte, sprang auf und lief ihnen wedelnd entgegen. Die Männer trugen beide Overalls mit Farbklecksen und hielten große Kartons in den Armen. Einer von ihnen war derjenige, den ich schon vorher zweimal gesehen hatte, ein großer, dünner Blonder mit kurzen Stoppelhaaren. Der andere war ein ganzes Stück kleiner, hatte dunkle struppige Haare und ein lustiges Gesicht.

»Und wer gibt uns die Ehre?«, fragte der Dunkelhaarige und stellte seinen Karton auf dem Boden ab. Neugierig sah er mich an.

Tilla legte mir die Hand auf die Schulter. »Das ist Kaya«, stellte sie mich vor. »Und das sind Mattis« – sie zeigte auf den Dunkelhaarigen – »und Klaus.«

Klaus, der große Blonde, nickte kurz und ging schweigend zur anderen Seite des Raumes hinüber. Mattis aber baute sich breitbeinig vor mir auf und musterte mein schlimmes Auge. »Au, Backe«, sagte er und pfiff durch die Zähne. »Was ist denn mit deinem Auge da passiert?«

Ich starrte ihn verblüfft an. Mein Mund war plötzlich wie zugeschweißt. So direkt hatte mich das noch nie einer gefragt.

»Aber Mattis!«, sagte Tilla tadelnd und schnalzte missbilligend mit der Zunge.

»Na, ich meine ja nur«, sagte Mattis und zog die Nase kraus. »Entschuldige, aber man wird doch wohl mal fragen dürfen!« Er guckte zerknirscht drein und blinzelte mir dann verschwörerisch zu.

Erst jetzt schien mein Mund wieder zu funktionieren. »Das hab ich schon immer«, sagte ich. Meine Stimme klang ein bisschen kratzig.

»Darf ich mal gucken?«, fragte Mattis. Er beugte sich weiter vor und betrachtete mein Auge ganz genau.

Sonst kann ich es überhaupt nicht ausstehen, so angestarrt zu werden, aber jetzt war es mir komischerweise überhaupt nicht unangenehm. Vielleicht, weil Mattis so direkt danach gefragt hatte. Oder vielleicht auch, weil ich ihn auf Anhieb gut leiden konnte.

»Meine Güte!«, sagte er jetzt. »Tut das denn weh?«

»Nö. Manchmal tränt es. Aber weh tut es nicht.«

»Und kann man da gar nichts machen?«, fragte Mattis.

»Weiß nicht.« Jetzt wurde es mir langsam doch zu bunt mit der Ausfragerei, und Tilla schien das zu merken.

»Schluss jetzt, Mattis, nun reicht's aber«, sagte sie. »Komm, Kaya, ich zeig dir den Rest des Hauses, okay?«

Mattis legte die Hand an die Stirn, so, wie es die Schiffskapitäne im Fernsehen immer machen und lächelte mich an. »Auf Wiedersehen, die Dame. Und beehren Sie uns recht bald wieder mit Ihrer Anwesenheit!«

»Mattis, du spinnst«, sagte Tilla und zeigte ihm einen Vogel. Aber sie schmunzelte dabei. Dann zog sie mich mit sich hinaus, und Lumpi lief hinter uns her.

2

Auf dem Nachhauseweg war ich richtig guter Dinge. Ich bekam fast gar nicht mit, wie Bresans Kettenhund mich anknurrte, so sehr war ich in Gedanken versunken.

Tilla hatte mir noch das obere Stockwerk gezeigt, und Lumpi war uns nicht von der Seite gewichen. Jedes Mal, wenn wir stehen geblieben waren, hatte er sich mit einem Seufzer zu meinen Füßen zusammengerollt, und nach einer Weile war das auch Tilla aufgefallen.

»Da mag dich aber einer«, hatte sie schließlich mit einem bedeutsamen Blick auf Lumpi gesagt. Ich hatte bloß mit den Schultern gezuckt. Aber insgeheim hatte ich mich gefreut.

Tilla, Mattis und Klaus bewohnten jeder ein eigenes Zimmer mit einem Bett, einem Tisch, einem Kühlschrank und einer Spüle drin. Auf dem Flur war ein Gemeinschaftsklo mit einer Dusche, und dann gab es noch eine Rumpelkammer und eine kleine Stiege, die auf den Dachboden führte.

Tilla wollte nicht mit hinauf, aber ich kletterte die steile Stiege hoch und lugte durch das winzige, spinnwebenverklebte Fenster nach draußen. Von hier oben hatte man die Bergkuppe im Blick, den darunter liegenden Wald und ein Stück

Dach vom verfallenen Gutshof zur Rechten. Von unserem Haus auf der linken Seite dagegen war nichts zu sehen, aber als ich mich vorbeugte, konnte ich auch ein Stück von der Dorfstraße erkennen.

Unten gingen gerade Oma und Kevin vorbei. Oma hatte ihre Kittelschürze an und guckte neugierig zur Schmiede rüber, in der einen Hand ihre Zigarette, die andere in die Hüfte gestemmt. Kevin lief neben ihr, mit verschränkten Armen hinter dem Rücken, so wie Onkel Gerd, wenn er am Acker entlangläuft und nachguckt, ob die Kartoffeln vom Westbauern reif sind.

Die beiden waren schon fast an der Wernigeroder Landstraße angelangt, und deshalb wusste ich, dass es Zeit wurde, mich auf den Heimweg zu machen. Oma und Kevin gehen nicht oft spazieren, aber wenn, dann immer direkt vorm Abendbrot.

Früher bin ich auch immer mit Oma da langgegangen: an Omas Hand über die Landstraße, dann an der Schmiede vorbei bis zum Gutshof und wieder zurück. Aber das ist lange her. Jetzt geht Oma immer mit Kevin. Ich komm eigentlich nie mit, nur manchmal, wenn zu Hause dicke Luft ist und Onkel Gerd und Papa sich zanken. Aber das passiert ja zum Glück nicht so oft.

»Gibt's da was Interessantes zu sehen?«, rief Tilla schließlich von unten, und ich lief zur Stiege zurück und kletterte runter.

»Nö«, sagte ich, als ich unten angekommen war. »Nichts Besonderes. Aber ich muss jetzt mal los!«

Als ich am Hoftor ankam, war von Oma und Kevin nichts mehr zu sehen. Aber oben auf dem Weg, der den Berg hinaufführte, stand Tante Eileen. Sie stand unbeweglich da, mitten auf dem Weg, und starrte nach oben. Ich lief zu ihr hinauf.

»Hallo, Tante Eileen!«

Tante Eileen guckte mich an, als müsste sie erst nachdenken, wer ich eigentlich war. Dann lächelte sie. »Kaya!«, sagte sie. »Du bist's!«

Einen Augenblick überlegte ich, ihr von der Schmiede zu erzählen. Aber dann ließ ich es doch lieber sein.

»Schön, sone Kühe, oder?«, sagte Tante Eileen und guckte wieder den Berg hoch, zur Kuppe, wo eine dicke Kuh gemächlich die Wiese entlangtrottete. »Nicht, Kaya? Sind schön, die Kühe.«

»Hm«, sagte ich. »Ja. Die sind schon ganz schön.« Obwohl ich Kühe eigentlich gar nicht besonders schön finde. Aber Tante Eileen sah irgendwie traurig aus, gar nicht so fröhlich wie meistens. So sieht sie übrigens oft aus, wenn sie die Kühe anguckt.

»Aber früher war's schöner«, sagte sie und seufzte. »Wie ich die Kühe noch füttern durfte und allet. Ja, das war schön!«

Wir guckten beide schweigend der Kuh zu. Und dann tauchte oben auf der Kuppe eine große, ziemlich breite Gestalt auf, die langsam auf uns zukam.

Ich hob eine Hand und winkte, und Onkel Gerd winkte zurück.

3

»Habt ihr schon gesehen?«, sagte Oma und stellte eine Schale mit hart gekochten Eiern auf den Tisch. »Da drüben in der Schmiede sind welche eingezogen. Stehen zwei Autos davor.«

»Jaja, Wessis sind det«, sagte Papa mürrisch und griff sich zwei Eier auf einmal. »Da steht immer so 'n Lieferwagen mit Hamburger Kennzeichen.« Er schüttelte grimmig den Kopf und klopfte die Eier einmal hart auf den Tisch, dass sie krachten. »Da hört sich doch alles auf! Hier haben die Leute keine Arbeit, und der Kunstverein setzt uns da noch ein paar Wessis rein. Künstler, ha, dass ich nicht lache! Faulenzer sind das.« Er steckte sich eins der abgepellten Eier ganz in den Mund, kaute und schluckte.

»Ei!«, rief Kevin und streckte die Hand aus. »Ei, Papa!«

»Hier hast du doch Ei«, sagte Tante Eileen und legte ihm

ein frisch gepelltes auf den Teller. »Hier, guck mal, Kevin. Hat Tante Eileen extra für dich gepellt.«

Aber Kevin guckte gar nicht hin. »Ei, Papa!«, quengelte er und wedelte ungeduldig mit der Hand.

Papa drückte ihm sein zweites Ei in die Hand und griff sich ein neues aus der Schale. »Die kriegen da drüben bestimmt auch noch Geld fürs Faulenzen, und wir müssen das auch noch mit unseren Steuergeldern bezahlen«, brummte er und ließ sein Ei krachen.

»Krieg ich auch ein Ei, Papa?«, fragte ich.

Papa guckte weiter finster auf seinen Teller, und Oma griff in den Korb und reichte mir eins.

»Da haste!«

»Danke, Oma.«

»Bitte, bitte«, sagte sie brummig, wuschelte mir kurz durchs Haar und blies dann geräuschvoll auf ihren Tee.

Eine Weile war nur Schmatzen und Kauen zu hören. Alle saßen sie da, aßen und sahen auf ihre Teller hinunter. Außer Tante Eileen, die immer wieder zu Kevin blickte.

Auf einmal musste ich daran denken, wie Mattis mich angeguckt hatte.

Meistens ist das ja so: Entweder starren die Leute mein schlimmes Auge an oder sie gucken glatt an mir vorbei. Mich richtig angucken, das macht eigentlich kaum jemand mal. Und wenn, dann sieht er schnell wieder weg. Na ja, Oma und Papa und die anderen aus meiner Familie machen das natürlich nicht. Aber die anderen. Sogar Peggy, zum Beispiel. Wenn wir uns unterhalten, huscht ihr Blick immer wieder zu meinem schlimmen Auge und dann schnell weg. Als wär's ihr irgendwie eklig, aber sie müsste trotzdem andauernd hinsehen. Und so geht das vielen, glaube ich manchmal.

Aber Mattis, überlegte ich und biss in mein Ei, Mattis hatte mich angeguckt. Und zwar ganz genau. Und Tilla genauso.

»Ist doch aber mal witzig«, sagte Onkel Gerd plötzlich und schlürfte schmatzend den Rest Suppe aus seinem Teller. Dann wischte er sich den Mund ab und lehnte sich seufzend zurück. Papa sah ungeduldig auf.

»Was? Was ist witzig?«, fragte er.

»Na ja«, sagte Onkel Gerd und zündete sich eine Zigarette an. »Ich meine, dass mal welche aus dem Westen herkommen, wo doch alle rübermachen!« Er schmunzelte und stieß den Rauch aus.

Papa sah ihn scheel an.

»Da hat er Recht«, sagte Oma und angelte nach der Zigarettenschachtel. »Gehen ja alle weg, nach'm Westen.«

»Nach Hannover zum Beispiel«, sagte Tante Eileen und lachte. Und dann schlug sie sich im nächsten Moment erschrocken die Hand vor den Mund.

Alle waren still.

Dann sagte Oma: »Will noch einer Brot? Dann schneid ich noch ein paar Scheiben.«

4

Mama ist weggegangen, als ich sieben war und Kevin noch ein Baby. Sie hatte bei einem Rockkonzert in Halberstadt einen Schlagzeuger kennen gelernt, der aus Hannover kam, und mit dem ist sie dann dahin durchgebrannt. Mit dem Schlagzeuger war es zwar schnell wieder vorbei, aber zurückgekommen ist Mama trotzdem nicht.

Und in Hannover lebt sie auch immer noch. Was sie da macht, weiß ich nicht so genau. Manchmal hat sie Arbeit und manchmal nicht. Alle paar Monate kommt sie vorbei, bringt Kevin und mir Geschenke und streitet mit Papa. Und weg ist sie wieder.

Wann immer die Rede auf Mama kommt, sind bei uns gleich alle ganz still. Jedenfalls, wenn Papa dabei ist. Der redet nicht gern über sie. Da kriegt er schlechte Laune von.

Aber Papa ist ja sowieso meistens schlecht gelaunt, und

nicht erst, seit Mama abgehauen ist, wie Oma öfters behauptet. Das war schon vorher so, das weiß ich genau.

Und vielleicht ist Mama ja auch deshalb abgehauen, denke ich manchmal. Vielleicht war dieser Schlagzeuger da einfach besser gelaunt und nicht immer so miesepetrig und brummig wie Papa. Bestimmt sogar!

Wie Mama damals war, als sie noch hier gewohnt hat, daran kann ich mich kaum noch erinnern. Nur, dass sie immer hinten auf der Küchentreppe zum Hof gesessen und geraucht hat. Und dass sie blond war. Aber nicht echt blond, sondern gefärbt.

Blond ist sie immer noch. Oder vielleicht ja auch nicht, so genau weiß ich das natürlich nicht. Das letzte Mal, dass sie hier war, ist ziemlich lang her. Ich glaub, da war es noch nicht mal Frühling.

Und jetzt war ja schon Herbst.

5 Im Sommer finde ich den Schulsport gar nicht so schlecht, denn da sind wir meistens draußen, auf dem Aschenplatz hinter der Schule. Rennen kann ich schneller als alle anderen Mädchen in unserer Klasse, und Weitsprung und Kugelstoßen kann ich auch gut. Aber Ballspiele nicht. Weil ich nicht fangen kann. Werfen schon, aber fangen nicht. Wenn ein Ball auf mich zufliegt, greif ich immer daneben. Das liegt an meinem Auge. Zum Fangen braucht man zwei gesunde Augen, und die hab ich nun mal nicht.

Man braucht aber wiederum auch nicht unbedingt so ein Matschauge wie ich, um nicht fangen zu können. Peggy zum Beispiel kann auch nicht gut fangen. Und Jasmin überhaupt nicht. Aber die verarscht keiner deswegen.

Jedenfalls finde ich Schulsport im Sommer gar nicht so schlecht, aber wenn's draußen kalt wird … echt ätzend. Denn dann sind wir immer in der kleinen Turnhalle, wo es so eklig nach gammligen Matten riecht, und fast jedes Mal spielen wir irgendein Ballspiel. Oder wir machen das Superdämlichste, was ich überhaupt kenne: Gymnastik mit Bällen.

An diesem Vormittag leider auch. Erst mussten wir laufen, zehn Runden im Kreis, dann kam Gymnastik. Jeder nahm sich einen von den großen Gummibällen aus der Kiste im Vorraum, die auch so widerlich riechen, fast wie die Matten.

Peggy kriegte richtig leuchtende Augen. »Guck mal!«, rief sie, stellte sich auf ein Bein, streckte das andere gerade nach vorn und balancierte ihren Ball auf dem Kopf. »Guck mal, fast wie im Ballett!«

Jasmin und Jana und noch ein paar andere Mädchen machten es ihr nach, und ich flüchtete schon mal vor in die Halle.

»So, alle im Kreis aufstellen, die Füße hüftbreit auseinander!«, rief unser Sportlehrer, Herr Metz. »Die Mädchen auch, aber dalli! Und jetzt den Ball über den Kopf und dann nach vorne! Gaaaaanz runter! Und jetzt wieder hoch!«

Peggy stand mir direkt gegenüber, gleich neben Jasmin. Sie machte ein hochnäsiges Gesicht und beugte sich ganz weit nach vorn und wieder zurück. Den Ball hielt sie nur mit den Fingerspitzen, das sah ziemlich affig aus.

»Und hoch!«, rief Herr Metz.

Peggy hob den Ball hoch, aber er rutschte ihr durch die Finger und fiel ihr direkt auf den Kopf. Jasmin fing an zu kichern, und Peggy musste auch lachen. Im nächsten Moment lachten fast alle.

»Ruhe!«, brüllte Herr Metz. »Verdammt noch mal, ist das ein Kindergarten mit euch! Stellt euch in zwei Reihen auf! Die linke Reihe legt den Ball weg. Und dann werfen, immer schön hin und her! Aber ordentlich, hört ihr?«

Ich stöhnte und legte meinen Ball weg. Peggy kicherte immer noch vor sich hin, und Jasmin neben ihr auch. Jasmin trug mal wieder eins von ihren Pferde-T-Shirts.

»Hüah, Lotte!«, rief ich und stieß ein Wiehern aus. »Hü, Lotte, wirf!«

Jasmin merkte gar nicht, dass ich sie veräppelt hatte, aber Peggy musste so sehr lachen, dass sie viel zu kurz warf. Der Ball prallte ein ganzes Stück vor mir auf den Boden, und ich bückte mich, um ihn aufzuheben. Als ich mich wieder aufrichtete, sah ich, dass neben Peggy jetzt Marco stand. Er donnerte Ronny grölend den Ball in die Hände, und Ronny warf ihn mit Kriegsgeheul zurück.

»Ruhe!«, schrie Herr Metz und blies in seine Pfeife. »Ich hab Ruhe gesagt!« Aber keiner achtete auf ihn. Überall flogen die Bälle, und alle lachten und schrien herum.

Peggy warf mir den Ball zu, schon wieder zu kurz. Er rollte an mir vorbei, aber ich erwischte ihn gerade noch. Als ich wieder hochkam, hörte ich Marcos gehässige Stimme.

»Monsterauge, hier, fang!«

Ich sah den Ball gar nicht kommen. Plötzlich war da ein Schatten auf meiner rechten Seite, und ehe ich mich wegducken konnte, knallte mir der Ball auch schon mit voller Wucht an den Kopf. Für einen Augenblick sah ich Sternchen, dann kippte ich um.

Marco und Ronny lachten laut, als ich mich benommen aufsetzte. Ein paar andere kicherten, und der Rest guckte weg. Sogar Peggy.

Herr Metz kam schnaufend zu uns herübergelaufen. »Was ist los? Was ist passiert?«

Keiner antwortete. Ich schon gar nicht. Mein Kopf dröhnte, und meine ganze rechte Gesichtshälfte brannte wie verrückt. Und mein schlimmes Auge natürlich erst recht.

»Ist dir schlecht geworden oder was ist los?«, rief Herr Metz ungeduldig.

»Kaya hat einen Ball an den Kopf gekriegt«, sagte Jessica.

Herr Metz stützte seine Hände auf die Knie und sah mich kopfschüttelnd an. »Na, so was kann eben mal passieren. Da muss man besser aufpassen! Geht's wieder?«

Ich biss die Zähne zusammen und nickte. Als ich mich aufrappelte, sah ich, dass Marco schadenfroh grinste. Ein paar von den anderen kicherten immer noch verstohlen, und ich spürte, wie ich rot anlief.

Herr Metz betrachtete mein Gesicht. Er streckte die Hand aus, als wollte er meine schmerzende Wange berühren, aber dann zog er sie wieder zurück. »Geh in den Waschraum, mach dir ein Handtuch nass und leg's drauf, zum Kühlen«, sagte er und griff nach seiner Pfeife. »So, und die anderen machen jetzt weiter!«

Ich ging aus der Halle, so aufrecht wie möglich, obwohl mir leicht schwindlig war. Im Waschraum guckte ich in den Spiegel. Meine rechte Gesichtshälfte war knallrot, und mein schlimmes Auge sah ein bisschen zugeschwollen aus, aber wenigstens blutete ich nicht. Ich machte mir ein Handtuch nass und drückte es vorsichtig gegen mein Gesicht, und gleich wurde das Brennen besser.

Ich saß eine ganze Weile auf der Bank, mit dem Handtuch an der Wange. Aus der Halle konnte ich Rufen und Lachen hören, und je länger ich dasaß, desto wütender wurde ich. Marco, dieser blöde Affenarsch! Was hatte ich dem denn getan? Und den anderen auch!

Schließlich wurde ich so wütend, dass ich es kaum noch aushalten konnte, und ich stand auf und schlich mich rüber in die Jungenumkleide.

Ich brauchte nicht lange, um Marcos Klamotten zu finden. Seine Stiefel, gefütterte mit Leuchtstreifen an den Seiten, lagen auf dem Boden, und ich nahm sie und trug sie zum Waschbecken rüber. Dann machte ich den Wasserhahn an und ließ sie voll laufen, bis oben hin. Ich wartete, bis sie richtig schön durchgeweicht waren, dann goss ich das Wasser wieder raus, legte die Stiefel zurück und flitzte raus.

Als die anderen sich umziehen gingen, war ich längst wieder in der Halle und saß auf der Bank, in sicherer Nähe von Metz, mit dem nassen Handtuch auf meiner Wange.

Marcos Gebrüll war bis hierhin zu hören. Herr Metz ging sogar nachgucken, was los war. Aber als er zurückkam, sagte er nichts. Er schickte mich in die Pause, das war's.

Marco ist zwar ein Affenarsch, aber 'ne Petze ist er auf jeden Fall nicht.

Den Rest des Tages hielt ich mich vorsichtshalber von ihm fern. Das war auch nicht schwer, denn Marco schwänzte die letzten drei Stunden. Ich sah ihn über den Schulhof verschwinden, in seinen stinkigen, verschwitzten Turnschuhen. Die tropfenden Stiefel trug er in der Hand.

Mann, guckte der sauer!

6

Als ich das nächste Mal in die Schmiede kam, sah es dort schon ganz anders aus. In den Tagen zuvor war die Tür immer geschlossen gewesen, wenn ich vorbeigekommen war. Aber diesmal stand sie offen, und Tilla saß auf der Vortreppe, Lumpi zu ihren Füßen. Sie trug ihren farbbekleckssten Malerkittel und winkte, und Lumpi sprang auf und lief wedelnd auf mich zu, wieder mit diesem lustigen Grinsen in seinem schwarzen Hundegesicht.

»Hallo, Kaya!«, rief Tilla. »Gehst du spazieren?«

Einen Moment lang wusste ich gar nicht, was ich darauf antworten sollte. Spazieren gehen, das klingt immer so nach steif rumgehen und auf dem Weg bleiben, aber das mach ich fast nie. Meistens laufe ich kreuz und quer durch die Gegend und such mir meine eigenen Wege. Und langsam geh ich auch nur ganz selten. Entweder schleiche ich mich irgendwo durch oder ich renne. Spazieren gehen passte also gar nicht, aber ein besseres Wort wusste ich auch nicht, und deshalb nickte ich schließlich doch.

»Hast du was dagegen, wenn Lumpi und ich mitkommen?«, fragte Tilla und deutete auf Lumpi, der mit seinen treuen braunen Augen aufmerksam zu mir hochsah.

»Meinetwegen«, sagte ich. »Hab ich nichts gegen.«

Lumpi wedelte so heftig, als ob er mich verstanden hätte, und ich kraulte ihn vorsichtig hinter den Ohren.

»Schön«, sagte Tilla, und dann guckte sie mich genauer an. »Was ist denn mit deiner Wange passiert? Die ist ja ganz blau!«

»Ach, da hab ich in der Schule beim Sport einen Ball gegen gekriegt«, sagte ich. »Ist nicht so schlimm.«

»Hat aber bestimmt wehgetan, oder?«, fragte Tilla mitfühlend, und dann stand sie auf. »Ich zieh mich nur rasch um. Geh du nur ins Atelier, die andern sind auch da.« Und damit lief sie die Treppe hinauf.

Drinnen, im Atelier, lagen überall Papier, Bilder, Stifte und Pinsel herum. Dazwischen standen massenweise Farbdosen, und auf den beiden Holzgerüsten lehnten halb fertig gemalte Bilder. Vor einem davon stand Klaus, und in der vorderen Hälfte des Raumes hockte Mattis auf dem Boden, vor sich ein riesengroßes bedrucktes Papier.

»Hallo!«, sagte ich. Klaus nickte mir knapp zu und wandte sich wieder seinem Bild zu. Mattis lächelte.

»He, Kleine! Na, was macht das Leben?«

»Geht so. Okay.« Ich stellte mich neben ihn, und Lumpi ließ sich zufrieden brummend neben meinen Füßen nieder. »Du hast ja gar keine Stafette!«, sagte ich.

»Staffelei meinst du. Nee.« Mattis wischte sich eine Haarsträhne aus der Stirn und stand auf. »Brauch ich auch nicht. Ich male ja gar nicht.«

»Was machst'n du dann?«, fragte ich.

Mattis zeigte auf das große Papier auf dem Fußboden. »Fotos«, sagte er. »Ich mache Fotos.«

Erst jetzt sah ich, dass das große bedruckte Papier tatsächlich ein Foto war. Es glänzte ein bisschen und sah irgendwie echt aus, also wie etwas Echtes, nicht etwas Gemaltes. Aber was nun eigentlich genau drauf war, konnte ich trotzdem nicht erkennen, nur so Striche und dicke Balken und dann noch ein paar Punkte.

»Und was soll das sein?«

»Das ist ... äh, das ...« Mattis sah ein bisschen unglücklich drein. »Das ist eine Badematte, von nahem.«

»'ne Badematte?«, fragte ich ungläubig. »'ne richtige Badematte? So eine, die man in die Badewanne tut?«

Mattis nickte, und ich schüttelte den Kopf. Eine Badematte! So was Komisches! Und ich hatte die nicht mal erkannt.

»Wusst ich gar nicht, dass man da auch Künstler ist, wenn man Badematten fotografiert«, sagte ich.

Drüben an der Staffelei war Klaus aufmerksam geworden und sah neugierig zu uns herüber, und Mattis zog die Nase kraus. »Jaaa«, sagte er gedehnt. »Es gibt eben Fotografen, die machen normale Fotos, von Leuten und Landschaften und so. Und dann gibt es eben noch Kunstfotos, und so was mach ich. Außerdem fotografier ich nicht einfach nur. Ich bearbeite die Fotos dann ja noch. Ich schneide Muster rein oder klebe etwas drauf, bis es eben gut aussieht.« Mattis hob die Hand, und ich konnte sehen, dass er ein kleines Messer darin hielt. Das war mir vorher gar nicht aufgefallen. »Siehst du?«, sagte er. »Damit arbeite ich.«

Ich betrachtete das Foto. In einer Ecke war eine Reihe kleiner Schnitte zu sehen, genau auf dem einen Balken. Man konnte sie kaum erkennen, so klein waren sie.

»Aber wozu?«, fragte ich. »Wozu machst du das Foto denn wieder kaputt?«

Mattis sah einen Moment lang so aus, als müsse er richtig darüber nachdenken. »Na, weil ich es schön finde«, sagte er schließlich. »Gefällt es dir nicht?«

Ich betrachtete das Bademattenfoto mit den kleinen Schnitten noch einmal ganz genau, aber ich konnte einfach nichts daran finden. Vor allem die Schnitte waren irgendwie blöd. »Nö«, sagte ich.

Mattis schwieg und kratzte sich am Kopf.

»Also«, erklärte ich, »die Badematte find ich gar nicht so

schlecht. Das ist ja ein bisschen wie ein Rätsel. Wo man direkt vorsteht und es anguckt und trotzdem nicht erkennt. Aber die Schnitte, die find ich doof.«

»Tja, Mattis«, sagte Tilla, die plötzlich neben mir stand. »So unterschiedlich sind die Geschmäcker.«

Mattis lachte und knuffte sie in die Seite. »Na, dann zeigen wir Kaya doch gleich auch noch dein Werk«, sagte er. »Mal sehen, was sie dazu sagt!«

»Meinetwegen!«

Wir gingen alle drei zu ihrer Staffelei hinüber. Staffelei – das Wort hatte ich mir jetzt hoffentlich endlich gemerkt.

»Und?«, fragte Mattis gespannt.

Tillas Bild zeigte eine Frau, die auf dem Boden hockte und die Arme um ihre eigenen Schultern geschlungen hatte. Ihr Gesicht war ein bisschen verzerrt, aber trotzdem sah sie irgendwie schön aus.

»Der tut was weh, oder?«, fragte ich Tilla.

Sie nickte langsam. »Ja, stimmt. Ich hab noch gar nicht darüber nachgedacht, aber ich glaub, du hast Recht. Ihr tut etwas weh.«

»Bist du das?«

»Ich?«, fragte Tilla verblüfft zurück. »Nee. Das bin nicht ich. Wie kommst du denn darauf?«

Ich zuckte mit den Schultern. »Ich weiß nicht. Kann doch sein, oder?«

Tilla dachte einen Moment nach. »Vielleicht«, sagte sie schließlich zögernd. »Vielleicht, ja.«

»Und wie findest du die Farben?«, fragte Mattis. »Gefallen die dir?«

»Geht so. Mehr Blau drin hätte ich besser gefunden.«

Mattis und Tilla sahen sich an. Dann fingen sie gleichzeitig zu lächeln an. »Na, du bist mir vielleicht 'ne Marke«, sagte Mattis und schüttelte den Kopf.

Tilla schmunzelte vergnügt. »'ne richtig gute Kritikerin,

unsere Kaya. Du machst in Zukunft keine Schnitte mehr in deine Bilder, Mattis, und ich male in Blau. Mal sehen, was dabei rauskommt!«

Mattis betrachtete mich fröhlich. »Wer weiß!«, sagte er. »Wer weiß, ob du nicht Recht hast, Kaya!« Dann hob er eine Braue. »Was ist denn eigentlich mit deiner Backe los? Hast du dich verletzt?«

»Kaya hat in der Schule einen Ball vor den Kopf gekriegt«, erklärte Tilla und kraulte Lumpi, der sich an ihre Beine drückte. »So, ich glaub, jetzt muss Lumpi aber wirklich mal raus. Komm, lass uns losgehen.«

Wir verabschiedeten uns von Mattis und Klaus und gingen zur Tür.

»Wo ist denn der beste Weg in den Wald rauf?«, fragte Tilla auf der Vortreppe.

Ich musste nicht lang überlegen. »Quer durch den Gutshof und am ›Gasthaus zum Hirschen‹ vorbei.« Ich zeigte nach rechts. Lumpi lief die Einfahrt hinunter, aber Tilla blieb nach ein paar Schritten noch einmal stehen und blickte nach links, über die Landstraße zu unserem Haus hinüber.

»Und da drüben wohnst du also?«, fragte sie.

»Ja, da, wo die Vorhänge sind. Der Rest vom Haus steht aber leer.«

»Und wer wohnt da noch außer dir?«, fragte Tilla.

»Papa, Oma und Onkel Gerd«, zählte ich auf. »Und Kevin, mein kleiner Bruder. Und dann noch Tante Eileen.«

»Tante Eileen?«, fragte Tilla. »Wie wird denn das geschrieben?«

»Na, so wie man's spricht.«

»Mit A oder E vorne?«

»Keine Ahnung«, sagte ich und zog den Reißverschluss von meiner Trainingsjacke zu. »Musste sie selber fragen.«

Tilla lachte, dann wurde sie wieder ernst. »Und deine Mama?«, fragte sie. »Was ist mit der?«

»Was soll mit der sein?«, fragte ich zurück und betrachtete einen Fleck vorn auf meiner Jacke. Ich wusste gar nicht, wie der da hingekommen war.

»Na, ob die auch bei euch wohnt«, erklärte Tilla geduldig.

»Nö. Die ist weg«, sagte ich rasch, und dann hüpfte ich vorwärts. »Wolln wir jetzt mal endlich los, oder was ist?«

7 Lumpi lief munter voraus, und ich schlüpfte hinter Tilla herum auf ihre rechte Seite, damit ich sie mit meinem guten Auge sehen konnte. Sie hatte die Hände tief in die Taschen ihrer Jeans gesteckt, so wie ich es auch meistens mache, und blickte zufrieden auf die Dächer der Häuser weiter unten im Dorf.

»Mensch, ist es hier schön«, sagte sie. »Ich bin wirklich froh, dass ich hier sein und in Ruhe arbeiten kann.«

»Kriegt ihr da eigentlich Geld für?«, fragte ich, weil mir sofort einfiel, was Papa neulich über Tilla und die beiden anderen gesagt hatte – das mit dem Faulenzen und den Wessis und den Steuergeldern.

»Ja«, sagte Tilla. »Wir sind doch Stipendiaten.«

»Was seid ihr?« Das Wort hatte ich noch nie gehört.

»Stipendiaten!«, sagte Tilla und sog tief die Luft ein. »Das heißt, dass man Geld und eine Wohnung kriegt, damit man eben in Ruhe malen kann. Oder schreiben oder musizieren oder was man eben sonst als Künstler so macht. Ein Stipendium, das ist wie ein Geschenk.«

»Von wem?«

»Vom Kunstverein«, sagte Tilla. »Aber eigentlich bezahlt das die Regierung von Sachsen-Anhalt.«

»Und woher hat die das?«

Tilla sah mich stirnrunzelnd an. »Ich weiß nicht«, sagte sie. »Vielleicht von den Steuern. Ehrlich gesagt, ich hab keine Ahnung.«

Also hatte Papa tatsächlich Recht gehabt, mit den Steuergeldern jedenfalls. Ich stieß die Pforte zum Hintereingang des Gutshofs ein Stück weit auf. Lumpi flitzte hinein, und Tilla folgte mir durch den Spalt.

»Warum willst du denn das so genau wissen?«, fragte sie.

»Ach, nur so«, sagte ich ausweichend und lief auf meine Lieblingsscheune zu. Wenn wir schon mal hier waren, konnte ich sie Tilla genauso gut auch gleich zeigen.

Aber Tilla blieb mitten auf dem Hof stehen und sah sich staunend um. »Was für eine riesige Anlage! Hat das auch mal zur LPG gehört?«, fragte sie und betrachtete die beiden dreistöckigen Gutshäuser mit ihren leeren Fensterhöhlen und die zwei halb zerfallenen Scheunen, die den Innenhof einrahmten.

»Glaub schon«, sagte ich. »Du, Tilla?«

»Ja, was denn?«

»Sag mal, bist du eigentlich aus'm Westen?«, erkundigte ich mich.

Tilla lachte. »Was glaubst du? Rate doch mal!«

»Ich weiß nicht. Das kann ich nicht raten«, sagte ich. Ich hab wirklich keine Ahnung, woran man die Wessis erkennt. Ich jedenfalls erkenne sie nie. Aber Papa. Jedenfalls behauptet er das.

Tilla sah mich abwartend an. »Na los, rate doch mal.«

Irgendwas musste ich ja sagen. »Wessi vielleicht?«, fragte ich.

»Falsch«, sagte Tilla. »Ich komm ursprünglich aus Rostock. Und wo ich jetzt wohne, weißt du ja noch, oder?«

»Na klar«, sagte ich fast beleidigt. »Hier. Und in Berlin-Friedrichshain. Aber Mattis und Klaus, sind das denn vielleicht Wessis?«

»Klaus ja, der ist aus Hamburg. Aber Mattis kommt aus Schwedt an der Oder und wohnt auch in Berlin. Allerdings in Kreuzberg, und das ist im Westen. Ganz schön verwirrend, was?« Sie zwinkerte mir zu.

»Och, nö, eigentlich nicht«, sagte ich und ging zufrieden weiter. Papa lag also doch nicht so ganz richtig, zumindest, was das mit den Wessis betraf. Ob das mit dem Faulenzen stimmte, konnte ich Tilla ja wohl schlecht fragen. Aber das würde ich schon noch rauskriegen, da war ich mir sicher.

Lumpi schnüffelte an einem Grasbüschel und kam sofort angelaufen, als ich mit Tilla um die Scheune herumging. Der Vordereingang war vernagelt, aber ich hatte schon im vorletzten Jahr einen Weg entdeckt, trotzdem hineinzukommen. Ich schob ein lockeres Brett zur Seite und blockierte es mit einem großen Stein, den ich extra dafür herangeschleppt hatte.

»Willst du mal gucken?«, fragte ich Tilla. »Mein Geheimplatz! Das ist ganz toll hier drin.«

Tilla zögerte, aber dann folgte sie mir doch. Vorher befahl sie Lumpi, draußen zu warten, und er setzte sich brav hin und sah uns mit gespitzten Ohren nach.

In der Scheune war es ziemlich kühl. Gerümpel, alte Balken, Steine und zerbrochenes Werkzeug bedeckten den bemoosten Boden. Durch zahllose große und kleine Löcher und Spalte in Wänden und Dach fielen Lichtstrahlen kreuz und quer durch den Raum. Das sah richtig toll aus, und das Schöne daran war, dass die Lichtstrahlen mit der Tageszeit und dem Stand der Sonne wanderten. Ich konnte mich stundenlang hier drinnen aufhalten, das Gerümpel auf dem Boden nach Schätzen durchsuchen oder einfach nur dasitzen und den flirrenden Lichtstrahlen zusehen, abwechselnd mit meinem gesunden und meinem schlimmen Auge. So musste es im Innern eines Diamanten aussehen, stellte ich mir vor. Blitzend und funkelnd und dazwischen verschwommene Schatten.

»Wow, das ist ja irre!«, sagte Tilla verblüfft und sah sich stirnrunzelnd um. »Bist du oft hier?«

»Ziemlich oft«, sagte ich und balancierte auf einem morschen Balken. Natürlich trat ich schon nach ein paar Schritten ins Leere und sprang wieder runter. »Aber eigentlich darf ich das nicht. Wegen der Einsturzgefahr.«

Tilla sah sofort misstrauisch hoch zum Dach mit seinen klaffenden Löchern. »Aber du gehst trotzdem hierhin?«, fragte sie verwundert.

»Klar«, sagte ich. »Ich hab keine Angst. Das hört man doch vorher, wenn was runterfällt.«

»Aha«, sagte Tilla, aber sie wirkte nicht ganz überzeugt. Unbehaglich zog sie die Schultern hoch. »Also, für mich wär das nichts.«

»Wir können ja auch wieder gehen«, bot ich großherzig an. Im gleichen Moment bellte Lumpi draußen vor der Scheune, dann waren Stimmen zu hören. Ich linste durch einen Spalt in der Scheunenwand. Drüben, ganz auf der anderen Seite des Hofes, standen Dennis und Pascal, Marcos großer Bruder. Die beiden zündeten sich gerade Zigaretten an, und ihre beiden Glatzen schimmerten hell vor der vom Alter geschwärzten Wand des Gutshauses.

Pascal hatte ich eine ganze Weile nicht gesehen. Peggy hatte mir erzählt, dass er wieder im Knast gewesen war, wegen Einbruchs. Letztes Jahr war er auch schon mal drin gewesen, weil er in Boderode jemanden schlimm verprügelt hatte.

»Wer ist denn da?«, fragte Tilla hinter mir.

»Ach«, sagte ich. »Das sind nur zwei Jungs aus dem Dorf. Komm, wir gehen. Wir wollen doch in den Wald, oder nicht?«

Lumpi saß immer noch brav vorm Eingang, aber als wir aus der Scheune traten, sprang er sofort auf und tanzte grinsend um uns herum. Ich klemmte das Brett vorsichtig wieder an seinen Platz und schob den Stein davor. Dann trat ich auf den Hof hinaus, und Tilla und Lumpi folgten mir.

Dennis und Pascal öffneten gerade zwei Bierdosen und sahen ziemlich überrascht aus, als wir hinter der Scheune hervorkamen.

»Tag«, sagte Tilla.

Doch Dennis und Pascal glotzten uns bloß wortlos an, als wir vorbeigingen. Tilla starrte zurück, aber ich guckte lieber stur geradeaus. Wo Dennis und Pascal waren, konnte auch Marco nicht weit sein. Der hing immer mit den beiden herum, und wenn Pascal nicht da war, hielt er sich an Dennis. Warum der wiederum sich mit so Kleinen wie Marco abgab, hatte ich allerdings noch nie verstanden. Peggy aber auch nicht. Obwohl's ja ihr Bruder ist, der Dennis. Aber die beiden mögen sich eben nicht so besonders.

»So«, sagte Tilla, als wir durch das Tor auf die Straße gingen. »Das waren also eure Skins, ja?«

»Genau«, sagte ich. »Und hast du gesehen, die saufen auch! Aber bestimmt nicht gegen rechts, oder was meinst du?«

»Nee!« Tilla lachte und zog eine Grimasse. »Das ganz bestimmt nicht.«

Wir bogen nach links in den kleinen Pfad ein, der vor Jasmins Haus in den Wald hinaufführte, da entdeckte ich Marco. Er kam vom »Gasthaus zum Hirschen« herübergelaufen, in jeder Hand eine Bierflasche. Sein Gesicht war wutverzerrt.

»Missgeburt! Das zahl ich dir noch heim mit den Schuhen! Dreckige Monsterfresse, du blöde!«, schrie er. Dann sah er Tilla und war sofort still. Eilig verschwand er im Eingang zum Gutshof.

Tilla blieb stehen und sah mich stirnrunzelnd an. »Wer war denn das?«

»Ach, das ist bloß Marco. Einer aus meiner Klasse.«

»Aber der sieht viel älter aus als du!«

»Ist er ja auch. Der ist sitzen geblieben.«

Ich blickte zum Gasthaus hinüber. In der Tür stand jetzt Marcos Vater. Er schwankte bedenklich und musste sich mit beiden Händen am Türrahmen festhalten.

»Marco«, schrie er mit überkippender Stimme. »Komm sofort zurück, du nichtsnutziger Dieb! Ich schlag dich windelweich, wenn du nicht sofort zurückkommst! Und deinen dämlichen Bruder genauso!« Er trat gegen den Rahmen, dass das Holz splitterte. Im nächsten Moment tauchte eine von seinen Töchtern hinter ihm auf – Dunja oder Kerry, die beiden konnte ich nie auseinander halten – und zog ihn wieder ins Haus.

»Auweia«, sagte Tilla, die das Ganze ebenfalls beobachtet hatte. »Nette Familie!« Sie zog eine Grimasse, und darüber musste ich lachen. Tilla lächelte auch, und wir gingen weiter den Berg hoch. Lumpi hüpfte gut gelaunt vor uns her und hielt gelegentlich an, um ausgiebig an einem Busch oder einer Baumwurzel zu schnuppern. Ich konnte ihn ganz gut verstehen, hier im Wald roch es wirklich unheimlich klasse.

»Ist der Marco immer so gemein zu dir?«, fragte Tilla, die jetzt wieder ernst geworden war.

»Meistens.«

Tilla musterte mich forschend von der Seite. Ich drehte leicht den Kopf nach links, und weg war sie für mich. Manchmal ist dieses doofe Auge doch wirklich verdammt praktisch.

»Und du lässt dir das einfach so gefallen?«, fragte die unsichtbare Tilla neben mir.

Ich zuckte mit den Achseln.

»Nimmt dich denn nie einer in Schutz?«

»Ich weiß nicht«, sagte ich langsam und kickte einen Stock ins Gebüsch. Lumpi sprang gleich hinterher und schnappte ihn sich.

»Warum nicht?«

Ich schwieg und nahm Lumpi den Stock ab, den er mir zurückgebracht hatte, um ihn wieder für ihn zu werfen. Erstens wusste ich beim besten Willen nicht, was ich antworten sollte, und zweitens hatte ich echt keine Lust mehr, weiter darüber zu reden.

Aber Tilla war noch nicht fertig. »Man kann sich selbst wehren, ja klar«, sagte sie. »Aber manchmal ist es besser, wenn wer anders auch noch was sagt.«

Ich drehte mich zu ihr. »Na, aber du hast doch gerade auch nichts gesagt!«

»Stimmt«, sagte Tilla und sah plötzlich sehr betreten aus. Und jetzt war sie endlich fertig mit Reden.

Schweigend liefen wir weiter bergauf. Lumpi trug stolz seinen Stock vor uns her. Ab und zu, wenn etwas im Unterholz knackte, spitzte er die Ohren und lief ein paar Meter voraus. Aber dann kam er immer wieder schnell zu uns zurück.

Tilla deutete mit dem Finger auf ihn. »Guck mal, wie glücklich Lumpi ist! Der hat es gut!«

Ich nickte. »Der hat es sogar ganz besonders gut! Denn hier laufen sonst keine Hunde frei rum.«

»Ach? Das ist ja schade«, sagte Tilla und zerrte spaßeshalber an Lumpis Stock, aber Lumpi ließ ihn nicht los. »Den Hunden geht es ja immer viel besser, wenn sie frei rumlaufen dürfen.« Endlich gab Lumpi den Stock frei. Tilla warf ihn, und Lumpi sauste wie wild hinterher. Aber er brachte ihn nicht zu Tilla zurück, sondern zu mir. Tilla schüttelte lachend den Kopf. »Treulose Tomate!«

Ich nahm Lumpi vorsichtig den Stock ab und warf ihn ins Unterholz. Nachdenklich sah ich zu, wie Lumpi hurtig hinterherrannte und schwanzwedelnd danach zu suchen begann. Ich hatte mir vorher noch nie überlegt, dass es Hunden etwas ausmachen könnte, nicht frei laufen zu dürfen. Im Gegenteil, ich hatte das völlig normal gefunden. Und bei Hunden wie dem Kettenhund vom alten Bresan war ich sogar ganz froh darüber. Wenn ich mir vorstellte, dass der frei durchs Dorf lief, wurde mir wirklich ganz mulmig.

Weiter vorn hatte Lumpi seinen Stock endlich gefunden und brachte ihn mir zurück. Direkt vor mir ließ er ihn fallen und sah mich auffordernd an. Und irgendwie hatte ich plötzlich fast ein schlechtes Gewissen, als ich den Stock aufhob und ein weiteres Mal für Lumpi warf.

So was würde der Kettenhund nämlich sicher auch gerne

machen. Eigentlich doch ganz schön schlimm, dass er immer eingesperrt war.

Tilla war schon vorausgegangen und hatte die Stelle erreicht, zu der ich gewollt hatte – den schönsten Aussichtsplatz in der Gegend, von dem aus man über das ganze Harzvorland sehen konnte. »Ach, wie schön!«, rief sie und breitete die Arme aus. »Die Sonne geht unter!«

Ich ging zu ihr hinüber. Tatsächlich, die Sonne hing schon tief am Himmel und verschwand gerade hinter den Bergen im Westen. »Oh Mann, schon so spät!«, rief ich und warf ein letztes Mal den Stock für Lumpi, so weit, wie ich nur konnte. »Tschüss, Tilla! Tschüss, Lumpi!« Und damit rannte ich los, geradewegs in den Wald rein, die Abkürzung nach Hause.

»Tschüss, Kaya!«, rief Tilla mir nach. »Bis zum nächsten Mal, ja?«

Kapitel 3

Der Hund ohne Namen

1 Eine Woche später kriegten wir die letzte Erdkundearbeit zurück. Ich war richtig gespannt auf meine Note. Schließlich bin ich in Erdkunde ja ganz gut, und außerdem waren Hauptstädte dran gewesen, und die kenn ich fast alle.

Aber als ich das Heft aufschlug, hatte ich dann doch bloß eine Vier minus. Wegen der Rechtschreibung natürlich.

»Man sieht, dass du die Aufgaben eigentlich gekonnt hast«, sagte Frau Smorra und seufzte. »Aber wenn du die Namen der Städte falsch schreibst, Kaya, dann muss ich dir das trotzdem als Fehler anstreichen.«

Wir guckten beide auf die vielen roten Kringel und Striche in meinem Heft. In beinahe jeder Zeile war etwas angestrichen: *Stutgard, New Jork, Paries.*

»Du musst unbedingt Rechtschreibung üben, Kaya«, sagte Frau Smorra. »Bitte doch mal deine Eltern, dass sie sich mit dir hinsetzen. Oder jemand anders aus deiner Familie.«

Ich dachte an Oma und Onkel Gerd und musste fast grinsen. Die konnten selber nicht besonders gut lesen und schreiben, und ob Tante Eileen auch nur eins von beiden überhaupt konnte, wusste ich gar nicht. Lesen sehen hatte ich sie jedenfalls bisher noch nie. Und Papa fragen – das war auch nicht gerade das Richtige. Der war immer so ungeduldig, und wenn er selber was nicht konnte, ärgerte er sich ganz furchtbar.

»Morgen bringst du mir dann die Berichtigung«, sagte Frau Smorra und seufzte noch einmal, bevor sie mit dem letzten Heft zu Jasmin hinüberging und es vor ihr auf den Tisch legte. »So, Jasmin, sehr schön! Eine Zwei plus. Und nun alle mal herhören! Es ist wieder einmal Zeit für einen Aufsatz! Ich habe mir ein schönes Thema für euch überlegt: Es heißt: ›Mein Vorbild‹! Das sollte möglichst jemand sein, der sich für ein friedliches Miteinander einsetzt und gut zu seinen Mitmenschen ist.« Erwartungsvoll sah Frau Smorra sich in der Klasse um. Irgendwer stöhnte leise, und aus der letzten Reihe kam ein Würgegeräusch. Frau Smorra zog verärgert die Nase kraus.

»Ganz genau, Ronny! Das Thema ist auch für dich bestens geeignet! Damit du dir mal Gedanken machst, dass es auch andere Lösungen gibt, als sich immer zu prügeln. Und das gilt auch ganz besonders für Marco!«

Ich drehte mich vorsichtig nach Marco und Ronny um, die nebeneinander in der letzten Reihe saßen. Ronny grinste frech, und Marco malte mit einem Filzstift in seinem Heft herum. Er hatte ein frisches blaues Auge und eine geschwollene Backe, aber Frau Smorra wusste ja nicht, dass er sich gar nicht geprügelt hatte. Sein Vater hatte ihm eine verpasst, das wusste ich von Peggy, und die hatte es natürlich von Dennis. Marco kriegte oft Schläge von seinem Vater, wenn der besoffen war. Und das war er ja fast immer.

Frau Smorra kniff die Lippen zusammen. »Marco?«, fragte sie scharf. »Hast du mich verstanden?«

»Kannst ja dich selber als Vorbild nehmen, Marco!«, rief jemand, und ein paar andere lachten.

Marco schwieg und malte weiter in seinem Heft herum.

»Ich habe dich etwas gefragt, Marco!«, schimpfte Frau Smorra.

Marco sah auf. Seit der Sache mit den Stiefeln war ich ihm aus dem Weg gegangen, aus Angst vor seiner Rache, aber anscheinend hatte er das Ganze schon längst wieder vergessen. Sein Blick flog über mich hinweg und blieb auf einem Punkt an der Wand irgendwo hinter Frau Smorra haften. »Jaja«, sagte er, und seine Stimme klang müde. »Klar hab ich verstanden. Mein Vorbild. Frieden und gut zu den Menschen, schon klar.« Dann sah er wieder auf sein Heft hinunter.

Frau Smorra machte den Mund auf, um etwas zu sagen, aber dann klappte sie ihn wieder zu und klatschte laut in die Hände. »So! Holt eure Erdkundebücher raus. Seite 35!«

Ich guckte zu Marco, der immer noch in sein Heft malte und sich dabei über seine geschwollene Backe wischte. Komisch, für einen klitzekleinen Moment tat er mir sogar Leid, der alte Affenarsch.

2 Nach dem Mittagessen fuhren Oma und Tante Eileen mit dem Bus zum Einkaufen nach Boderode, und ich spielte solange mit Kevin. Erst legten wir eins von seinen Puzzles, aber dann wollte Kevin lieber im Hof Tretauto fahren, und ich nahm meinen Atlas und mein Arbeitsheft mit raus und machte schnell die Berichtigung von der Erdkundearbeit. Das war nicht schwer, ich musste die Namen der Hauptstädte ja nur im Atlas nachgucken und abschreiben. Als Oma und Tante Eileen zurückkamen, war ich schon fertig. Ich brachte den Atlas wieder nach oben und wollte los, aber Oma pfiff mich zurück.

»Wo gehst du hin?«, fragte sie und zündete sich eine Zigarette an, während sie schwer atmend auf einen Küchenstuhl sank. Oma ist ziemlich dick, und wenn sie einkaufen war, ist sie hinterher immer ganz erschöpft und muss sich eine Weile ausruhen.

»Raus«, sagte ich und klapperte ungeduldig mit der Türklinke.

»Bleib man schön in der Nähe!«, brummte Oma. »In Rufweite, hörst du?«

»Aber wieso denn?«, maulte ich.

»Weil ich dich hier in der Nähe haben will und basta«, sagte Oma und klatschte mit der flachen Hand auf den Tisch. »Immer bist du weg! Man weiß ja nie, wo du dich eigentlich rumtreibst!«

»Nur hier so auf dem Hof rum«, sagte ich und trat ungeduldig von einem Fuß auf den andern. »Oben auf dem Berg und so.«

»Über die Straße gehst du ja wohl nicht?«

»Nee«, sagte ich und tat ganz entrüstet. »Das darf ich doch gar nicht!«

»Und zum Gutshof drüben, gehst du da etwa hin?«

Ich schüttelte den Kopf und guckte so unschuldig, wie es nur ging. Oma musterte mich misstrauisch.

»Na gut«, sagte sie. »Aber trotzdem stromerst du mir zu viel rum. Heute bleibst du mal in der Nähe und basta.«

»Ach, Oma! Nur so ein bisschen den Berg hoch, bitte!«

»Nee«, sagte sie. »Du bleibst in der Nähe und basta. Irgendwann muss auch mal gut sein.«

Ich guckte zu Tante Eileen, aber von der war keine Hilfe zu erwarten. Sie räumte die Einkäufe in den Schrank und tat so, als hätte sie nichts gehört.

»Okay«, seufzte ich. »Kann ich jetzt wenigstens in den Hof?«

Oma nickte, und ich sah zu, dass ich rauskam, bevor sie es sich noch anders überlegte.

So sind sie manchmal, die Erwachsenen. Sonst kümmern sie sich auch nie drum, wo ich bin und was ich tu, und auf einmal wollen sie alles plötzlich ganz genau wissen. Und am Ende vom Lied darf ich nicht weg. Aber das kenn ich ja schon. Am nächsten Tag ist es dann allerdings meistens vergessen und ich kann wieder machen, was ich will.

Aber heute konnte ich das leider nicht. Draußen vorm Hof lehnte ich mich gegen den Schaukasten. Irgendwo muhte eine Kuh, und ein Laster kam die Wernigeroder Landstraße heruntergebrettert und donnerte an mir vorbei. Ich hob einen Stock auf und stocherte ein bisschen im Sand herum, dann ging ich näher zur Straße. Bei der Schmiede war auch nichts Besonderes los. Die Autos von Tilla und Klaus standen in der Einfahrt, sonst war alles ruhig.

»Bleib in der Nähe!«, rief Oma aus dem Wohnzimmerfenster, und ich schmiss wütend den Stock hin.

»Jaja!«, schrie ich und trabte wieder zurück, und Oma klappte zufrieden das Fenster zu.

So langweilig war mir schon lange nicht mehr gewesen. So unendlich langweilig, dass ich's kaum aushalten konnte. Ich trat gegen den Schaukasten, dass er wackelte, dann schlenderte ich über den Hof zum hinteren Zaun und lehnte mich da gegen den Pfosten.

»Was machst'n du, Kaya?«

Ich drehte mich um. Peggy guckte über den Zaun. Ich konnte nicht so viel von ihr sehen, weil der Zaun ziemlich hoch ist, nur ihre Haarspange, rosa mit Glitzer drauf, ein Büschel blonder Locken und ihre blauen Augen.

»Nix«, sagte ich und stellte mich auf den zerbrochenen Stiel von einer alten Harke, die auf dem Boden lag. Jetzt konnte ich Peggys Gesicht ganz sehen.

»Willste mal rüberkommen?«, fragte sie.

»Ich darf nicht.«

»Kannst doch mal fragen!«

»Und dann?«

»Wir können mit meinen Barbies spielen«, sagte sie mit leuchtenden Augen. »Ballett!«

»Iih, bloß nicht! Das ist doch totaler Babykram.«

»Das ist gar kein Babykram!«, sagte Peggy und sah sofort so aus, als würde sie zu heulen anfangen. Ihre Augen füllten sich mit Tränen, und ihre Oberlippe zitterte.

»Na gut«, sagte ich versöhnlich. »Aber kein Ballettscheiß oder so. Aber ich muss erst mal Oma fragen. Oma?«, brüllte ich so laut, wie ich konnte, und einen Moment später machte Oma das Küchenfenster auf und streckte den Kopf raus.

»Kann ich zu Peggy?«

Oma guckte von mir zu Peggy, und dann nickte sie. »Zu

Peggy kannste gern rüber«, sagte sie. »Aber denk dran, in einer Stunde gibt's Abendbrot!«

»Siehste!«, sagte Peggy. »Geht doch!«

»Gar nichts siehste«, sagte ich und sauste los, durch den Hof und vorne rum ums Haus und dann hinten wieder bei Peggy rein. Ich hätte auch über den Zaun klettern können, aber ich musste einfach mal rennen.

Peggy hat ein richtiges eigenes Zimmer. Es ist ziemlich groß, aber trotzdem bin ich nicht so gerne bei ihr. Ich bin lieber draußen. Da muss ich auch nicht mit Barbies spielen oder sonst irgend so 'n Babykram.

Jedenfalls, Peggys Zimmer ist komplett rosa angemalt. Dirk, ihr Stiefvater, hat sogar ihr Bett rosa gestrichen, was Peggy ganz toll findet. An den Wänden hängen lauter Poster mit Tieren und eins von einem küssenden Pärchen und dann noch ein paar von verschiedenen Boygroups, die's aber alle schon gar nicht mehr gibt. Und seit einer Weile hängt über Peggys Bett ein Ballettkalender, ein alter allerdings, von 1997, den hat ihre Mutter irgendwo für sie aufgetrieben. Früher hat da ein Bild von einem Hamster gehangen und davor ein richtiger Barbiekalender. Den fand ich zwar total albern, aber der war wenigstens nicht alt.

Peggy setzte sich auf den Fußboden, wo zwei Barbiepuppen, eine blonde und eine dunkelhaarige, auf einem Haufen Barbiekleider lagen. »Komm«, sagte sie und drückte mir die dunkelhaarige in die Hand, »du nimmst die hier und ich nehme die!« Dann machte sie sich daran, ihrer eigenen Puppe ein Ballettröckchen anzuziehen.

»Können wir nicht was anderes spielen?«, fragte ich.

»Nö«, sagte Peggy bestimmt. »Wir spielen jetzt Ballett. Das macht so viel Spaß!«

Ich sah zu, wie sie ihre Barbiepuppe mit leuchtenden Augen Tanzschritte ausführen ließ, dann schnappte ich mir ein grünes Kleid aus dem Haufen und versuchte es meiner Barbie anzuziehen. Aber irgendwie klappte es nicht so gut, ständig verhakte sich das Kleid in den Händen der Puppe, und als ich es ihr endlich halbwegs über den Körper gezerrt hatte, ließ sich der Druckknopf am Rücken nicht schließen. Ich fluchte genervt, und Peggy sah auf.

»So doch nicht!«, rief sie und riss mir die Barbie aus der Hand. »Das geht so!« Mit flinken Fingern drehte sie das Kleid um, zog daran, bis es richtig saß, und schloss den Knopf. Dann drückte sie mir die Puppe wieder in die Hand. »Komm, deine muss auch tanzen!«

Halbherzig ließ ich die Barbie ein paar Schritte machen und knickte ein Bein nach hinten, bis es knirschte. »Wie war es denn eigentlich in Wernigerode beim Ballett?«, fragte ich. »War das nicht letzten Samstag?«

Peggy zuckte mit den Schultern. »Ist ausgefallen«, sagte sie und sah für einen Moment ganz verdrossen drein. Dann bog sie ihrer Puppe beide Arme nach oben und drehte sie einmal im Kreis. »Guck mal, das ist eine Ballerina, und die macht einen Spitzentanz. Das lern ich dann auch, wenn ich Stunden nehm!«

»Aha«, sagte ich. »Und wann soll das sein?«

Seit Monaten redete Peggy davon, aber ich konnte mir nicht vorstellen, dass sie wirklich jemals Ballettstunden kriegen würde. Da hatten die doch gar kein Geld für!

Peggy kniff beleidigt die Lippen zusammen. »Na irgendwann eben«, sagte sie trotzig.

Im selben Moment ging die Tür auf, und Dennis streckte seinen Glatzkopf herein. »Na, ihr Doofen?«, sagte er und streckte mir die Zunge raus. »Spielt ihr schön Puppis?«

Ich ließ sofort die Barbie fallen. »Geh du doch zu Marco und lass dich auch noch von seinem Papa verprügeln!«, sagte ich wütend.

Dennis legte den Kopf schief, presste einen Finger über sein rechtes Auge und zog es weit auf, während er gleichzeitig eine fiese Fratze schnitt. »Dämliches Monsterauge!«, rief er, lachte hässlich und verschwand.

»Mann, ist der blöd!«, sagte Peggy und schüttelte den Kopf. Dann hob sie meine Barbie auf und drückte sie mir wieder in die Hand. »Komm, jetzt bist du die Ballerina!«

3 Eine halbe Stunde später lehnte ich wieder am Gemeindeschaukasten. Peggy hatte zweimal geheult, nur weil ich ihrer Barbie mit meiner eins über den Kopf gegeben und so getan hatte, als würde meine Barbie ihre erwürgen. Da war es mir dann doch zu blöde geworden, und ich war lieber gegangen.

Ich verschränkte die Arme vor der Brust und legte den Kopf in den Nacken. Allmählich wurde es dunkel. Oben über der Bergkuppe versank langsam die Sonne, und schon legten sich die ersten Schatten über den Wald auf der andern Straßenseite. Aus dem Küchenfenster drang Essensgeruch zu mir herüber, und hinter mir konnte ich Papa und Onkel Gerd hören, die irgendwas im Hof reparierten.

Ich musste daran denken, wie Peggy gerade geschmollt hatte. Manchmal war es echt zum Haareraufen mit ihr.

Peggy war meine Freundin, das schon. Aber nicht so richtig, jedenfalls nicht so, wie ich mir eigentlich eine richtige Freundin vorstelle. Eine, mit der man andauernd Spaß hat und lauter verbotene Sachen macht und so. Mit Peggy hatte ich nur manchmal Spaß, und verbotene Sachen machten wir gar keine. In die Scheune beim Gutshof hätte ich Peggy nie mitnehmen können, und im Wald rumstreifen war auch nicht drin. So was kann man mit Peggy nicht machen, die hat immer so schnell Angst. Peggy geht ja noch nicht mal mit mir oben über die Landstraße. Nur übern Zebrastreifen, und dann auch nur, wenn sie hundertmal nach rechts und links geguckt hat.

Ich schabte mit meiner Schuhspitze in der Erde herum.

Manchmal wusste ich gar nicht, ob ich eigentlich noch weiter mit Peggy befreundet sein wollte. Aber wer anders war ja nicht da. Peggy und ich sind nämlich die einzigen Mädchen in unserem Alter in ganz Adeleben, wenn man mal von Jasmin absieht. Außerdem wohnt Peggy gleich nebenan, das ist praktisch. Und sie hat sich noch nie über mich lustig gemacht. Das ist schon mal gut.

Verteidigt hat sie mich allerdings auch noch nie. Das ist weniger gut, aber egal.

Die Sonne war jetzt fast ganz untergegangen. Ich guckte rüber zur Schmiede. Tillas Auto war weg, aber der Lieferwagen stand noch in der Einfahrt. Für einen Besuch dort reichte die Zeit bis zum Abendbrot ohnehin nicht mehr, aber einen kleinen Rundlauf konnte ich noch machen, wenn ich mich beeilte. Nur fünf Minuten, einmal um die Schmiede herum und wieder zurück, nur mal so gucken.

Ich duckte mich, ging ganz nah zur Straße und sah erst zu unserem Haus und dann nach rechts und links. Alles war frei, und ich flitzte los, so schnell wie der Blitz. Erst vor der Schmiede bremste ich ab. Die Tür war verschlossen, und die Fenster waren allesamt dunkel. Vielleicht waren sie mit Tillas Auto weggefahren, jedenfalls sah es aus, als sei keiner da.

Ich steckte die Hände tief in die Taschen und ging langsam weiter, um die Schmiede herum und durch den Obstgarten dahinter. Vor Bresans Haus straffte ich die Schultern und machte mich schon mal auf das Geknurre und Gebelle vom Kettenhund gefasst. Aber dann, als ich mich den Schleichweg entlangdrückte, blieb alles still. Und gleich darauf sah ich auch, warum.

Der alte Bresan war aus der Hintertür gekommen und stand direkt vor dem Hund in seinem Verschlag. Ich blieb wie angewurzelt stehen.

Der Hund saß ganz still und guckte erwartungsvoll zum alten Bresan hoch. Nur seine Schwanzspitze zuckte, und die kurze Kette, die von seinem Halsband zu einem Ring an der

Wand führte, war straff gespannt. Jetzt, wo er mal nicht wild daran zerrte und hin und her sprang, konnte ich ihn zum allerersten Mal richtig ansehen.

Er war gar nicht richtig schwarz, wie ich immer gedacht hatte. Die Beine waren heller, und über den Augen und um die dicke Schnauze herum hatte er gelbe Flecken, die sogar ganz witzig aussahen.

Und riesig war er eigentlich auch nicht, nur etwa so groß wie Lumpi, und der reichte mir bis knapp übers Knie.

Wie er so dasaß, sah er auf einmal gar nicht mehr gefährlich aus. Sondern komischerweise sogar ganz knuffig, mit seinen Hängeohren und dem pelzigen Gesicht.

Das war schon schräg: Sonst fürchtete ich mich in Grund und Boden vor ihm, und jetzt plötzlich fand ich ihn fast niedlich!

Der alte Bresan stellte die Futterschüssel ab, machte die Kette vom Halsband ab und strich dem Hund einmal über den Kopf, und der Kettenhund begann freudig zu wedeln und stürzte sich auf das Futter. Still stand ich da und sah zu, wie er gierig fraß, ohne mit dem Wedeln aufzuhören. Ich konnte sehen, dass seine Zähne ganz abgestumpft und gelb waren, und mir ging auf, dass er schon echt alt sein musste. Vielleicht war der Kettenhund sogar so alt wie ich selbst. Der Gedanke war komisch. Und irgendwie auch ganz schön traurig.

Der alte Bresan streckte sich, und ich rannte schnell los, bevor er mich entdeckte. Der Hund hob ruckartig den Kopf vom Fressnapf und fing an zu bellen, aber als der alte Bresan sich umdrehte, war ich schon längst an ihm vorbei.

Ich kam gerade rechtzeitig auf den Hof, als Oma eben suchend den Kopf zum Fenster rausstreckte.

»Kaya«, brüllte sie wütend, und dann erst entdeckte sie mich. »Ach, da bist du ja!«, sagte sie zufrieden. »Ich dachte schon, du wärst getürmt! Aber ich sehe, du hast ja ausnahmsweise mal tatsächlich auf deine alte Oma gehört! Komm rein, es gibt Essen!«

4 »So!«, sagte Tilla, trat zwei Schritte von der Staffelei zurück, um ihr Bild zu betrachten. Sie trug ihren Kittel und eine weiße Kappe, unter der einige blonde Strähnen hervorlugten. »Das war wirklich ein guter Tipp von dir mit dem Blau neulich. Sieht doch viel besser aus, findest du nicht?«

Ich nickte und kraulte Lumpi zwischen den Ohren, der zusammengerollt neben mir lag. Seit mehreren Tagen malte Tilla an einem blauen Pferd, das auf einem Stuhl saß und ziemlich komisch aussah, und wie so oft in den letzten Tagen leistete ich ihr dabei Gesellschaft. Klaus und Mattis waren beide ausgeflogen, einkaufen in Wernigerode, und in dem großen Raum war es ganz ruhig und gemütlich.

Tilla kniff die Augen zusammen. »Aber ein bisschen Grün könnte nicht schaden«, sagte sie. »Gibst du mir mal das Russischgrün aus der Kiste? Steht auf der Tube.«

Ich guckte in die Kiste, die direkt neben mir stand. Sie war voller Farbtuben, und mindestens fünf davon waren grün. Ich zog eine davon heraus und versuchte das winzige Schild darauf zu lesen, gab es aber schnell wieder auf. »Welche ist das denn?«, fragte ich.

Tilla sah stirnrunzelnd von der Tube in meiner Hand zu meinem Gesicht und wieder zurück, dann kam sie zu mir herüber und hockte sich hin.

»Na, die ist es doch. Die du in der Hand hältst«, sagte sie, nahm mir die Tube ab und drehte das Schild zu mir hin. Es war mir viel zu mühsam, die winzige Schrift zu entziffern, deshalb zuckte ich nur mit den Schultern.

»Ach so«, sagte ich. »Hab ich nicht gesehen.«

Tilla betrachtete mich einen Moment lang, dann stand sie wieder auf und ging mit der Tube in der Hand zur Staffelei zurück.

»Sag mal, in welcher Klasse bist du eigentlich?«, fragte sie mich leichthin, während sie ein wenig Farbe aus der Tube auf ein Brettchen drückte und mit dem Pinsel verrührte.

»In der fünften«, sagte ich und streckte behaglich die Beine aus.

»Und wo gehst du zur Schule? Hier in Adeleben?«

»Nee, hier gibt es doch gar keine Schule!«, sagte ich. »In Boderode.«

Tilla nickte und tupfte dem Pferd etwas Grün auf den Bauch. »Was ist denn das für eine Schule? Eine Gesamtschule?«

»Nee, 'ne Sekundarschule. Die geht bis zur Neun, oder wenn man Realschulabschluss machen will, sogar bis zur Zehn. Aber ich mach ja nur Hauptschule, da muss ich nur neun.«

»Das weißt du jetzt schon?«, fragte Tilla und lächelte.

»Ich bin ja nicht so gut«, sagte ich und kraulte Lumpi am Bauch. Er grunzte zufrieden und drehte sich auf die Seite. »Ich sollte eigentlich zu Anfang sogar auf die Sonderschule«, erklärte ich, »aber da wollten sie mich nicht.«

Tilla ließ den Pinsel sinken und drehte sich zu mir um. »Die wollten dich nicht?«

»Nö«, sagte ich. »Weil ich beim Test nicht doof genug war.«

»Und wieso solltest du da überhaupt drauf?«

»Wieso wohl!«, sagte ich und wurde plötzlich fast böse.

Tilla sah mich ungläubig an. »Aber doch nicht wegen des Auges?«

»Doch, natürlich! Die dachten, ich bin bekloppt, weil ich so ausseh.« Tilla zuckte zusammen, und ich fügte hinzu: »Aber bin ich ja nicht.«

»Nee, auf gar keinen Fall«, sagte Tilla und drehte sich wieder zu ihrem Bild. Aber sie malte nicht weiter, stattdessen starrte sie das blaue Pferd an. »Welches Fach hast du denn am liebsten?«, fragte sie nach einer Weile.

Ich musste nicht lang überlegen. »Keins.«

Tilla lachte und hob den Pinsel, um dem Pferd einen kleinen grünen Klecks zwischen die Augen zu setzen. »Verstehe. Aber was machst du denn gern?«

»Nix«, sagte ich und streichelte vorsichtig Lumpis Ohr. Das Fell dort war ganz besonders weich.

»Nicht mal Sport?«, fragte Tilla. »Oder wie nennt ihr das, Turnen?«

»Sport. Nö, nicht so besonders. Und außerdem bin ich da auch nicht gut drin.«

»Aber das kann doch gar nicht sein«, sagte Tilla verwundert und sah zu mir herüber. »Da musst du doch total gut drin sein!«

»Wieso denn das?«

»Na, hier rennst du doch auch überall lang, flink wie ein Wiesel. Andauernd seh ich dich durch die Gegend flitzen und über irgendwelche Riesensteine hüpfen.«

Ich musste lachen. »Jaaa!«, sagte ich. »Aber das ist ja hier! Das ist ja nicht in der Schule!«

Tilla legte den Pinsel auf die Ablage an der Staffelei. Dann zog sie einen umgedrehten Eimer heran und setzte sich mir gegenüber. »Und wieso«, fragte sie und stützte die Ellbogen auf die Knie und das Kinn in die Hände, »wieso machen dir Sachen, die dir hier Spaß machen, in der Schule keinen?«

Darauf wusste ich keine Antwort. Stumm saß ich da und tätschelte Lumpis breiten Kopf.

Tilla schwieg auch. Nach einer Weile fragte sie: »Und wie ist es mit Malen?«

»Malen?«, fragte ich zurück. »Wie, was soll mit Malen sein?«

»Na, ob du gerne malst!«

Ich schüttelte den Kopf. »In der Schule nicht«, sagte ich. »Da muss man immer malen, was die einem sagen, das find ich gleich schon mal doof.«

»Und sonst? Zu Hause?«

»Weiß ich nicht«, sagte ich. »Ich mal ja nie.« Kevin kritzelte manchmal ein bisschen mit seinen Wachsmalstiften herum, aber ich selbst hatte schon eine Ewigkeit nicht mehr gemalt.

»Probier es doch mal«, sagte Tilla. »Ich glaub nämlich, dass du ein gutes Auge dafür hast.«

»Ich?!« Darüber musste ich richtig lachen. Ich und ein gutes Auge! So was Komisches hatte noch nie einer zu mir gesagt. Wenn, dann redeten alle bloß immerzu von meinem schlimmen Auge, und jetzt kam Tilla und wollte mir das Gegenteil erzählen!

Aber Tilla lachte nicht mit. »Ja«, sagte sie ernst. »Damit meine ich, dass du siehst, was gut ist und was nicht so gut ist. Du hast gesehen, dass Blau bei der Frau auf meinem Bild besser gewesen wäre, und du hast gesehen, dass Mattis ein Rätsel fotografiert hat. Ich bin gespannt, was du selber malen würdest.« Sie stand auf und ging hinüber zu einem großen Karton, um darin herumzukramen. Schließlich zog sie einen kleinen Malkasten und einen Pinsel heraus, kam damit wieder zu mir zurück und legte beides vor mir auf den Boden.

»Hier ist mein alter Malkasten. Mein erster, den hatte ich schon als Kind«, sagte sie. »Und hier«, sie zog ein paar Blätter Papier von einem Stapel hinter sich, »hier ist Papier. Wo du Wasser zum Eintunken findest, weißt du ja. Also, wenn du Lust hast, dann mal doch einfach ein bisschen.«

»Malen?«, fragte ich misstrauisch. »Ich soll malen? Kann ich doch gar nicht.«

»Wetten, doch?« Tilla blinzelte mir zu und ging zurück zur Staffelei, wo sie ihren Pinsel wieder aufnahm und nachdenklich auf ihr Bild blickte, bevor sie das Grün auf dem Pferdebauch ein bisschen weiter verstrich.

Ich guckte zu dem Malkasten, der vor mir lag. Dann streckte ich die Hand aus und klappte ihn vorsichtig auf. Der Deckel sah ziemlich zerkratzt aus, aber die Farbschälchen waren fast alle frisch aufgefüllt, und die Farben leuchteten mir bunt und sauber entgegen.

Ich kratzte mich am Nacken, dann rappelte ich mich auf, um Wasser zu holen.

Versuchen konnte ich's ja mal. Schaden konnte es jedenfalls nichts.

5 Abends beim Essen war Papa richtig gut gelaunt. »Genau, wie ich's gesagt hab!«, rief er und griff nach dem Brotkorb. »Da steh ich so und denk mir nichts, und da kommt auch schon der Westbauer angedackelt und fragt mich: ›Wie ist es, Schwolow, hast du Zeit und Lust, mir beim Pflügen zu helfen? Ohne dich komm ich ja sonst gar nicht klar!‹« Er klatschte sich fröhlich mit einer Hand auf den Schenkel und zog die Butter zu sich heran. »Genau, wie ich's gesagt hab! Ohne uns ist der doch aufgeschmissen!«

»Jau!«, sagte Onkel Gerd und schlürfte genüsslich den letzten Rest Suppe aus seinem Teller. »Det kannste ruhig laut sagen.«

»Und da kommt denn auch endlich mal wieder extra was rein. Können wir wirklich gut brauchen. Die Kinder müssen neue Schuhe haben«, sagte Oma zufrieden und legte mir eine weitere Scheibe Brot auf den Teller. »Iss, Mädchen. Du brauchst ein bisschen was auf die Rippen. Bist ja am Wachsen!«

»Ich auch!«, rief Kevin mit vollem Mund. »Ich auch wachsen, Oma!«

»Ja, ja«, nickte Oma. »Natürlich bist du auch am Wachsen!«

»Und wirst mal so groß und kräftig wie dein Vater, was?« Papa kniff Kevin in die Wange. Kevin kicherte vergnügt, und Tante Eileen, die ihm gerade sein Brot auf dem Teller in Stückchen schnitt, kicherte auch. Aber dann wurde sie ernst.

»Du, Ingo?«, fragte sie. »Kannst du den Westbauern nicht mal wegen der Kühe fragen? Ob ich die Kühe nicht füttern soll?«

Papa schüttelte den Kopf. »Nee, die Kühe versorgt doch schon der Schimala aus Boderode. Nichts zu machen, Eileen.

Aber wir kommen ja auch so klar. Jetzt mit dem Zubrot vom Pflügen erst recht! Was brauchst du denn, einen neuen Mantel vielleicht?«

Eileen schüttelte den Kopf. »Nicht wegen dem Geld«, sagte sie und sah plötzlich ganz traurig aus. »Ich würd nur so gern die Kühe versorgen. Das hab ich früher so gern gemacht! Schön war das, schön!«

Papa sah sie lange an und zuckte mit den Schultern. »Tut mir ja Leid, Schwesterchen. Da ist nichts zu machen. Aber ich werd dem Bauern sagen, dass er Bescheid geben soll, wenn der Schimala nicht mehr will. Ist das was?«

»Oh ja!«, nickte Tante Eileen mit leuchtenden Augen. »Das wäre schön!« Sie pickte ein Stück Käsebrot auf die Gabel und hielt es Kevin hin. Aber bevor Kevin es nehmen konnte, beugte Papa sich vor und schnappte es ihm mit einem wilden Knurren vor der Nase weg.

Kevin lachte fröhlich, und Papa lachte auch, bevor er Kevin ein neues Stück Brot hinhielt und dabei schon wieder wie ein wilder Hund knurrte. Auf einmal fiel mir der Kettenhund ein.

»Papa?«, fragte ich.

»Ja, Mäuschen?« Papa lächelte mich an. Mensch, hatte der aber heut gute Laune!

»Wie heißt eigentlich der Kettenhund drüben?«

»Welcher Kettenhund denn?«, fragte Papa verwundert.

»Na, der vom alten Bresan«, sagte ich. »Unten an der Ecke.«

Papa runzelte die Stirn. »Vom Bresan der Kettenhund? Was weiß ich, wie der heißt! Wahrscheinlich hat er gar keinen Namen. Kettenhunde brauchen ja keinen. Stimmt's, Gerd?«

»Nee, wozu auch?«, brummte Onkel Gerd zustimmend und wischte seinen Suppenteller mit einem Rest Brot aus. »Die stehen hinten im Hof und passen auf und fertig.«

Ich dachte darüber nach, während Papa einen Schluck Bier trank. »Ja, aber warum muss so ein Hund zum Aufpassen eigentlich an der Kette sein? Beim alten Bresan zum Beispiel, da ist doch ein Zaun ums Haus rum. Warum muss der Hund dahinter eigentlich noch an eine Kette?«

Papa und Onkel Gerd sahen sich an, dann zuckte Papa mit den Schultern. »Tja, gute Frage«, sagte er. »Doppelt genäht hält besser, vermutlich. Kettenhunde sind im Hof an der Kette und basta. Das ist eben so.«

»Aber die Kette ist doch so kurz. Da kann der Hund einen Einbrecher dann doch gar nicht beißen«, sagte ich. »Der Hund kann sich kaum hinlegen, so kurz ist die Kette! Und bis an den Zaun kommt er auch nicht. Warum ist das denn so?« Das fragte ich mich schon, seit ich gesehen hatte, wie der alte Bresan seinen Hund gefüttert hatte. Der Hund hatte so froh ausgesehen, als der alte Bresan ihn losgemacht und gestreichelt hatte.

Aber Papa wusste auch keine Antwort darauf. »Na ja, am wichtigsten ist, dass der Kettenhund bellt«, überlegte er. »Und sicher ist sicher – stell dir vor, der Hund beißt mal den Falschen. Zum Beispiel so 'ne vorwitzige Göre wie dich, die mal eben über den Zaun geklettert ist.« Papa zwinkerte mir zu, und dann schüttelte er den Kopf. »Aber wieso willst du das eigentlich wissen?«

»Ach, nur so eben.«

Papa betrachtete mich stirnrunzelnd. »Aber wie siehst du überhaupt aus?«, fragte er plötzlich. »Du hast ja lauter bunte Flecken im Gesicht!«

Alle sahen hoch.

»Tatsächlich!«, sagte Oma verblüfft. »Das ist mir noch gar nicht aufgefallen! Du bist ja ganz voller Farbe!«

»Ach, das ist …« Ich wischte mir hastig die Wange ab. »Das ist noch von der Schule, vom Kunstunterricht.«

»Hab ich dir nicht gesagt, du sollst dich vorm Abendbrot waschen!«, schimpfte Oma.

»Hab ich vergessen. Nächstes Mal denk ich dran, Oma.«

»Wehe, wenn nicht!« Oma zupfte mich am Ohr und griff nach ihren Zigaretten.

Aber Papa ließ sich nicht so leicht in die Irre führen. Er guckte mich immer noch misstrauisch an. »Warst du etwa in der Schmiede?«, fragte er. »Drüben, bei diesen komischen Künstlern, die da jetzt eingezogen sind?«

Eigentlich wäre ja nichts dabei gewesen, die Wahrheit zu sagen. Immerhin hatte niemand mir verboten, zur Schmiede rüberzugehen, und was daran schlimm sein sollte, wusste ich auch nicht. Aber so, wie Papa schon fragte, war mir gleich klar, dass er es nicht gut finden würde. Und irgendwie war das immer noch mein Geheimnis, das Ganze.

»Die Schmiede?«, fragte ich also und guckte möglichst unschuldig. »Wieso, die Schmiede?«

Papa merkte gar nicht, dass ich überhaupt nicht richtig geantwortet hatte. »Da hast du nichts zu suchen, ist das klar?«, sagte er. »Das sind wildfremde Leute da drüben und faule Nichtsnutze dazu. Da gehst du nicht rüber, hörst du!«

Ich sagte nichts mehr und guckte auf meinen Teller.

War auch besser so. Denn Papa nickte besänftigt. »Gut«, sagte er und schob seinen Teller zur Seite. »Und wie ist es, spielen wir jetzt noch eine Runde Mau-Mau?«

6

Natürlich ging ich trotzdem wieder rüber zur Schmiede, so oft, wie ich konnte. Wenn ich kam, redete ich ein bisschen mit Tilla oder Mattis, dann machten sie sich wieder an ihre Arbeit, und ich war eben einfach dabei. Manchmal saß ich nur gemütlich an die Wand gelehnt da, kraulte Lumpi zwischen den Ohren und guckte den anderen beim Malen zu. Aber meistens malte ich selber.

Tilla hatte mir einen alten Kittel von sich gegeben und mir einen ganzen Stapel Blätter hingelegt, und im Laufe der Zeit bemalte ich sie alle, eins nach dem anderen. Ich malte, was mir so einfiel: Häuser, Autos und Menschen, aber die waren mir eigentlich zu schwierig. Einmal malte ich eine Giraffenherde, aber die konnte man überhaupt nicht erkennen. Und ziemlich oft malte ich Lumpi. Aber auch den kriegte ich nicht so besonders gut hin.

Doch irgendwie war das auch völlig egal. Das Malen machte mir unheimlich Spaß, einfach so. Man musste ja schließlich nicht unbedingt erkennen, was auf den Bildern drauf war. Schließlich machte Mattis auch Rätselfotos, oder etwa nicht?

Eines Nachmittags saß ich vor einem leeren Blatt und überlegte, was ich malen sollte, als Klaus an mir vorbei zu seiner Staffelei ging. Ich sah zu, wie er seinen Pinsel hochnahm und zu malen begann, dann kniff ich mein gesundes Auge zu. Jetzt war Klaus ein verschwommener Umriss, der sich langsam bewegte, von ineinander fließenden Schatten umgeben.

Ich machte mein gesundes Auge wieder auf, und jetzt war Klaus wieder Klaus. Und auf einmal kam mir eine Idee. Ich beugte mich über das Papier, tunkte den Pinsel ins Wasser und dann in das schwarze Farbschälchen und fing an zu malen.

Ich war schon eine ganze Weile dabei, als Mattis mich rief.

»Hier, für dich«, sagte er, »fang!« Im nächsten Moment warf er mir etwas zu, das er in der Hand gehalten hatte. Ich ließ den Pinsel fallen und hob schnell die Hände, aber ich griff natürlich daneben. Mit einem satten Klatschen landete ein Schokoriegel in meinem Wasserglas.

Wie gesagt, im Fangen bin ich nicht gut.

»Volltreffer!«, Tilla, die neben mir an ihrer Staffelei stand, lachte, und ich fischte den Riegel aus meinem Glas und wickelte ihn aus der Zellophanhülle.

»Danke, Mattis!«

»Bitte, bitte!« Mattis steckte sich selbst einen Riegel in den Mund und kam zu mir herüber. Mit vollen Backen kauend, hockte er sich hin und blätterte meinen Bilderstapel durch. »Wenn du so weitermalst«, sagte er undeutlich, »dann machst du uns bei unserer Ausstellung womöglich noch Konkurrenz!«

»Welche Ausstellung denn?«

»Na, unsere Abschlussausstellung.«

Ich sah ihn fragend an, und Mattis erklärte: »Wir machen eine Ausstellung, bevor wir unsere Zelte hier abbrechen. Kurz vor Weihnachten wird das sein. Da zeigen wir dann das, was wir hier gemacht haben, und alle, die Lust haben, können kommen und sich das ansehen.«

Plötzlich hatte ich ein ganz komisches Gefühl im Bauch. »Und dann?«, fragte ich nach. »Was macht ihr dann?«

»Na, dann fahren wir wieder weg.« Mattis lächelte, aber als er mein Gesicht sah, wurde er ernst. »Wir sind doch nur für drei Monate hier, hat Tilla dir das nicht erzählt?«

»Doch«, sagte ich und nickte. »Klar. Hat sie.« Ich hatte es nur ganz vergessen. Und die letzten Wochen waren so schnell vergangen. Mir kam es vor, als wären die drei gerade erst gestern angekommen, und jetzt redete Mattis schon davon, dass sie wieder abreisten! Hastig steckte ich mir den Rest Schokoriegel in den Mund.

»Vielleicht hast du ja Lust zu helfen«, sagte Mattis. »Stühle rücken und Getränke eingießen und so.«

Ich schluckte die Schokopampe runter und zuckte mit den Schultern.

»Und vielleicht hast du auch eine Freundin, die dabei mithelfen will«, schlug Mattis vor.

Ich dachte an Peggy, aber ich konnte mir irgendwie nicht vorstellen, dass Peggy zu so was Lust hatte. Ich wollte schon wieder mit den Schultern zucken, aber dann besann ich mich. »Ich kann ja mal fragen«, sagte ich.

»Genau«, sagte Mattis. »Frag du doch mal.« Er betrachtete mich nachdenklich, dann beugte er sich vor und sah sich das Bild an, an dem ich gerade malte. »Das ist ja schräg! Sieht ziemlich cool aus.«

Plötzlich stand Klaus neben ihm. »Was soll das eigentlich sein?«, fragte er und deutete mit dem Kinn auf mein Bild. »Was Bestimmtes?«

»Ja, klar!«

Tilla legte ihren Pinsel hin, wischte sich die Hände an ihrem Kittel ab und kam ebenfalls zu uns herüber. »Und was?«, fragte sie.

»Ratet doch mal!«

»Ein Monster!«, sagte Mattis und lachte.

»Ein Pinguin«, sagte Tilla.

Klaus sagte nichts.

»Oder irgendwas Ausgedachtes?«, riet Mattis. »Ein Raumschiff vielleicht?«

Ich schüttelte den Kopf und zögerte. Aber dann gab ich mir einen Ruck. »Nee, ganz einfach«, sagte ich. »Das ist Klaus, an seiner Staffelei.«

Klaus starrte einen Moment lang stumm auf mein Bild, dann drehte er sich um und ging aus dem Raum, ohne noch etwas zu sagen.

Ich guckte zu Tilla. »Ist der jetzt beleidigt?«

Tilla schüttelte den Kopf und lächelte. »Nein, auf gar keinen Fall. So ist Klaus nun mal! Er wirkt vielleicht ein bisschen brummig, aber nett ist er trotzdem. Mach dir nichts draus.«

»Nö, das kenn ich ja. Bei mir zu Hause sind sie auch eher so«, sagte ich und merkte, dass ich rot anlief. Plötzlich hatte ich das Gefühl, etwas verraten zu haben. »Brummig, meine ich. Bei uns sind sie auch alle ein bisschen brummig. Aber eigentlich trotzdem ganz lieb. Jedenfalls meistens.«

Aber Tilla nickte nur, und ich blickte wieder auf mein Bild hinunter. Die anderen mochten Klaus darauf nicht erkennen, aber ich schon. Er sah genauso aus, wie ich ihn gesehen hatte. Mit meinem schlimmen Auge allerdings.

»Jetzt bist du aber mal dran mit Raten, Kaya!«, rief Mattis und winkte mich zu seinem Arbeitsplatz hinüber. Auf dem Fußboden lag ein neues, großes Foto, ungefähr so groß wie mein Bett. Breite, dunkle Striche waren darauf zu sehen, von hellen Balken durchzogen. »Na, was glaubst du, was das ist?«, fragte Mattis gespannt.

Ich musste ziemlich lange überlegen. »Ein Rollladen?«, fragte ich schließlich.

»Falsch!«, rief Mattis vergnügt. »Ein Heizkörper!«

Später, auf dem Nachhauseweg, musste ich über Mattis und Klaus nachdenken. Klaus verzog so gut wie nie eine Miene, Mattis dagegen lächelte viel und war immer lustig. Aber ich war mir gar nicht so sicher, ob ich das lieber mochte als Klaus' mürrische Art.

Bresans Hund bellte los, als ich in den Schleichweg einbog. Sonst war ich immer so schnell wie möglich vorbeigerannt, aber jetzt blieb ich einfach vor dem Zaun stehen.

Der Kettenhund war wohl genauso verdutzt wie ich selbst, denn schlagartig hörte er auf zu bellen und starrte mich an. Seine Kette war zum Zerreißen gespannt, und sein Schwanz ragte senkrecht in die Luft. Nur die Schwanzspitze zuckte.

Mein Herz klopfte wild, aber ich rührte mich nicht von der Stelle. »Hallo!«, flüsterte ich. Der Hund spitzte die Ohren, dann ruckte er plötzlich an seiner Kette und fing wieder an zu bellen, und ich rannte los. Ich hörte das Bellen noch fast bis zu unserem Hof.

Aber irgendwie, fand ich, klang es jetzt weniger wild.

7

Am Samstag drauf regnete es in Strömen. Der Himmel draußen war grau und düster, und Oma verbot mir rauszugehen, damit ich mich nicht erkältete. Ich maulte eine Weile herum, aber es half alles nichts, und so verzog ich mich mit meinem Atlas nach oben aufs Bett und schlug die Doppelseite mit Australien auf. In Australien gibt es Wildhunde, die Dingos heißen, lauter Kängurus und andere ganz niedliche Beuteltiere, das hab ich mal im Fernsehen gesehen. Wenn ich erwachsen bin, dann fahre ich dahin und guck mir die an, am besten mit einem Schiff. Da ist man wochenlang auf den Weltmeeren unterwegs, das stell ich mir toll vor.

Ich fuhr gerade mit dem Finger den Weg nach, den das

Schiff an Afrika vorbei nehmen würde, als ich von unten Türklappen hörte und die Stimmen von Oma und Kevin und Tante Eileen – und dann noch eine, die ich natürlich sofort erkannte. Mama war da!

Ich flitzte die Treppe hinunter, aber auf der letzten Stufe wurde ich langsamer, und vor der angelehnten Küchentür blieb ich stehen. So ist das immer, wenn Mama zu Besuch kommt: Erst freue ich mich total, und dann krieg ich plötzlich ein ganz komisches Gefühl. So ähnlich wie Muffensausen. Am liebsten möchte ich Mama um den Hals fallen, aber gleichzeitig will ich auch weg, und zwar so weit wie möglich.

Genauso war es jetzt auch. Ich stand vor der Tür und konnte Mama und Oma drinnen reden hören, aber ich traute mich einfach nicht rein. Aber dann hörte ich Tante Eileen lachen, und das klang so normal, dass ich schließlich doch die Tür aufstieß und reinging.

Mama saß mit Tante Eileen am Tisch und trank Kaffee. Sie war tatsächlich immer noch blond und sah aus wie vor ein paar Monaten, als sie das letzte Mal zu Besuch gekommen war. Kevin saß auf ihrem Schoß und hielt einen nagelneuen Spielzeuglaster in der Hand.

»Kaya, meine Kleine«, sagte Mama und streckte einen Arm nach mir aus. Ich zögerte, aber dann ging ich zu ihr rüber und ließ mich umarmen. Mama roch ziemlich stark nach Parfüm, und ich fand, dass sie mich ein bisschen sehr doll drückte, fast so, dass es wehtat. Ich hielt die Luft an, und nach einem Moment ließ Mama mich wieder los.

»Ich hab dir was mitgebracht«, sagte sie und schob mir ein Päckchen zu, das auf dem Tisch gelegen hatte.

Ich setzte mich hin und wickelte es aus. Im Päckchen waren ein 100-Teile-Puzzle mit einem Kätzchen drauf und ein rosa Pullover mit Rüschen an den Bündchen.

»Danke«, sagte ich und versuchte begeistert zu klingen. Ich hätte viel lieber was anderes gehabt, einen eigenen Malkasten am besten oder meinetwegen ja auch einen Pullover. Aber dann einen gestreiften oder einen mit einer Zahl vorne drauf und nicht so einen doofen Mädchenpullover.

Mama beobachtete mich. »Zieh den Pulli doch gleich mal an«, sagte sie und lächelte, aber es war dieses schnelle, hastige Lächeln, was die Leute manchmal lächeln, wenn ihnen eigentlich gar nicht danach ist.

»Och nee! Kann ich nicht später?«, fragte ich. Mama zuckte mit den Schultern, aber Oma funkte dazwischen.

»Du ziehst ihn jetzt sofort an!«, befahl sie.

Widerwillig gehorchte ich, und Oma nickte befriedigt.

»Ein schöner Pullover!«, sagte sie.

»Und so warm!«, fügte Tante Eileen hinzu. »Ein ganz ein schöner Pullover für unsere Kaya!«

»Steht dir gut, meine Kleine«, sagte Mama und lächelte schon wieder so hastig. Dann streichelte sie Kevin über den Kopf und vergrub ihre Nase in seinem flaumigen Haar, bevor sie wieder an ihrer Zigarette zog. »Wie geht es dir denn, Kaya?«, fragte sie und guckte mich kurz an und dann schnell wieder weg.

»Gut.«

»Und in der Schule?«

»Auch gut«, sagte ich und sah bittend zu Oma. »Kann ich den Pullover jetzt wieder ausziehen, Oma?«

Oma schüttelte den Kopf und stellte mir einen Becher Kakao hin. »Nee, nee, den lässt du man schön an. Schließlich sollen Papa und Onkel Gerd den auch noch sehen!«

Ich trank meinen Kakao in kleinen Schlucken aus. Dann verschränkte ich die Arme auf dem Tisch und legte mein Kinn darauf, während Oma, Tante Eileen und Mama sich unterhielten.

»Haste Arbeit gefunden?«, fragte Oma, und Mama seufzte und schnippte ihre Asche ab.

»Noch nicht«, sagte sie. »Aber bald.«

Das fand ich merkwürdig. Wie kann man denn im Voraus wissen, dass man bald etwas finden wird?

»Und bei euch?«, fragte Mama, und jetzt war es Oma, die seufzte und zu erzählen begann: Dass die alte Strohmann letzten Monat gestorben war und im »Gasthaus zum Hirschen« so gut wie gar nichts mehr los war und dass Pölkes nach Wernigerode gezogen waren, weil der Vater dort Arbeit gefunden hatte.

Sogar von den Künstlern in der alten Schmiede erzählte Oma, aber Mama schien das alles gar nicht so richtig zu interessieren. Abwesend tätschelte sie Kevin den Kopf und gelegentlich lächelte sie mir flüchtig zu. Und immer wieder wanderte ihr Blick zur Tür.

Kevin hämmerte mit seinem Laster auf dem Tisch herum, bis Tante Eileen ihn ihm wegnahm. Aber Kevin fing komischerweise gar nicht an zu schreien, sondern kuschelte sich nur dichter an Mama und steckte sich zufrieden den Daumen in den Mund, wie früher, als er noch ganz klein war. Schließlich, als Oma eine Pause machte, um einen Schluck Kaffee zu trinken, fragte Mama: »Wo ist denn Ingo?«

»Auf dem Hallberg-Acker oben, mit Gerd«, sagte Oma. »Die müssen Geräte wegbringen, vom Pflügen.«

»Bei dem Regen?«, fragte Mama erstaunt.

»Tja, die Arbeit muss ja gemacht werden«, sagte Oma und zündete sich eine neue Zigarette an. Im gleichen Moment ging die Tür auf und Papa und Onkel Gerd kamen herein.

Als Papa Mama entdeckte, blieb er wie angewurzelt stehen. Er glotzte sie an und Mama guckte nervös zurück.

»Hallo, Ingo. Hallo, Onkel Gerd«, sagte sie.

Onkel Gerd brummte einen Gruß, zog sich die nasse Jacke aus und hängte sie über seinen Stuhl, bevor er sich hinsetzte. »Na, Mädchen, mal wieder im Lande?«, fragte er. »Wie geht es denn so?«

»Gut, gut«, sagte Mama und guckte wieder zu Papa, der immer noch wie angewurzelt dastand.

»Komm, Ingo, setz dich«, sagte Oma, und Papa zog schließlich seine Regenjacke aus und setzte sich gehorsam an den Tisch. Ein paar lange Sekunden herrschte Schweigen.

Dann gab Mama sich einen Ruck. »Und, wie geht es denn so?«, fragte sie Papa mit dünner Stimme.

Papa starrte vor sich auf den Tisch. Sein Gesicht war ganz rot. »Gut«, murmelte er. »Und selbst?«

»Auch gut«, sagte Mama.

Wieder herrschte Schweigen. Oma räusperte sich, stellte Onkel Gerd und Papa Tassen hin und goss ihnen Kaffee ein, aber Papa rührte seinen nicht an.

»Papa, Mama hat ein' Laster mittebracht!«, rief Kevin und zeigte auf seinen Spielzeuglaster, den Oma auf die Anrichte gelegt hatte.

»Schön«, sagte Papa ohne hinzusehen.

»Und Kaya hat einen schönen neuen Pullover!«, sagte Tante Eileen und kicherte dann nervös.

Papa nickte stumm, aber er blickte nicht auf.

Wieder war alles still. Keiner sagte etwas, nicht mal Kevin, und der redet von uns allen sonst eigentlich am meisten. Mein Auge fing wie blöde an zu jucken, aber ich zwang mich, nicht zu kratzen. Es war so still, dass ich mich am liebsten unter dem Tisch verkrochen hätte. Das ist immer so, wenn Mama und Papa zusammen am Tisch sitzen. Und vielleicht kann ich mich ja auch deswegen nicht so richtig freuen, wenn Mama mal zu Besuch kommt.

Gerade als ich glaubte, das Schweigen nicht mehr aushalten zu können, gerade da machte Mama endlich den Mund auf.

»Tja, dann geh ich am besten mal wieder«, sagte sie.

Papa schob ruckartig seinen Stuhl zurück, stand auf und ging zur Tür, ohne Mama anzusehen. »Ich bring dich noch raus.« Er stieß die Tür auf und ging schon mal vor in den Hof.

Mama schob Kevin von ihrem Schoß und stand ebenfalls auf.

»Mama, nicht gehen!«, rief Kevin und streckte die Arme nach ihr aus, aber Tante Eileen hob ihn rasch hoch. Kevin fing an zu heulen, und Mama beugte sich zu ihm hinunter und gab ihm einen Kuss. Mir gab sie auch einen, und dann ging sie zur Tür.

»Tschüss, ihr«, sagte sie und lächelte hastig. »Bis dann. Macht es gut. Ich schau mal wieder vorbei.«

»Tu das, Mädchen«, sagte Onkel Gerd, und Oma nickte. Mama winkte uns zu, und dann ging sie raus.

Ich lief zum Fenster hinüber. Draußen konnte ich Papa und Mama sehen, wie sie unterm Vordach vom Schuppen standen und miteinander redeten. Papa war immer noch ganz rot im Gesicht und Mama ganz weiß. Das sah merkwürdig aus. Papa redete ganz schnell auf Mama ein, aber Mama schüttelte immer wieder den Kopf.

»Komm da weg, Kaya«, sagte Oma, aber ich hörte nicht auf sie.

»Worüber streiten die denn?«, fragte ich und beobachtete, wie Mama sich umdrehte und Papa nach ihrem Arm griff. Oma seufzte vernehmlich und klapperte mit den Kaffeetassen. »Na, darüber, ob sie noch mal zurückkommt.«

Mama schüttelte Papas Hand ab und ging los, und Papa ließ die Arme sinken und starrte ihr nach. Ich guckte Mama hinterher, die durch den strömenden Regen davonlief, und dann sah ich zu Papa, der sich umgedreht hatte und voller Wut gegen einen Balken trat.

Irgendwie war das schon komisch. Ich hatte sonst eigentlich gar nicht das Gefühl, dass er Mama besonders vermisste. Er redete nie über Mama, und wenn sie zu Besuch kam, sprach er auch kaum mit ihr, sondern stritt sich höchstens mit ihr herum, draußen vor der Tür, so wie gerade. Warum wollte er denn dann, dass sie zurückkam?

8 Beim Abendbrot war Papa ausgesprochen übel gelaunt, wie immer, wenn Mama da gewesen war. Er aß nur ein einziges Brot mit Käse, winkte ab, als Oma ihm das Gurkenglas hinschob, und dann stützte er den Kopf in die Hände und starrte finster vor sich hin.

Tante Eileen versuchte über die Kühe oben auf der Wiese zu reden, aber sie gab es bald wieder auf. Auch Oma und Onkel Gerd schwiegen, und sogar Kevin war ganz still. Als er fertig mit Essen war, brachte Tante Eileen ihn hoch, und Oma begann das Geschirr abzuräumen. Ich half ihr dabei, aber nur, weil ich nicht mehr ruhig mit am Tisch sitzen mochte.

Onkel Gerd schien das Schweigen auch nicht so recht zu behagen, denn er lächelte mich zwischen seinen Zahnlücken hervor an, als ich seinen Teller wegnahm. »Kaya-Mädchen, wer war denn eigentlich die Frau da, mit der ich dich gestern Nachmittag gesehen hab?«

»Welche Frau denn?«, fragte ich zurück.

»Na, diese Frau da mit den kurzen blonden Haaren«, erklärte Onkel Gerd und zündete sich eine Zigarette an. »Vor der Schmiede habt ihr gestanden und ein Hund war, glaube ich, auch dabei.«

Ich merkte, wie ich rot anlief. Gestern Nachmittag war ich drüben in der Schmiede gewesen, und bevor ich nach Hause gelaufen war, waren Tilla und ich noch ein Stück mit Lumpi spazieren gegangen.

Papa guckte hoch. Auf seiner Stirn war eine steile Falte. »Vor der Schmiede?«, fragte er. »War das etwa eine von den Nichtsnutzen da drüben?«

»Was, eine von den komischen Künstlern da aus der Schmiede?«, fragte Onkel Gerd neugierig. »Ich hab gehört, die sind da zu dritt, zwei Männer und eine Frau. Und bis tief in die Nacht ist da Licht an. Möchte nicht wissen, was die da treiben!« Er lachte knatternd und nahm einen tiefen Zug von seiner Zigarette.

»Was? Sitten sind das!«, sagte Oma kopfschüttelnd und ließ Wasser ins Spülbecken laufen. »Aber wer erzählt denn so was?«

»Der alte Bresan«, sagte Onkel Gerd. »Der muss es ja wissen. Wohnt ja schließlich gleich nebenan.«

Papa starrte mich immer noch an. »Hatte ich nicht gesagt, du sollst da nicht rüber?«, fragte er leise. Seine Stimme klang sehr böse.

»Wir sind doch nur spazieren gegangen«, murmelte ich und stapelte zwei Teller ineinander, um Papa nicht ansehen zu müssen. »Da ist doch nichts dabei!«

»Ob da was bei ist oder nicht, bestimme immer noch ich!«, brüllte Papa plötzlich los. »Und wenn ich sag, du gehst da nicht rüber, dann gehst du da auch nicht rüber, hörst du? Bleib mir ja von den Wessis weg!«

»Das sind doch gar nicht alles Wessis!«, sagte ich. »Da sind doch auch welche von uns bei!«

Papas Augen wurden ganz schmal. »Ach, und woher weißt du das so ganz genau?«

Ich zögerte. Ich konnte richtig spüren, wie Papa immer wütender wurde. »Weil ich gefragt hab«, sagte ich schließlich. »Tilla ist aus Rostock, und Mattis ...«

Weiter kam ich nicht, denn Papa schlug mit der geballten Faust auf den Tisch, dass die Gläser nur so klirrten. »Du bist still!«, schrie er. »Du weißt doch von gar nichts, du ... du kleine dämliche Missgeburt!«

Oma drehte sich erschrocken um, und Onkel Gerd blickte verdutzt von Papa zu mir und zurück. Papa starrte mich wütend an. Und ich stellte die beiden Teller wieder auf den Tisch, drehte mich um und rannte nach oben. Ich hatte einen verdammt dicken Kloß im Hals, aber ich schluckte ihn runter. Und das klappte sogar.

9

Ein bisschen später, als ich schon im Bett lag, kam Oma hoch und sah nach mir, aber ich tat so, als würde ich schon schlafen. Auch als sie und Tante Eileen später selber ins Bett gingen, kniff ich die Augen fest zu. Ich wollte einfach mit niemandem reden. Und schon gar nicht mit Papa. Aber der kam sowieso nicht noch mal hoch. Das macht er nie, und erst recht nicht, wenn er so wütend geworden ist.

Wenn Mama da gewesen ist, sucht Papa hinterher eigentlich jedes Mal Streit, und dann sagt er oft gemeine Sachen. Oma und Kevin lässt er in Frieden und Onkel Gerd meistens auch. Aber Tante Eileen kriegt es oft ab und ich manchmal auch. Am nächsten Tag ist er dann allerdings meistens wieder normal.

Deshalb sind Papas Wutanfälle für mich nichts Neues mehr, und an sich reg ich mich auch nicht mehr groß drüber auf. Aber heute fand ich ihn besonders gemein. Was hatte Papa bloß gegen Tilla, Mattis und Klaus, wo er sie doch gar nicht kannte? Nur weil sie Künstler waren, so wie der Schlagzeuger, mit dem Mama damals durchgebrannt war? Und was war denn schon dabei, wenn ich ab und zu zu ihnen rüberging? Und überhaupt, was konnte ich denn für mein schlimmes Auge? Was hatte das denn damit zu tun?

Ich hatte mich eine ganze Weile im Bett hin und her gewälzt, als plötzlich Tante Eileen im Nachthemd in der Tür stand.

»Was ist denn, meine Kleine?«, fragte sie. »Kannst du nicht schlafen?«

Ich schüttelte den Kopf, und Tante Eileen kam zu mir herüber und setzte sich auf die Bettkante. Das ganze Bett wackelte.

»Wenn der Ingo so mit dir schimpft, dann meint der das nicht so, das weißt du doch«, sagte Tante Eileen. »Und dein Auge, das verwächst sich ja vielleicht noch.«

»Hmm«, sagte ich. »Vielleicht. Kann sein.« Und obwohl ich ganz genau wusste, dass das eben nicht sein konnte, und obwohl es darum ja auch gar nicht ging, tröstete mich die Vorstellung trotzdem ein bisschen. Der Gedanke war einfach irgendwie schön: Dass mein Auge sich einfach verwachsen und ich eines Tages ganz normal aussehen würde. Wie alle andern. Kein Monsterauge mehr. Keine Missgeburt eben.

Tante Eileen nahm meine Hand und lächelte mich an. »Sei nicht traurig«, sagte sie. »Ich hab dich doch lieb!« Dann beugte sie sich vor, küsste mich auf die Wange und stand auf. Ich kuschelte mich in mein Kissen und hörte zu, wie das Bett drüben knarrte und Oma leicht im Schlaf grunzte, als Tante Eileen sich wieder hinlegte.

Das war komisch: Lieb gehabt zu werden, aber von der falschen Person! Aber wer die Richtige wäre, wusste ich eigentlich auch nicht.

Mama jedenfalls nicht. Und meinetwegen brauchte sie bestimmt nicht zurückkommen. Denn wenn sie da war, gab's ja bloß immer Ärger.

Ich machte die Augen zu und lauschte auf Omas Schnarchen von nebenan, und dann schlief ich endlich ein.

Kapitel 4

Die da drüben

1 Am nächsten Morgen herrschte immer noch dicke Luft. Papa saß muffelig in der Küche und aß sein Frühstück, als ich hinunterkam. Onkel Gerd zwinkerte mir zu, und Oma wuschelte mir durchs Haar und legte mir einen Extra-Pfannkuchen auf den Teller. Aber besonders viel Spaß machte es mir trotzdem nicht, mit Papa am Tisch zu sitzen und schweigend zu essen. Sobald ich fertig war, rutschte ich von der Sitzbank und wollte mich nach draußen verziehen, doch Oma hielt mich zurück.

»Wo willste denn hin, Mädchen?«

»Raus«, sagte ich mit einem schnellen Blick zu Papa, der missmutig vor seinem Teller saß. »Vielleicht rüber zu Peggy, mal gucken.«

Oma nickte. »Aber zieh dir deinen neuen Pullover an«, sagte sie. »Heute ist Sonntag!«

»Och, Oma«, maulte ich, aber Oma schüttelte streng den Kopf. »Wenn du zu Peggy rüberwillst, dann ziehst du deinen neuen Pulli an und basta!«

Wenn Oma so ist, dann nützt kein Bitten und Betteln, also flitzte ich wieder hoch und zog widerwillig meinen neuen rosa Pullover an. Hätte ich doch bloß nichts von Peggy gesagt! Eigentlich hatte ich natürlich rüber ins Dorf gewollt, in die Scheune vom Gutshof vielleicht und dann noch kurz in die Schmiede, aber daraus wurde jetzt natürlich nichts mehr. Und alles nur wegen Papas stinkiger Laune!

Oma lächelte zufrieden, als ich an ihr vorbeikam, und sogar Papa sah hoch und nickte mir zu. Na, wenigstens etwas!

2 Peggy saß mitten in der Küche auf einem Stuhl und hatte ein großes Handtuch um die Schultern gelegt. Hinter ihr stand ihre Mutter und drehte ihr Lockenwickler ins Haar.

»Was macht ihr denn da?«, fragte ich entgeistert. Peggy sah wirklich urkomisch aus. Die eine Hälfte von ihren Haaren war schon aufgerollt, die andere hing ihr in blonden Strähnen noch fast bis auf die Schultern.

»Na Mensch, ich krieg Locken, das siehste doch«, sagte Peggy und wackelte mit dem Kopf. »Toll, oder?«

»Na ja«, sagte ich und setzte mich rittlings auf einen Küchenstuhl. »Bis jetzt sieht's erst mal ziemlich doof aus.«

Peggy streckte mir die Zunge raus, und ich streckte ihr meine auch raus.

»Also, ihr beiden!« Peggys Mutter schüttelte den Kopf. »Halt still, Peggy, sonst ziept es!«

Peggy hielt brav den Kopf ruhig, und ich guckte zu, wie ihre Mutter ihr einen weiteren Lockenwickler in die Haare drehte. Jetzt, im Moment, sah Peggy zwar wirklich ziemlich doof aus mit ihren Haaren, aber hübsch war sie trotzdem. Jedenfalls sagen das immer alle. Peggy hat eine ganz kleine Stupsnase und einen dazu passenden herzförmigen Mund und eben die blonden Haare und die blauen Augen, genau wie ihre Mutter. Überhaupt sehen sie sich ganz schön ähnlich.

Als ich die beiden so anguckte, Peggy auf dem Stuhl und ihre Mutter dahinter, da musste ich plötzlich an meine Mutter denken. Die ist auch hübsch.

Ich bin natürlich nicht hübsch. Aber wer weiß, vielleicht wäre ich's ja ohne mein schlimmes Auge? Vielleicht wäre ich dann ja so hübsch wie meine Mama und sähe ihr sogar ähnlich?

Peggys Stimme riss mich aus meinen Gedanken. »Hast du schon den Aufsatz gemacht, Kaya?«

»Hä? Welchen Aufsatz denn?«

Peggy bog den Kopf zur Seite, als ihre Mutter eine neue

Strähne aufwickelte. »Na, den Aufsatz über unser Vorbild«, sagte sie. »Den müssen wir doch nächsten Montag abgeben!«

»Nö«, sagte ich. »Muss ich noch machen.« Den Aufsatz hatte ich natürlich komplett vergessen. Wenn ich ihn gar nicht machte, kriegte ich eine Sechs. Und sitzen bleiben wollte ich nun nicht unbedingt. Noch ein Jahr länger Schule, nee, danke! Also musste ich mich zumindest mal ransetzen in dieser Woche.

»Und du?«, fragte ich. »Hast du deinen schon fertig?«

»Na klar!«

»Zeigst du mir den mal nachher?«

»Loooo-gisch«, sagte Penny gönnerhaft. »Aber abschreiben geht nicht. Das merkt die Smorra nachher.«

Ich tippte mir an die Stirn. »Mann, ich bin doch nicht blöd!«

Peggy grinste und betrachtete mich einen Moment lang unter halb gesenkten Lidern hervor. Dann riss sie ihre Augen plötzlich wieder weit auf.

»Was hast du denn da für einen schönen Pullover an?«, fragte sie und klang auf einmal ganz neidisch. »Haste den etwa neu?«

Ich guckte an mir hinunter. Mir ist es eigentlich immer ziemlich egal, was ich anhab. Nur Rosa finde ich eben doof. »Hab ich gestern von meiner Mutter gekriegt«, sagte ich. »Kannste gerne haben!«

»Ehrlich?«, fragte Peggy mit leuchtenden Augen.

»Klar«, sagte ich achselzuckend, aber da sah Peggys Mutter hoch und nahm den Lockenwickler aus dem Mund, den sie sich zwischen die Zähne geklemmt hatte.

»Das gehört sich aber nicht, Kaya«, sagte sie, »du kannst doch den Pullover nicht einfach weiterverschenken!«

»Wieso denn nicht?«, fragte ich und griff nach einer Zeitschrift, die auf dem Tisch lag. Auf dem Titelbild war ein mit einer Federboa geschmücktes Pferd, und obendrüber stand »Kunstreiten aktuell«.

»Weil sich das nicht gehört«, sagte Peggys Mutter entschieden. Dann legte sie den Kopf schief und kniff neugierig die Augen zusammen. »Wann war deine Mutter gestern denn da? Ich hab sie gar nicht gesehen!«

»Ach, die war auch nur ganz kurz da«, sagte ich. Peggys Mutter ist eine richtige Tratsche. Sie will immer alles ganz genau wissen, besonders wenn's um meine Mutter geht. Aber da hat sie sich geschnitten.

»Ach, über Nacht ist sie nicht geblieben?«

»Nee«, sagte ich und blätterte die Zeitschrift durch. Lauter Pferde waren drin abgebildet, und daneben standen meistens irgendwelche Mädchen, die hohe schwarze Reitstiefel und Kappen trugen und eingebildet in die Kamera guckten.

»Hat deine Mutter eigentlich inzwischen Arbeit gefunden?«, fragte Peggys Mutter und drehte einen neuen Lockenwickler in Peggys Haare ein.

»Weiß ich nicht«, sagte ich. »Was ist denn das für 'ne Zeitschrift hier?«

»Das ist meine! Hat Dirk mir mitgebracht«, rief Peggy. »Sind das nicht wunderschöne Pferde?«

»Seit wann hast du es denn mit Pferden?«, fragte ich. »Machst du jetzt etwa einen auf Jasmin?«

»Quatsch! Jasmin, die findet doch bloß die Pferde süß, aber ich mach ja bald Kunstreiten!«, sagte Peggy und sah auf einmal ganz aufgeregt aus. »Nächsten Monat geh ich nämlich das erste Mal voltigieren. Der Schwager von einem Kollegen von Dirk hat nämlich so Pferde dafür!«

»Volti-was?«

»Voltigieren!«, rief Peggy und guckte ganz wichtig. »Das ist, wenn man auf dem Pferd reitet und dabei voll tolle Figuren macht, ungefähr so!« Sie hob beide Beine hoch und streckte die Arme seitlich aus.

»Stillhalten!«, schimpfte ihre Mutter, und Peggy ließ die Arme sinken und stellte die Füße wieder auf den Boden. »Und wenn man das dann gut kann, fängt man mit Kunstreiten an und macht bei Wettkämpfen mit und so, und dann kommt man in so 'ne Zeitung rein«, sagte sie und nickte nachdrücklich.

»Na, nun wart's erst mal ab!« Peggys Mutter angelte sich einen neuen Lockenwickler aus ihrer Schürzentasche. »Erst muss Dirk mal seinen Kollegen fragen, was das kostet.«

»Und was ist mit Ballett?«, fragte ich.

»Ach, Ballett«, sagte Peggy und zog eine angewiderte Grimasse. »Das ist doch langweiliger Pimpaquatsch!«

Peggys Mutter drehte Peggy den letzten Lockenwickler rein und nahm ihr das Handtuch von den Schultern. »So, fertig! Wie ist es, Kaya, willst du nicht auch mal?«

»Oh nee, bloß nicht!«, sagte ich und stand auf. »Du, Peggy, zeigst du mir jetzt deinen Aufsatz?«

Peggys Aufsatz handelte von einer Ballerina namens Katinka Sellerbeck und war ziemlich langweilig. Ich kriegte Peggy dazu, dass sie ihn mir vorlas – das klappt immer, weil Peggy sich nämlich immer ganz geschmeichelt fühlt, wenn ich sie darum bitte –, aber nach ein paar Sätzen fing ich schon an, mich zu langweilen. Es ging die ganze Zeit darum, wie toll diese Sellerbeck tanzen konnte und wie hübsch sie aussah und was für ein prima Vorbild sie deshalb abgab.

Mir fiel ein, dass ich Peggy noch fragen wollte, ob sie Lust hatte, mit bei der Ausstellung in der Schmiede zu helfen. Aber nun konnte ich sie ja wohl schlecht unterbrechen, und deshalb saß ich da und guckte mich im Zimmer um, während sie vorlas.

Der Ballettkalender war von der Wand verschwunden. Stattdessen hing da jetzt ein Plakat von einem bunt geschmückten Pferd mit einem ziemlich affig dreinblickenden Mädchen drauf.

Eins musste ich Peggy ja lassen: Der fiel immer wieder was Neues ein. Auch wenn es nicht gerade mein Geschmack war. Aber soll doch jeder, wie er will. Wenn Peggy nun eben Kunstreiten und Pferde gut fand, na bitte.

Als Peggy fertig war, klappte sie ihr Heft zu und sah mich erwartungsvoll an. »Und?«, fragte sie mit großen Augen.

»Ja, gut«, sagte ich. »Aber warum haste denn jetzt noch über eine Ballerina geschrieben, wo du das doch so 'n langweiligen Pimpaquatsch findest?«

Peggy lief leicht rot an und nickte so heftig, dass ihre Lockenwickler wackelten. »Ja, eigentlich gildet das ja nicht mehr! Aber ich hatte den eben schon fertig, als Dirk mit dem Kunstreiten-Heft kam.« Sie sah ein bisschen verlegen aus, und ich verkniff mir ein Grinsen und stand auf.

»Kriegste aber bestimmt eine gute Note für«, sagte ich. »Also, ich muss dann mal los! Tschüss, Peggy!«

»Tschüss, Kaya. Bis morgen!«

»Hü! Hüah, Lotte!«, rief ich und war schon aus der Tür.

3 Beim Mittagessen brütete Papa immer noch stumm vor sich hin, und nach dem Kaffee zog er seine gute Jacke an und ging zum »Gasthaus zum Hirschen« rüber, wie meistens am Sonntag. Onkel Gerd legte sich aufs Ohr, während Oma und Tante Eileen den Abwasch machten. Ich versuchte zusammen mit Kevin mein neues Kätzchenpuzzle von Mama zu legen, aber für Kevin war es noch viel zu schwer, und ich hatte bald auch keine Lust mehr. Ich wartete ab, bis Tante Eileen und Oma Kevin mit auf ihren Sonntagsspaziergang nahmen, dann machte ich schnell die Biege.

Draußen war es ganz schön kalt geworden, und ich fror ein bisschen in meiner dünnen Regenjacke und den Stoffturnschuhen. Wenn's einem kalt ist, muss man schnell rennen, dann wird's wieder warm, also flitzte ich los, an Peggys Haus vorbei, über den Zebrastreifen und dann die Dorfstraße rauf. Auf der anderen Seite schlenderte der alte Bresan gemächlich am Straßenrand entlang, und ich musste sofort an den Kettenhund denken. Wenn Tilla rausging, hatte sie Lumpi immer dabei, aber den alten Bresan hatte ich noch nie mit seinem

Hund gesehen. Der kam bestimmt nie raus zum Spazierengehen. Eigentlich war das echt traurig.

An der Ecke stand Frau Stücker auf ihrer Veranda und stellte ihren maunzenden Katzen gerade zwei Schüsseln hin.

»Hallo, Frau Stücker!«, rief ich.

»Tagchen, Kaya!« Frau Stücker nickte mir zu, dann griff sie sich plötzlich an den Rücken und stöhnte auf.

»Was ist denn, Frau Stücker?«, fragte ich und blieb stehen.

Frau Stückers Gesicht verzog sich. Sie sah aus, als hätte sie furchtbare Schmerzen, aber sie winkte nur ab und wankte ächzend zur Haustür zurück.

»Nicht so schlimm, Kind«, sagte sie, »das ist das Rheuma. Lauf du man weiter!« Und damit verschwand sie im Haus. Ich blieb noch ein bisschen stehen und guckte den Katzen zu, dann ging ich weiter.

Vor Jasmins Haus stand ein neuer Gartenzwerg im Garten, und aus dem »Gasthaus zum Hirschen« kam lautes Grölen und Stimmengewirr, wie immer am Sonntag. Ich drückte mich schnell am Verschlag vorm Eingang zum Gutshof vorbei und lief zu meiner Lieblingsscheune hinüber. Bevor ich das lockere Brett zur Seite schob und mit dem Stein blockierte, sah ich mich rasch um. Kein Mensch war in der Nähe, nur eine Katze rannte drüben am Haupthaus vorbei und verschwand um die Ecke.

In der Scheune war alles wie immer. Ich hätte es sofort gemerkt, wenn jemand hier gewesen wäre, aber alles war unverändert. Zufrieden balancierte ich über einen Balken und hockte mich dann vor einen Haufen Steine, um mit einem Stock darin herumzustochern. Außer einem verrosteten Scharnier war nichts Besonderes zu entdecken, und ich schmiss den Stock weg und setzte mich auf den moosbewachsenen Holzklotz in der Mitte der Scheune.

Die Sonne schien, leuchtende Strahlen fielen durch die Löcher in der Decke, und das Spiel von Licht und Schatten sah wunderschön aus. Ich kniff mein gesundes Auge zusammen und betrachtete die hellen und dunklen Flecken, die sich schimmernd ineinander verwoben und wieder auseinander trieben. Vom Zugucken wurde ich ganz ruhig. Es war wieder, als wäre ich im Innern eines Diamanten. Oder als hinge der Himmel voller Lametta, das sich blinkend und funkelnd bewegte.

Erst als ich nach einer ganzen Weile aufstand, merkte ich, dass in der Zwischenzeit Leute auf den Hof gekommen waren. Ich schlich mich zur Wand und guckte durch einen Schlitz zwischen den Brettern.

Drüben, gleich vorm Eingang zum Hof, standen Dennis, Pascal und eine von seinen Schwestern. Sonst hatte ich immer Schwierigkeiten, Dunja und Kerry auseinander zu halten, aber jetzt, wo ich sie in Ruhe betrachten konnte, sah ich, dass es Dunja war, die jüngere der beiden. Sie und die Jungs rauchten und ließen eine Schnapsflasche rumgehen, und Dunja wiegte sich in den Hüften und lachte laut, als Dennis irgendetwas zu ihr sagte. Ich presste meine Wange fest an das Holz, und jetzt konnte ich auch Marco sehen, der neben den dreien stand. Und da war noch jemand: Papa! Den hatte ich hier nun am allerwenigsten erwartet.

Verdutzt sah ich zu, wie Papa von Pascal die Schnapsflasche nahm und einen großen Schluck trank. Dann rülpste er laut und grinste breit, und Dunja kicherte schrill. Papa hob die Flasche, schleuderte sie blitzschnell einmal zwischen Mittel- und Zeigefinger im Kreis, ohne dass ein Tropfen herausspritzte, und reichte sie an Dennis weiter. Pascal und Marco pfiffen anerkennend, und Papa trommelte sich mit beiden Händen auf die Brust und grinste dabei wie ein Honigkuchenpferd.

Ich wurde knallrot, obwohl mich ja keiner sehen konnte. Warum in aller Welt musste mein Vater denn mit denen abhängen? Und sich auch noch so albern benehmen!

Draußen rauchten die zwei großen Jungs wichtigtuerisch, und Dunja schleuderte ihre langen blonden Haare nach hinten und kicherte schon wieder schrill über irgendwas, was Papa gesagt hatte. Papa lachte dröhnend und griff nach Dunja, und Dunja hüpfte kreischend hinter Dennis und hielt sich an ihm fest, während Papa in geduckter Haltung auf sie zuschlich und wieder nach ihr grapschte. Bestimmt war er besoffen, denn so hatte ich ihn noch nie erlebt.

»Hiiiilfe!«, rief Dunja kichernd und riss Dennis fast um, als sie zu Pascal rüberrannte, um sich hinter ihm zu verstecken. Papa rannte mit einem Affengeheul hinter ihr her, und Dennis und Marco lachten laut.

Nur Pascal war still. Schweigend zog er an seiner Zigarette und beobachtete Papa aus schmalen Augen. Wahrscheinlich würde er sich nachher hinter Papas Rücken halb tot darüber lachen, wie mein Vater sich zum Affen gemacht hatte und seiner Schwester hinterhergerannt war! Mann, war das peinlich!

Am liebsten hätte ich gar nicht mehr hingeguckt, aber natürlich konnte ich es trotzdem nicht lassen. Papa hatte Dunja um die Hüfte gepackt und rollte wild mit den Augen, und Dunja versuchte kichernd, sich zu befreien. Ich sah zu, wie Marco Pascal um eine Zigarette anhaute und Pascal ihn grob zur Seite stieß. Marco stolperte über einen Stein und fiel hin, aber Pascal scherte sich nicht darum. Als Marco sich wieder hochrappelte, hatte er eine Schramme auf der Backe und schlich sich wie ein geprügelter Hund davon. Pascal schmiss seine Zigarette auf den Boden und starrte zu seiner Schwester hinüber. Dunja kicherte immer noch, und Papa nahm Dennis die Schnapsflasche aus der Hand und trank schwer atmend einen großen Schluck. Als er die Flasche absetzte, grinste er zwar, aber so richtig fröhlich sah er trotzdem nicht aus.

In meinem Magen war ein ganz komisches Gefühl. So eine Mischung aus Wut und Peinlichkeit und Traurigkeit noch dazu. Ich drehte mich um und ging zurück zum Holzklotz. Ich würde so lange warten, bis Papa und die anderen draußen verschwunden waren. Und wenn es bis Mitternacht dauerte.

4 Aber so lange dauerte es dann zum Glück doch nicht. Nach einer Weile hörte ich, wie Marcos Vater mit barscher Stimme nach Dunja und Pascal rief, und als ich wieder durch den Spalt lugte, war der Hof leer. Ich wartete noch einen Moment, dann machte ich mich auf den Weg. Papa hatte mir zwar verboten, zur Schmiede zu gehen, aber das war mir jetzt egal.

Die Tür zur Schmiede war geschlossen, aber als ich klopfte und sie vorsichtig aufstieß, kam auch schon Lumpi schwanzwedelnd auf mich zugerannt. Er warf sich auf den Boden und rollte sich auf den Rücken, und ich streichelte ausgiebig seinen weichen Bauch.

Tilla tauchte in der Tür zum Atelier auf. »Hi, Kaya! Wie geht's dir?«

»Geht so. Okay«, sagte ich und kraulte Lumpi an seinem seidigen Kinn, und Lumpi streckte genießerisch alle viere von sich.

»Komm doch rein«, sagte Tilla. »Mattis ist verreist, aber Klaus und ich arbeiten.«

Klaus stand vor seiner Staffelei und nickte mir wie immer nur zu.

»Willst du nicht deine Jacke ausziehen?«, fragte Tilla.

Ich zog wortlos meine Jacke aus und ließ sie auf den Boden fallen, und Lumpi rollte sich drauf zusammen und brummte zufrieden. Ich setzte mich neben ihn und zog die Beine an.

»Na, du bist ja einsilbig heute.« Tilla betrachtete mich nachdenklich. »Ist irgendwas?«

Ich zögerte, dann schüttelte ich den Kopf. Eigentlich hätte ich Tilla gerne alles erzählt, von Papa und unserem Streit und dem, was ich gerade gesehen hatte. Aber ich hätte gar nicht gewusst, wo ich anfangen sollte. Und überhaupt, was hätte das schon gebracht?

»Hast du einen neuen Pullover?«, erkundigte sich Tilla.

»Mmmhm.«

Tilla lachte. »Na, der gefällt dir wohl nicht?«

»Nee. Dir etwa?«

»Ich find den okay«, sagte Tilla leichthin. »Ist eben rosa, na und?« Sie ging zu einer ihrer Kisten hinüber, zog ein Stück Stoff heraus und warf es mir in den Schoß. Ich hob es auf und faltete es auseinander. Es war ein Malerkittel, genauso einer wie der alte von Tilla, den sie mir geborgt hatte, nur in kleiner. Und nagelneu. »Für dich«, sagte Tilla. »Damit du einen eigenen Kittel hast, der dir richtig passt!«

»Danke«, sagte ich und guckte verwundert auf den Kittel hinunter. Ein Geschenk! Tilla hatte mir ein Geschenk gemacht, einfach so. Ich glaube, das war noch nie passiert. Außer von meiner Familie hatte ich noch nie ein Geschenk gekriegt, und dann auch nur zum Geburtstag oder zu Weihnachten. Und von Mama natürlich, wenn sie mal zu Besuch kam.

»Bitte schön!«, sagte Tilla, und dann fügte sie hinzu: »Aber du musst ihn auch anziehen!«

Das ließ ich mir natürlich nicht zweimal sagen. Ich zog den Kittel über und sah bewundernd an mir herunter. Die Rüschenbündchen von meinem Pullover guckten noch raus, aber so hässlich fand ich ihn auf einmal gar nicht mehr. Wie Tilla gesagt hatte: Er war eben rosa. Na und?

»Passt«, sagte Tilla befriedigt. »Sag mal, hast du eigentlich deine Freundin schon wegen der Ausstellung gefragt?«

Ich schüttelte den Kopf. »Noch nicht. Wann soll die denn genau sein?«

»Am vierten Advent«, sagte Tilla. »Am letzten Sonntag vor Weihnachten. Vergiss es nicht, ja?«

»Nee«, sagte ich. »Ich doch nicht!«

Tilla lachte und ging zu ihrer Staffelei hinüber. Das Bild mit dem Pferd war schon längst fertig, jetzt malte Tilla an einem mit zwei Frauen drauf. Die waren auch blau.

Ich blätterte meine Bilder durch. Ganz unten lagen die Giraffen und Autos und Häuser, die ich zuerst gezeichnet hatte. Dann kam das Bild von Klaus, das, wo ich ihn so gemalt hatte, wie ich ihn mit meinem schlimmen Auge gesehen hatte. Und seitdem malte ich fast nur noch das, was ich mit meinem schlimmen Auge sah: im Bus, in der Schule, in der Scheune, beim Einkaufen oder bei meinen Ausflügen durchs Dorf, überall kniff ich mein gesundes Auge zusammen und versuchte mir zu merken, was ich mit meinem schlimmen Auge sah. Und das malte ich dann.

Auf dem letzten Bild war Lumpi drauf, aber außer mir konnte das bestimmt keiner erkennen.

Ich schob den Bilderstapel zur Seite, zog ein leeres Blatt zu mir heran und klappte den Malkasten auf. Mein Wasserglas zum Pinseleintunken war noch halb voll vom letzten Mal, und ich schloss die Augen und überlegte, was ich malen sollte.

Ich dachte an Peggy mit den Lockenwicklern im Haar und an Oma, wie sie brummig den Abwasch machte, und an Mama, wie sie nervös rauchte und zur Tür guckte. Und dann dachte ich an Papa, wie böse er ausgesehen hatte, als er mich gestern Abend angeschrien hatte, und wie albern dann vorhin im Gutshof. Dennis fiel mir ein, wie er mir eine Grimasse schnitt, und Marcos gehässiges Grinsen, als er mir den Ball an den Kopf geworfen hatte.

Ich schüttelte den Kopf. Ich wollte nicht an all diese doofen Sachen denken, und malen wollte ich sie schon gar nicht. Ich wollte etwas Schönes malen.

Ich kniff die Augen noch fester zusammen und versuchte mich an das Schönste zu erinnern, was ich heute gesehen hatte. Und nach einer Weile fiel es mir ein.

In der Scheune war es schön gewesen! Bevor Papa und die anderen gekommen waren. Als ich die Lichter und Schatten gesehen hatte, mit meinem schlimmen Auge. Die funkelnden

Blitze und die verschwommenen Schatten. Und über mir lauter Lametta am Himmel.

Ich machte die Augen wieder auf, hockte mich auf die Knie und tunkte meinen Pinsel ins Wasser. Dann fing ich an zu malen.

Erst viel, viel später bekam ich mit, dass Klaus neben mir stand.

»He, Kaya. Was malst du da eigentlich?«, fragte er ruhig.

Ich guckte auf mein Bild runter. Es war so gut wie fertig. »Na, das, was ich sehe«, sagte ich.

Klaus betrachtete mich. Sein Blick glitt von meinem gesunden zu meinem schlimmen Auge und dann wieder zurück. »Und was siehst du?«, fragte er.

Ich sah zu ihm hoch, und dann guckte ich wieder mein Bild an. Es war schön geworden, fand ich. Lauter Punkte und Streifen und glitzernde Flecken. Wenn ich meine Augen halb zumachte, konnte ich richtig sehen, wie sie sich bewegten.

»Lametta am Himmel«, sagte ich.

Klaus schwieg eine ganze Weile, und dann lächelte er. Ich glaube, es war das erste Mal, dass ich ihn überhaupt lächeln sah. Und ich hatte das Gefühl, dass er ganz genau verstand, was ich meinte.

Vorsichtig lächelte ich zurück. Im gleichen Moment sprang Lumpi auf und fing wie wild zu bellen an und ich drehte mich zum Fenster um.

Marco glotzte durch die Scheibe zu uns herein. Die Schramme auf seiner Wange leuchtete tiefrot, und sein kurzes Haar war zerrauft. Einen Moment lang starrten wir uns in die Augen, dann streckte Marco mir die Zunge heraus und verschwand.

»War das nicht Marco?«, fragte Tilla und kam zu uns herüber.

Lumpi hatte zu bellen aufgehört, aber er starrte immer noch wachsam zum Fenster hoch. »Schon gut, Lumpi«, sagte ich und streichelte ihm über den Kopf, und Lumpi drückte sich an mich und knurrte noch einmal missmutig, bevor er verstummte.

Das Knurren erinnerte mich an den Kettenhund, und auf einmal hatte ich eine Idee. Ich legte meinen Pinsel hin und stand vom Boden auf. Meine Knie taten richtig weh vom Hocken, und Tilla verzog besorgt das Gesicht, als sie sah, wie ich sie mir rieb.

»Du brauchst eigentlich auch eine Staffelei«, sagte sie kopfschüttelnd. »Immer auf den Knien, das muss ja echt wehtun!«

Ich winkte ab. »Ach nee, das geht schon. Sagt mal, kann ich euch mal was zeigen?«

Klaus und Tilla warfen sich einen erstaunten Blick zu. Dann nickten sie beide.

»Natürlich«, sagte Klaus. »Klar.«

»Aber Lumpi muss leider zu Hause bleiben«, sagte ich und zog meinen Kittel aus.

5

Klaus und Tilla folgten mir ohne zu fragen aus der Schmiede und um die Ecke und dann durch den alten Obstgarten.

»Mann, das ist ja schön hier! Und gleich bei uns hinterm Haus!«, sagte Tilla und sah sich verwundert um.

»Hier kommt nie einer lang«, sagte ich. »Ich hab den Weg auch nur durch Zufall entdeckt.«

Als wir uns hintereinander durch die Lücke in der Hecke quetschten und den Schleichweg betraten, begann der Kettenhund zu bellen. Ich ging noch ein paar Schritte, dann blieb ich so weit wie möglich vom Zaun entfernt stehen und deutete auf den Hund, der zähnefletschend hin und her sprang und an seiner kurzen Kette zerrte.

»Da! Das ist doch nicht gut, wie der das hat, oder?«

Tilla runzelte die Stirn und ging näher an den Zaun, ohne sich um das wilde Gebelle des Kettenhundes zu scheren. Klaus blieb neben mir stehen.

»Scheiße«, sagte er und schüttelte den Kopf.

Tilla hockte sich langsam hin und redete ganz leise auf den Hund ein, und nach einer Weile hörte der Hund tatsächlich auf zu bellen und blieb still stehen. Seine Zähne waren immer noch gefletscht, und aus seiner Kehle kam ein leises Knurren.

»Ist ja gut, mein Alter«, sagte Tilla. »Du bist ja ein ganz feiner Kerl. Bist du hier so ganz alleine?«

Der Kettenhund guckte unruhig zu mir und Klaus und dann zu Tilla, die immer weiter auf ihn einredete.

»Guter Hund!«, sagte sie und streckte vorsichtig eine Hand aus. Der Kettenhund beäugte sie misstrauisch, dann wedelte er einmal zaghaft mit dem Schwanz und gab ein kurzes Kläffen von sich.

Tilla drehte sich zu uns um. »Der ist eigentlich total lieb«, sagte sie. »Der bellt nur aus Verzweiflung. Der will bestimmt gestreichelt werden! Kaya, bleibst du eigentlich manchmal stehen und redest mit ihm, oder rennst du immer ganz schnell vorbei?«

»Ich renn eher vorbei«, sagte ich leise.

»Aber da muss er ja bellen«, sagte Tilla und sah wieder zum Kettenhund, der sie aufmerksam beobachtete. »Verstehst du? Wenn du rennst, bist du gefährlich für ihn. Wenn du stehen bleibst, kann er sich an dich gewöhnen.«

Auf den Gedanken war ich bisher noch gar nicht gekommen. Fast schämte ich mich ein bisschen dafür. Aber ...

»Ich hatte einfach immer viel zu viel Angst«, gab ich zu.

»Kann ich verstehen«, sagte Tilla und streckte dem Hund wieder die Hand hin. »Aber er tut dir ja nichts. Kann er ja gar nicht. Da ist doch der Zaun dazwischen.« Der Kettenhund zuckte mit den Ohren, dann schnupperte er und versuchte näher zu kommen. Aber die Kette hielt ihn zurück.

»Diese fiese Kette da«, sagte Klaus, »die ist viel zu kurz. Die ist gerade mal einen Meter lang! Das ist doch Tierquälerei!«

»Eben!«, sagte ich fest.

Tilla und Klaus sahen sich an.

»Okay«, sagte Klaus. »Da müssen wir wirklich was machen.«

»Aber nicht sagen, dass ich euch den gezeigt hab!«, bat ich. »Sonst krieg ich ganz fiesen Ärger zu Hause!«

»Nee, keine Angst«, versprach Klaus. »Da passen wir schon auf. Wir verraten dich nicht, keine Sorge!« Er guckte auf seine Armbanduhr. »Um jetzt noch beim Tierschutz anzurufen, ist es zu spät. Ist schon gleich sechs. Ach ja, und heute ist Sonntag! Aber morgen …«

Tilla nickte zustimmend. »Genau«, sagte sie. »Morgen! Morgen kümmern wir uns um diesen armen Hund hier! Nicht, mein Feiner?«

Plötzlich ging mir auf, was Klaus da gerade gesagt hatte. Sechs! Um sechs gab es Abendbrot. »Oh Mist!«, sagte ich. »Ich muss sofort nach Hause!«

Vorsichtig ging ich los, ganz langsam an Tilla und dem Kettenhund vorbei. Der Hund starrte mich argwöhnisch an, aber er fing nicht an zu bellen. Am Ende des Schleichwegs winkte ich Tilla und Klaus noch einmal zu, dann rannte ich los.

Als ich bei uns um die Ecke flitzte, stand Papa am Eingang des Hofes und starrte mir finster entgegen. Ich konnte fast nicht mehr anhalten, so viel Schwung hatte ich, und so rannte ich direkt auf Papa zu. Erst kurz vor ihm bremste ich ab.

»Du warst ja doch wieder in der Schmiede!«, dröhnte Papa los. »Marco hat dich gesehen!«

6

Während des ganzen Abendessens über brummelte und grummelte Papa vor sich hin. Er stank nach Schnaps, das konnte ich bis auf die andere Seite des Tisches riechen. Und das war eigentlich sogar ein Glück, denn wenn Papa einen sitzen hat, wird er selten so richtig sauer. Eher so ein bisschen jammerig und meckerig. Aber aufpassen muss man trotzdem noch. Manchmal schlägt seine Laune dann nämlich um, und er wird superstinkig.

Bis auf Onkel Gerd, den sowieso nichts groß aus der Fassung bringen kann, waren wir deshalb alle ziemlich auf der Hut. Ich natürlich besonders. Denn mich hatte Papa schließlich auf dem Kieker.

»Was du bloß da drüben zu suchen hast!«, schimpfte er und fischte grimmig eine saure Gurke aus dem Glas. »Ich hab doch gesagt, du sollst da nicht rüber! Hörst du denn gar nicht, was ich dir sage?«

»Doch«, sagte ich leise und biss von meinem Brot ab. Marco, der Affenarsch, war also doch eine Petze. Das würde ich mir merken!

»Das ist kein Umgang für dich. Künstler, dass ich nicht lache!« Papa schluckte seine Gurke runter und spülte mit Bier nach. »Wir müssen uns für einen Hungerlohn abrackern und die da drüben faulenzen rum. Schlafen den ganzen Tag, und nachts wird gefeiert!«

Kevin, der die ganze Zeit mit seinem Brot beschäftigt war, guckte hoch. »Feiern, Papa?«, fragte er mit vollem Mund. »Feiern wir auch nachts?«

»Nee«, sagte Papa und schüttelte unwirsch den Kopf. »Wir doch nicht! Die da drüben, die Penner! Nachts feiern die durch, und der Tag wird dann verschlafen!«

»Aber nicht immer«, sagte Tante Eileen.

»Wie?«, fragte Papa, und auf seiner Stirn war plötzlich eine ganz steile Falte. »Warst du etwa auch schon da drüben?«

»Nein, nein«, sagte Tante Eileen ganz hastig. »Ich mein ja bloß! Weil, manchmal, da sieht man die doch. Draußen und so. Also schlafen sie ja nicht andauernd.«

Papa rollte die Augen zur Decke und schüttelte entnervt den Kopf. Am liebsten hätte ich gelacht, aber das war natürlich nicht drin.

»Anständige Leute«, meckerte Papa weiter, »anständige

Leute gehen früh zu Bett und stehen früh wieder auf, damit sie vernünftig arbeiten können!«

»Das ist richtig«, pflichtete Onkel Gerd ihm bei und schlürfte einen Löffel Suppe in sich hinein. »Früher war das noch anders, da haben alle gearbeitet und gewusst, was sich gehört!«

»Ja, aber da gab's ja auch noch Arbeit für alle«, seufzte Oma. »Aber heute – ach Gott, die Zeiten sind schlecht!«

»Das hat uns die Wende eingebrockt«, sagte Papa. »Die Wende! Die Wessis sind doch sowieso alle total eingebildet, und die Westkünstler, das sind die Schlimmsten! Ob nun Musiker, Maler oder sonst was, die sind doch alle gleich!«

Papa schimpfte zwar oft auf die Wessis, vor allem, seit Mama mit ihrem Schlagzeuger durchgebrannt war, aber so aufgebracht hatte ich ihn selten gesehen. Und er war noch nicht fertig. »Und jetzt haben wir lauter Wessis vor der Nase, die fürs Faulenzen Geld kriegen!«, rief er wütend und pickte mit seiner Gabel so heftig nach einem Stück Käse, dass es vom Tellerrand flutschte.

Jetzt konnte ich aber nicht mehr den Mund halten. Das war einfach so gemein, was Papa da über Tilla, Mattis und Klaus behauptete! »Das stimmt ja gar nicht!«, sagte ich. »Erstens sind das doch gar nicht nur Wessis, und zweitens faulenzen die gar nicht. Die sind ständig am Malen, schon ganz früh am Morgen.«

Ich fing Tante Eileens Blick ein. Und da wusste ich, dass sie auf meiner Seite war. Aber das nützte mir trotzdem nicht viel.

»Ja, pfff!«, lachte Papa höhnisch. »So ein bisschen pinseln und basteln, dass ich nicht lache! Das können wir auch, und besser bestimmt! Aber wir kriegen da kein Geld für!« Er haute mit der Faust auf den Tisch, und ich zuckte zusammen.

Jetzt war es doch so weit, die Stimmung war umgeschlagen und Papa jetzt richtig sauer. Er beugte sich vor. »Und überhaupt, du weißt ja ganz gut Bescheid über das Gesindel da drüben! Bist du da etwa ständiger Gast, oder wie?«

»Nee, das nicht«, sagte ich leise. »Nur ein paarmal.«

»Ein paarmal!« Papa lachte laut auf. »Damit hat sich's jetzt gehabt! Da gehst du nicht mehr hin, ist das klar? Und das meine ich ernst! Wenn ich dich jemals dabei erwische oder höre, dass du da drüben warst, dann setzt es was, ist das klar?«

Papa funkelte mich wütend an, und ich starrte ungläubig zurück. Das konnte er mir nicht verbieten! Meine Besuche in der Schmiede, das war doch das Schönste, was ich hatte!

»Aber warum denn?«, platzte ich raus. »Warum soll ich da nicht rüber?«

»Weil ich das sage!«, blaffte Papa. Er war jetzt ganz rot im Gesicht.

Ich riskierte einen Blick zu Tante Eileen, aber die hielt den Kopf gesenkt und schmierte Kevin ein Leberwurstbrot. Onkel Gerd sah an die Decke, und von Oma war auch keine Hilfe zu erwarten.

»Aber ich bin da doch so gerne«, sagte ich schließlich.

»Das ist mir doch egal!«, brüllte Papa. »Du gehst da nicht rüber! Und damit du das auch richtig kapierst, hast du ab sofort eine Woche Hausarrest! Hast du verstanden?«

Ich presste die Lippen zusammen.

»Ob du mich verstanden hast?«, schrie Papa wütend.

Ich guckte auf meinen Teller runter. Dann drehte ich Papa ganz langsam mein schlimmes Auge zu und kniff es zusammen.

Papa schwieg überrumpelt. Und dann war er nur noch ein dunkler Schatten, mit Schlieren und Punkten drumrum, die sich langsam bewegten.

7

Sonst vergaß Papa ja eigentlich immer ziemlich schnell, dass er mich zu Hausarrest verdonnert hatte, und seine schlechte Laune war meistens auch rasch wieder vorbei. Aber diesmal war es anders. Er blieb mürrisch und in sich gekehrt und redete kaum, auch nicht mit Kevin. Und er vergaß nicht, dass ich Hausarrest hatte.

Oma leider auch nicht. Obwohl Papa jeden Tag frühmorgens mit dem Westbauern auf den Acker ging und nicht vor dem Abendbrot zurückkam, wollte sie mir nicht erlauben rauszugehen. Ich konnte betteln, so viel ich wollte, Oma blieb hart.

»Nee, nee, Mädchen, bleib du man schön hier«, sagte sie und klapperte mit dem Salatbesteck. »Stell dir vor, dein Vater kommt überraschend zurück und guckt nach, wo du bist! Dann kriegen wir alle noch schrecklichen Ärger!«

»Dann schimpft Papa!«, rief Kevin und fuchtelte wild mit dem Laster herum, den er von Mama bekommen hatte.

»Genau«, sagte Oma. »Dann schimpft Papa ganz schlimm! Und das wolln wir doch nicht!«

»Da haste man Recht, Schwesterherz«, sagte Onkel Gerd, der in dieser Woche nicht mit aufs Feld ging, weil die Arbeit für zwei nicht reichte.

Kevin lief mit Tante Eileen in die Waschküche, und Onkel Gerd streckte die Beine aus und zündete sich eine Zigarette an. Ich guckte auf Omas leicht krummen Rücken, der in einer bunten Kittelschürze steckte.

»Warum ist Papa eigentlich so stinkig?«, fragte ich. »Seit Mama da war, ist er so komisch. Und das ist jedes Mal so!«

»Tja«, sagte Oma und ließ Wasser ins Spülbecken laufen. »Da fragste mich was!«

»Das ist man seine Sache, Kind. Das geht uns nischt an.« Onkel Gerd blies einen runden Rauchkringel in die Luft.

»Aber immer krieg ich's ab!«, sagte ich.

Onkel Gerd zuckte mit den Schultern. »So ist das nun mal«, sagte er. »Einer ist immer der Blöde.«

»Na toll!«, sagte ich wütend.

Onkel Gerd schmunzelte leicht, und Oma seufzte und rieb sich das Kreuz, während sie das Salatbesteck in das Abtropfgestell legte.

»Findet ihr denn auch, dass ich nicht in die Schmiede rübersoll?«, fragte ich laut.

Oma seufzte noch einmal und drehte sich zu mir um. »Ich finde, dass man seinem Vater gehorchen soll«, sagte sie und nickte nachdrücklich. »Und er meint es ja gut mit dir! Er will nur dein Bestes.«

Onkel Gerd brummte zustimmend. »Wenn du mich fragst, dann hast du da drüben nichts zu suchen, Mädchen.«

»Aber ich darf da malen!«

»Det kannste auch hier!«, sagte Onkel Gerd. »Bleib du man schön bei uns, wo du hingehörst. Nicht immer mit den Fremden!«

»Das sind ja gar keine Fremden. Und die sind immer nett zu mir!«, sagte ich.

»Wir sind auch nett zu dir!«, erklärte Oma und sah fast beleidigt aus. »Und Onkel Gerd hat Recht. Malen kannst du auch hier!«

Aber das war natürlich nicht das Gleiche. Allerdings wusste ich nicht, wie ich das erklären sollte. Wenn sie es so schon nicht verstanden!

Onkel Gerd reckte sich, dass seine Gelenke knackten, und Oma wandte sich wieder ihrem Abwasch zu. Ich schlenkerte gelangweilt mit den Beinen vor und zurück und überlegte missmutig, was ich tun könnte.

»Was soll ich'n jetzt machen?«, fragte ich maulig.

»Puzzeln?«, schlug Oma vor.

»Och nö!«

»Sing uns doch mal was vor«, sagte Onkel Gerd und lachte, als hätte er den lustigsten Witz gemacht, der sich nur denken ließ. Ich konnte genau in seinen Mund reingucken, bis ganz nach hinten zu seinen beiden Backenzähnen, den einzigen, die er noch hat.

»Sing doch selber was«, sagte ich und stützte den Kopf in die Hände.

»Du könntest Weihnachtsschmuck basteln«, schlug Oma vor. »Nächsten Sonntag ist ja schon der erste Advent!«

Aber damit konnte sie mich auch nicht gerade begeistern. Basteln, das hatte ich noch nie gerne gemacht. Das war was für Babys. Und für so Mädchen wie Peggy. Die bastelte nämlich echt gern. »Nee, lieber nicht, Oma«, sagte ich lahm.

»Hast du denn keine Schularbeiten zu machen?«, fragte Oma.

Ich wollte schon ganz empört Nein rufen, als mir plötzlich der Aufsatz einfiel, den wir Montag abgeben sollten und den ich immer noch nicht gemacht hatte. Stöhnend rutschte ich von der Sitzbank, ging nach oben und holte mein Heft herunter.

Eine ganze Weile saß ich am Küchentisch und kaute auf meinem Kuli herum. Onkel Gerd war auf seinem Stuhl eingenickt, und nur sein Schnarchen und leises Geschirrklappern erfüllten die Küche. »Mein Vorbild«, so hieß das Thema. Und wie war das noch gewesen – jemand, der sich für friedliche Lösungen einsetzte und gut zu seinen Mitmenschen war?

Da fielen mir nicht gerade viele ein. Eigentlich nur Tilla. Die war wirklich lieb. Nett zu ihren Mitmenschen war sie auch. Und für ein friedliches Miteinander war sie bestimmt auch zu haben. Also, wenn es ein Vorbild für mich gab, dann war es Tilla, das war schon mal klar. Ich beugte mich über mein Heft und fing an zu schreiben.

Aber schon nach wenigen Wörtern begann ich fast zu verzweifeln. Wie immer, wenn ich etwas schreiben wollte, verdrehten sich die Buchstaben in meinem Kopf, und ich wusste nicht mehr, wie ich sie aufs Papier bringen sollte.

Tilla is mein Vorbidt, schrieb ich. *Die wont in der alten Schmihde udn mahlt auf einer Schda...*

Ich rätselte eine Weile herum, dann blickte ich auf. »Oma? Wie schreibt man Staffelei?«

Oma drehte sich zu mir um. »Staffel-was?«

»Staffelei«, sagte ich. »Das Ding, wo die Maler ihre Bilder draufstellen.«

»Ach so! Staffelei? Auweia«, sagte Oma und kam zu mir

herüber, um sich neben mich auf die Sitzbank zu setzen. »Staffelei«, überlegte sie laut. »Vielleicht S-c-h-d-a... nee, das ist irgendwie komisch.«

Wir guckten beide schweigend auf mein Heft hinunter. Die Buchstaben tanzten allesamt krumm und schief aus der Reihe, aber Oma schien sich daran nicht zu stören.

»Oder vielleicht S-c-h-t-a-w-e-l-l-e-i«, buchstabierte sie und schüttelte dann hilflos den Kopf.

»Zeig mal her«, sagte Onkel Gerd, der inzwischen aufgewacht war und uns neugierig beobachtete. Er beugte sich vor, und ich schob ihm mein Heft rüber.

»Tilla is ...«, las er mühsam, dann schob er mir das Heft wieder zurück. »Meine Güte, du hast ja eine Klaue! Wie war das, was sollst du schreiben?«

»Staffelei«, sagte Oma.

»Staffelei?«

»Na das, wo man Bilder draufstellt, wenn man malen will«, erklärte Oma.

»Meint ihr einen Tisch, oder was?«, fragte Onkel Gerd verwirrt.

Langsam wurde ich ungeduldig. »Nee, so ein Holzgerüst, wo man die Leinwände draufstellt!«

Oma und Onkel Gerd sahen mich beide erstaunt an, dann warfen sie sich einen ratlosen Blick zu. Onkel Gerd kratzte sich nachdenklich am Kopf.

»Vielleicht S-c-h-t-a-w-e-lei?«, überlegte er.

»Nee«, sagte Oma entrüstet. »Das hab ich doch auch schon gesagt!«

Ich seufzte. »Und Stipendium?«, fragte ich. »Wie schreibt man das?«

Oma und Onkel Gerd guckten mich alle beide verständnislos an.

»Was soll denn das nun wieder sein?«, fragte Oma unzufrieden.

»Das ist, wenn man Geld kriegt, weil man Künstler ist.«

»Ach? So was gibt's?«, fragte Oma und blickte verwundert drein.

»Gottchen, nee!« Onkel Gerd kratzte sich wieder am Kopf. »Was ihr aber auch für schwierige Sachen schreiben müsst!«

Ganz klar, die beiden konnte ich vergessen. Tante Eileen brauchte ich gar nicht erst zu fragen und Papa schon überhaupt nicht. Zwar wusste er vielleicht, wie Staffelei geschrieben wurde. Aber wenn er mitkriegte, dass ich Tilla als Vorbild genommen hatte, ging er bestimmt gleich wieder in die Luft.

Ich gab's auf. »Ich mach morgen weiter«, sagte ich und klappte mein Heft wieder zu

»Richtig, Mädchen!«, sagte Oma und stand auf. »Jetzt mach ich dir erst mal einen schönen Schokoladenpudding. Also so was!« Kopfschüttelnd ging sie zum Kühlschrank hinüber. »Solche schwierigen Wörter! Die armen Kinder heutzutage!«

»Genau«, sagte ich und nickte heftig. »Ich armes, armes Kind!«

8

Es war die langweiligste Woche meines Lebens. Jeden Abend guckte ich sehnsüchtig zum Licht in der Schmiede hinüber, und tagsüber musste ich immerzu daran denken, wie gerne ich jetzt dort drüben wäre und wie viel Spaß ich dabei hätte, zu malen und mit Tilla und den anderen zusammen zu sein. Es war so gemein, dass ich hätte heulen können. Aber Papa gegenüber ließ ich mir nichts anmerken.

Jeden Morgen, bevor er zur Arbeit ging, erinnerte er mich an meinen Hausarrest und daran, dass ich nur in den Hof und nicht weiter als bis zum Tor durfte. Und erst am Sonntag, dem ersten Advent, als er nach dem Kaffeetrinken zum »Gasthaus zum Hirschen« aufbrach, erlaubte er mir, mit Kevin auf die Bergkuppe zu gehen.

Kevin nahm sein Tretauto mit und kurvte fröhlich durch

den hart gewordenen Matsch und über die kleinen Erdhügel. Ich schlenderte den Weg entlang und betrachtete die Landschaft, die sich vor mir ausbreitete. Von hier oben aus konnte man viele, viele Kilometer weit sehen. Unter mir lag das ganze Tal mit seinen Feldern, Straßen und kleinen Dörfern, und weiter hinten sah ich aus dem spätherbstlichen Dunst ein paar Berge aufscheinen.

Plötzlich hörte ich, wie jemand meinen Namen rief, und als ich mich umdrehte, kam Tilla vom alten Schuppen her auf mich zugelaufen. Sie trug Stiefel, Jeans und eine dicke Daunenjacke, und Lumpi rannte wedelnd vor ihr her. Als er mich erreichte, leckte er mir japsend die Hände und warf sich auf den Rücken. Ich hockte mich hin und streichelte glücklich seinen weichen Bauch.

»Hallo, Kaya«, rief Tilla ganz außer Atem, als sie bei mir ankam. »Dich hab ich ja lang nicht mehr gesehen! Wo steckst du denn immer?«

»Ich hatte Hausarrest«, sagte ich. »Aber ab morgen darf ich wieder raus.«

»Ach, du Arme!«, sagte Tilla mitfühlend. »Und, wann kommst du mal wieder vorbei?«

Ich warf einen schnellen Blick zu Kevin, der ein Stückchen entfernt stocksteif auf seinem Tretauto saß und uns mit großen Augen beobachtete. »Ich weiß nicht«, sagte ich. »Ich darf eigentlich nicht mehr zu euch rüber.«

»Was?«, sagte Tilla verblüfft. »Wieso denn das?«

»Na ja, weil ich ...« Ich konnte Tilla ja schlecht erzählen, dass meine Familie glaubte, sie und Mattis und Klaus faulenzten den ganzen Tag bloß herum und feierten nachts wilde Partys. »Weil ich nicht immer so viel bei fremden Leuten sein soll«, sagte ich schließlich.

»Fremde Leute?« Tilla runzelte die Stirn.

Ich nickte. Kevin rief nach mir, und Lumpi sprang auf und lief schwanzwedelnd zu ihm hinüber. Kevin sah ihm mit weit aufgerissenen Augen entgegen. Ich rechnete schon damit, dass er im nächsten Moment zu heulen anfangen würde, aber als Lumpi ihm begeistert mit seiner langen rosa Zunge übers Gesicht leckte, fing Kevin an zu lachen.

»Ist das dein Bruder?«, fragte Tilla.

»Ja. Kevin heißt der«, sagte ich und sah verwundert zu, wie Kevin kichernd die Hand ausstreckte und Lumpi unbeholfen über den Rücken strich. Komisch, Kevin hatte sonst immer Angst vor Hunden. Aber anscheinend merkte sogar er sofort, wie lieb Lumpi war.

Tilla ging zu Kevin hinüber und hockte sich vor ihn hin. »Hallo, Kevin«, sagte Tilla. »Ich bin Tilla. Na, magst du Lumpi?«

Kevin starrte sie einen Moment lang dämlich an, so wie immer, wenn er jemanden nicht kennt. Dann lächelte er. Tilla lächelte zurück, und auf einmal war ich richtig eifersüchtig. Ich ballte meine Hände in den Hosentaschen zu Fäusten. Kevin fanden immer alle süß. Wenn jetzt Tilla auch noch damit anfing! Es reichte ja schon, dass Lumpi mich ganz vergessen zu haben schien und nur noch um Kevin herumtänzelte.

Aber Tilla betrachtete Kevin bloß nachdenklich. »Der sieht dir aber nicht besonders ähnlich«, sagte sie.

»Nee«, sagte ich mürrisch, »der sieht eher so aus wie mein Papa.«

»Und dein Papa will also nicht, dass du zu uns in die Schmiede kommst?«

»Nee«, sagte ich und trat gegen einen Wurzelballen, dass die Erde aufspritzte. »Der ganz besonders.«

Kevin quietschte vergnügt, als Lumpi ihm erneut übers Gesicht leckte, und Tilla stand wieder auf.

»Ich hab 'ne Idee«, sagte sie. »Bring deinen Vater und die anderen doch einfach mal mit in die Schmiede. Dann koche ich Kaffee und wir lernen uns kennen. Und dann sind wir auch keine Fremden mehr!«

Ich dachte kurz nach, aber dann schüttelte ich den Kopf. »Machen die sowieso nicht.«

»Hmm«, brummte Tilla und kratzte mit ihrer Schuhspitze an einem Grasbüschel herum. »Dann komme ich vielleicht mal einfach zu euch und stell mich vor. Wenn deine Familie mich kennen lernt, dann sieht sie, dass ich ja gar kein Monster bin.« Tilla zog eine Grimasse und verdrehte die Augen, und ich musste grinsen. Und überhaupt, Tilla ein Monster! Wie kam sie nur auf den Gedanken! Hier in Adeleben gab es weit und breit nur einen Menschen, der angeblich Ähnlichkeit mit einem Monster hatte, und das war ich.

Tilla hörte auf, Grimassen zu schneiden. »Na, was meinst du?«, fragte sie auffordernd.

Ich zögerte. Ich wusste ehrlich gesagt nicht, ob das so eine gute Idee war. Aber dann zuckte ich mit den Schultern. »Na gut«, sagte ich. »Warum nicht.«

»Eben!« Tilla nickte. »Warum nicht!«

Wir lächelten uns an, und dann guckten wir beide wie auf Kommando zu den Bergen hinüber. Langsam wurde es dunkel, und sie waren nur noch schwer auszumachen.

»Drüben ist schon Westen«, sagte ich. Das hatte mir Papa mal erklärt, als er mit mir hier oben gewesen war. Kam mir vor, als ob das eine Ewigkeit her war.

»Warst du schon mal da?«, fragte Tilla.

»Nö. Du bestimmt, oder?«

»Ja klar«, sagte Tilla. »Schon oft. Das ist ja kein Ausland mehr wie früher. Da kann man einfach so hinfahren.«

Ich überlegte, ob einer aus unserer Familie jemals mal einfach so in den Westen rübergefahren war, außer Mama natürlich. Aber ich hatte keine Ahnung. Allerdings fuhr bei uns nie irgendwer einfach so ohne Grund irgendwohin.

»Und wie ist das so da drüben?«, fragte ich.

Tilla zögerte und kniff die Augen zusammen, während sie in die zunehmende Dunkelheit über der Landschaft hineinsah. »Anders«, sagt sie. »Aber alles ist anders. Überall. Und doch irgendwie gleich.«

Hinter uns lachte Kevin fröhlich, und im nächsten Moment hörten wir Onkel Gerds tiefe Stimme.

»Kaya und Kevin!«, rief er vom Hof zu uns herauf. »Reinkommen, essen!«

Ein bisschen hatte ich Angst, dass er Tilla und mich zusammen entdeckte, aber dann war es mir doch wieder egal. Was konnte ich denn dafür, wenn ich Tilla zufällig getroffen hatte!

»Wir müssen los«, sagte ich, und Tilla nickte.

»Ich komme mit.«

Langsam gingen wir den Weg hinunter. Kevin fuhr in seinem Tretauto voran und machte laute Brummgeräusche, und Lumpi hüpfte neben ihm her. Unten am Hoftor blieb Tilla stehen und guckte sich das Plakat im Schaukasten daneben an. »Für unsere Zukunft in Sachsen-Anhalt – Marko Somberger«, las sie laut vor und lachte. »Na, das hängt hier aber auch schon ein Weilchen!«

Ich stellte mich neben sie. Tatsächlich, auf dem Plakat stand *Marko Somberger* und nicht *Mako Sonnberg*, wie ich immer gedacht hatte. Vielleicht sollte ich ja doch mal mehr lesen üben!

Kevin fuhr mit seinem Tretauto gegen den Pfosten und stieg ab. Mit einem hoffnungsvollen Lächeln blickte er zu Tilla auf. »Du?«, fragte er. »Kommst du mit, du?«

Tilla sah ihn an und dann mich, und dann fing sie an zu strahlen. »Tja, wenn du mich so fragst ... Wisst ihr was? Ich komm jetzt wirklich einfach mal mit und sag Guten Tag! Kann ja nichts schaden, nicht wahr?«

9

Aber es schadete doch was. Schon als wir reinkamen, erst ich, dann Kevin, dann Tilla, schon da war die Stimmung sofort im Eimer.

Oma stellte gerade Brot auf den Tisch, und Tante Eileen

füllte Onkel Gerd seine Suppe auf. Er und Papa saßen schon vor ihren Tellern.

»Da seid ihr ja«, sagte Oma und drehte sich zu uns um. »Ich wollte scho...« Als sie Tilla sah, klappte sie den Mund zu und schwieg.

»Guten Abend«, sagte Tilla freundlich, und Papa, Onkel Gerd und Tante Eileen sahen verdutzt auf. Ein bisschen Suppe kleckerte neben Onkel Gerds Teller, aber niemand scherte sich darum. Alle starrten Tilla wortlos an.

Kevin und ich schlüpften auf unsere Plätze, und Tilla blieb in der Tür stehen und lächelte etwas verlegen in die Runde. »Guten Abend«, sagte sie noch mal. »Ich hab Kevin und Kaya gerade oben auf dem Berg getroffen und dachte, ich komme kurz mal mit rein.«

»Der Hund sitzt draußen!«, sagte Kevin zu Papa, aber Papa beachtete ihn gar nicht. Er glotzte Tilla an, und langsam bildete sich eine steile Falte auf seiner Stirn.

Tilla räusperte sich. »Tja, Kaya ist ja ab und zu bei uns drüben in der Schmiede zu Besuch«, sagte sie. »Und da dachte ich mir, ich stell mich mal vor. Damit Sie wissen ... äh, damit Sie mich mal kennen lernen. Ich bin Malerin und hab ein Stipendium vom Kunstverein drüben.«

Keiner sagte etwas. Tilla warf mir einen kurzen Blick zu, dann guckte sie Papa an. »Kaya malt wunderschöne Bilder drüben bei uns«, sagte sie, aber Papa verzog keine Miene. Die Falte auf seiner Stirn war noch tiefer geworden.

»Und außerdem«, sagte Tilla und sah von Papa zu Onkel Gerd und dann zu Oma, »außerdem sind wir ja sozusagen Nachbarn.«

Oma nickte so langsam, als wäre sie ein Roboter.

Kevin zupfte Papa am Ärmel. »Der Hund hat Sitz gemacht!«, erklärte er, aber Papa schüttelte ihn ab.

»Jedenfalls«, sagte Tilla und sah jetzt ziemlich hilflos aus. »Mein Name ist Tilla Rademann.«

Erst jetzt schien Onkel Gerd sich auf seine Manieren zu besinnen. »Schwolow«, sagte er, und seine Stimme klang komischerweise wie eingerostet. »Gerd Schwolow mein Name.« Dann deutete er auf Oma, die immer noch dastand, den Brotkorb in der Hand. »Das ist meine Schwester. Mein Neffe Ingo«, er zeigte auf Papa, »und meine Nichte Eileen.«

»Aha, drei Geschwisterpaare! Da sitzen hier also drei Generationen von Geschwistern um einen Tisch«, sagte Tilla betont munter.

Tante Eileen runzelte verständnislos die Stirn. »Hä?«, fragte sie leise.

»Na, ich meine ...«, Tilla errötete. »Dreimal Bruder und Schwester in verschiedenen Altersklassen.«

Eileen beugte sich zu Onkel Gerd. »Hat das was mit Generatoren zu tun?«, flüsterte sie, ganz leise, aber immerhin so laut, dass ich es noch hören konnte.

»Papa, der Hund ist ganz lieb!«, sagte Kevin und zupfte Papa wieder am Ärmel.

»Klappe«, sagte Papa und stierte Tilla böse an.

Tilla trat von einem Fuß auf den anderen und guckte sich nervös um. Ich konnte richtig sehen, wie geschockt sie war, von meiner komischen, feindseligen Familie und unserer schäbigen Bude, in der der Putz von der Decke bröckelte und die Tapete in den Ecken schimmelte.

Einen Augenblick lang war alles still, dann räusperte sich Tilla erneut. »Na gut, ich geh dann mal wieder«, sagte sie und ging langsam rückwärts zur Tür. »Schönen Abend noch! Und wenn Sie Lust haben, kommen Sie einfach mal drüben vorbei. Sie sind jederzeit willkommen.«

Die Tür klappte, und Tilla war weg. Ich guckte auf meinen Teller hinunter. Vorhin hatte ich noch Hunger gehabt, aber jetzt war mir der Appetit gründlich vergangen. Mein schlimmes Auge juckte plötzlich wie wild, aber kratzen wollte ich mich nicht.

Alle schwiegen. Die Stille hing wie Nebel im Raum. Wie ein Nebel aus Zorn, der immer dichter und dichter wurde.

Dann tauchte Onkel Gerd seinen Löffel in seine Suppe und seufzte. »Malerin! Tss, tss«, murmelte er missbilligend und begann seine Suppe zu schlürfen.

Ich guckte aus den Augenwinkeln zu Papa hinüber. Die Falte auf seiner Stirn war immer noch da. Er starrte mich einen Moment lang zornig an, dann sah er zu Oma, die immer noch dastand, den Brotkorb in der Hand.

»Ich hab Hunger«, sagte er und streckte ungeduldig die Hand aus. »Was ist nun? Reich mir doch mal endlich das Brot!«

10

Spät am Abend, als Oma, Tante Eileen und Kevin längst eingeschlafen waren, tappte ich leise zum Fenster hinüber. In der Schmiede war alles dunkel.

Schnell ging ich wieder ins Bett und zog mir die Decke über den Kopf.

Das Donnerwetter, das ich vorhin erwartet hatte, war ausgeblieben. Papa hatte nichts mehr zu mir gesagt. Aber obwohl mein Hausarrest ab morgen vorbei war, wusste ich trotzdem, dass sein Verbot, zur Schmiede zu gehen, immer noch galt. Sogar mehr denn je.

Ich drehte mich um und zog die Decke enger um mich. Papa würde mir nie mehr erlauben, zur Schmiede zu gehen. Und je mehr Zeit verstrich, desto näher kam der Tag, an dem Tilla und die anderen abreisen würden. Dann würde ich wieder allein sein, und alles wäre wie früher. Nur schlimmer.

Während ich auf Omas Schnarchen lauschte, fühlte ich mich so einsam wie niemals zuvor. Und eingesperrt auch. Ein bisschen war es so, als ob ich rennen wollte und einer mich hinten an der Jacke festhielt. Ich konnte mich abstrampeln, wie ich wollte, ich kam einfach nicht vorwärts.

Ich drehte mich wieder auf den Rücken. Und plötzlich

wusste ich, woran dieses komische Gefühl, festgehalten zu werden, mich erinnerte: an den Kettenhund! Der war auch eingesperrt und kam keinen Zentimeter vorwärts, wegen der Kette.

Mensch, ich hatte ja völlig vergessen, Tilla zu fragen, was sie und Klaus wegen dem Hund eigentlich unternommen hatten. Aber das musste ich doch wissen! Ich musste doch wissen, was mit dem Kettenhund passieren würde!

Mein Herz schlug auf einmal ganz heftig. Papa hin oder her, ich würde Tilla danach fragen! Gleich morgen würde ich rübergehen und sie fragen.

Bei dem Gedanken ging es mir gleich besser. Ich machte die Augen zu, und nach einer Weile war da nur noch Omas Schnarchen, das lauter und lauter und lauter wurde. Wie ein Hubschrauber, der über das Haus hinwegflog und mich mit sich hob, in den Himmel hinauf.

Kapitel 5

Blitz und Donner

1 Am nächsten Morgen musste Oma mich zweimal wecken, so müde war ich. Als ich schließlich runterkam, saß nur noch Onkel Gerd am Tisch.

»Morgen!«, sagte ich und schob mich auf die Sitzbank.

»Morgen! Morgen! Und? Sonst noch was?«, brummte Onkel Gerd, ohne von seinem Teller aufzusehen.

»Na, nichts«, sagte ich. »Morgen eben und basta.«

»Na denn«, sagte Onkel Gerd und aß einen Löffel voll Cornflakes. Schmatzend saugte er die durchweichten Flocken durch seine Zahnlücken und grunzte zufrieden. Ich griff nach der Schachtel mit den Cornflakes, schüttete einen Haufen in meine Schüssel, goss Milch darüber und fing selbst an zu essen.

Schwaches Sonnenlicht fiel durch das Küchenfenster auf den Tisch. Von draußen war Gepolter zu hören und Papas Stimme. Er rief irgendwas, Tante Eileen antwortete ihm, und dann hörte ich Kevins Quengeln.

»Wo is'n Oma?«, fragte ich.

Onkel Gerd schmatzte geräuschvoll und wischte sich über den Mund. »Bei Frau Stücker«, sagte er. »Die hat's am Rücken und Oma ist helfen.«

Für einen Augenblick dachte ich daran, wie Frau Stücker sich neulich auf der Veranda den Rücken gehalten hatte. Dann fiel mein Blick auf die Küchenuhr, und ich schlang hastig meine restlichen Cornflakes hinunter und spülte mit Saft nach. Ich war ganz schön spät dran, in ein paar Minuten kam schon der Bus.

Als ich von der Bank rutschte, schob Onkel Gerd seine leere Schüssel zur Seite und rülpste. Wir sahen uns an.

»Mahlzeit«, sagte ich, schnappte meinen Rucksack und flitzte hinaus.

Draußen auf dem Hof stellte Papa gerade ein paar verrostete Gartengeräte an die Wand.

»Kaya! Komm mal her!«, rief er, als er mich entdeckte.

»Ich muss los«, maulte ich und ging zu ihm rüber. »Der Bus kommt gleich!«

»Dann musst du nächstens früher aufstehen«, sagte Papa und musterte mich von oben bis unten. »Hör mal, Mädchen, nach der Schule kommst du schnurstracks nach Hause und gehst Oma zur Hand.«

Vor Wut und Enttäuschung stiegen mir sofort die Tränen in die Augen. »Aber ich hab doch keinen Hausarrest mehr! Ab heute darf ich wieder raus, hast du selber gesagt!«

Papa zog drohend die Brauen zusammen. »Fräuleinchen!«, sagte er. »Nicht so frech hier, ja?« Er lehnte die Harke, die er in der Hand hielt, gegen die Wand, aber sie rutschte zur Seite und fiel scheppernd zu Boden.

»Aber du hast gesagt, dass ich keinen Hausarrest mehr hab«, sagte ich. Meine Stimme zitterte richtig, und Papa guckte mich merkwürdig an.

»Jaja«, sagte er. »Aber ich hab noch mal nachgedacht. Du stromerst mir einfach ein bisschen zu viel rum. Nachher endest du genau wie deine Mutter – die war nämlich auch immerzu unterwegs, mal hier, mal da. Wo was los war, ist sie hin, selbst als ihr Kinder schon da wart. Und du siehst ja, was dabei rausgekommen ist!« Er schüttelte den Kopf. »Dieses Rumgestromere und dieses ständige Rumgehänge bei fremden Leuten, das setzt einem nur Flausen in den Kopf!« Er guckte mich durchdringend an. »Verstehst du, was ich damit meine?«

Ich nickte, unsicher, ob ich das alles wirklich richtig verstanden hatte. Aber im Moment war es mir auch egal. Ich wollte einfach nur weg, weg von Papa und seiner komischen

Laune. Wer wusste schon, auf welche Gedanken er noch kam! Womöglich verdonnerte er mich gleich wieder zu Hausarrest oder sonst irgendwas!

»Ich muss los!«, sagte ich und zeigte zum Tor. »Gleich kommt der Bus. Ich muss doch zur Schule!«

Papa kniff die Lippen zusammen. »Schule!«, sagte er verächtlich und hob die Harke wieder auf. »Hör mir bloß auf mit der Schule!«

Dass Papa nicht viel von der Schule hielt, wusste ich längst. Er selbst war nach der Siebten von der Schule abgegangen und fand, dass das absolut ausreichte. Und für ein Mädchen erst recht. In der DDR, sagte er manchmal, hatte jeder sein Auskommen gehabt, Schulbildung hin, Schulbildung her. Wenn Oma das hörte, lachte sie immer. Und deshalb, erklärte sie dann, deshalb gehört uns nämlich das Haus nicht, in dem wir wohnen, und auch nicht der Hof, sondern nur die Kleider am Leib. In der DDR mochten sieben Schuljahre vielleicht ausgereicht haben, aber jetzt sei es eben anders.

Da hatte sie Recht, fand ich. Die DDR, die gab es schon nicht mehr, als ich auf die Welt gekommen war. Aber Papa tat oft immer noch so, als wär die Wende gerade erst gestern gewesen.

Wie auch immer, um meine Schulbildung kümmerte sich trotzdem keiner groß, Oma genauso wenig wie Papa. Und mir selbst war das alles sowieso schnuppe.

Trotzdem scharrte ich jetzt ungeduldig mit einem Schuh über den Boden, und endlich hatte Papa ein Einsehen. »Na los«, brummte er und bückte sich nach einem verrosteten Rechen. »Mach, dass du wegkommst!«

Das ließ ich mir nicht zweimal sagen. Ich drehte mich um und flitzte los.

»Aber das Rumstromern«, rief Papa mir nach, »das Rumstromern hört auf! Dass das klar ist!«

2 Der Bus war natürlich schon weg, als ich an der Bushaltestelle ankam. Der nächste fuhr erst in zwanzig Minuten, und ich warf meinen Rucksack auf den Boden und lehnte mich gegen den Pfeiler.

Papa war echt komisch zurzeit. So viel hatte er schon lange nicht mehr geredet. Na gut, es mochte ja sein, dass ich genauso gern rumstromerte wie Mama früher. Aber na und? Wenn's mir doch Spaß machte, wem schadete das denn?

Und das mit den Flausen im Kopf – was sollte das eigentlich heißen? Ich sah einfach nicht ein, dass meine Besuche in der Schmiede schlecht für mich sein sollten. Im Gegenteil, wenn ich dort war, ging es mir so gut wie sonst nie. Schlimm genug, dass Tilla, Mattis und Klaus in ein paar Wochen wieder abreisten. Bis dahin wollte ich sie jedenfalls noch so oft besuchen wie möglich, egal was Papa und die anderen sagten. In Zukunft musste ich eben zusehen, dass mich keiner mehr erwischte.

Zwei Autos zischten an mir vorbei, und ich guckte den Berg hoch, um zu sehen, ob der Bus kam. Aber der Einzige, der kam, war Dennis, der mürrisch den Weg hinunter auf mich zuschlurfte und sich neben mich stellte, ohne zu grüßen.

»Was machst'n du hier?«, fragte ich.

Dennis zündete sich eine Zigarette an. »Mein Mofa ist kaputt«, sagte er genervt und nahm ein paar rasche Züge. »Ich wollt's ja reparieren, aber die Alte hat mich nicht gelassen. Scheißeltern, echt!«

»Genau«, stimmte ich ihm aus vollem Herzen zu. Dennis sah mich verdutzt an, und irgendwie hatte ich das Gefühl, dass er mich zum allerersten Mal richtig bemerkte. Er guckte fast ein bisschen freundlich, und das war schon ein halbes Wunder. Sonst war er meistens genauso eklig zu mir wie Marco.

Oben am Berg tauchte ein Lieferwagen auf und dahinter der Bus, und ich hob meinen Rucksack auf.

»He, Monst... He, Kaya«, sagte Dennis und schmiss seine Kippe gegen einen vorüberfahrenden Lieferwagen, dass die Funken stoben. »Übrigens, Peggy ist krank. Die hat 'ne Erkältung.« Er griff in seinen Rucksack, zog ein Heft heraus und hielt es mir hin. »Das hier soll ich eurer Lehrerin geben, ihr müsst irgendwie so einen Aufsatz abgeben oder so, glaub ich. Kannst du doch eigentlich mitnehmen, oder?« Er guckte zu meinem schlimmen Auge, und dann wurde er urplötzlich rot, wischte sich verlegen über seine Glatze und sah zur Seite.

Der Bus kam quietschend vor uns zum Stehen, und ich schnappte Dennis das Heft aus der Hand. »Klar kann ich das. Mal sehen, ob ich's auch tue«, sagte ich und war als Erste an der Tür.

3

Frau Smorra blickte mich tadelnd an, als ich in die Klasse kam. Sie machte den Mund auf und wollte gerade mit einer Standpauke loslegen, aber ich unterbrach sie.

»Ich musste noch zu Peggy rüber, ihr Aufsatzheft abholen. Die ist nämlich krank, und ich soll sie entschuldigen«, erklärte ich.

Frau Smorra klappte den Mund wieder zu. Dann nickte sie. »Gut, danke, Kaya. Leg das Heft doch bitte gleich hier auf den Tisch und deins noch dazu.« Sie hob die Stimme. »So, Kinder, und die anderen kommen dann auch gleich nach vorne und legen ihre Aufsatzhefte hier auf den Stapel.« Mit einer unwirschen Handbewegung schickte sie mich auf meinen Platz, griff nach Peggys Aufsatzheft und blätterte es durch, während die anderen nach vorne trotteten und ihre Hefte ablegten.

Ich warf meinen Rucksack neben meinen Tisch, fläzte mich auf meinen Stuhl und sah zum Fenster raus.

»Marco?«, fragte Frau Smorra schließlich, als wieder Ruhe eingekehrt war. »Was ist mit dir? Wo ist dein Heft?«

»Hab ich vergessen«, sagte Marco so frech, dass jeder natürlich sofort kapierte, dass das gelogen war.

Frau Smorra schüttelte den Kopf und notierte etwas ins Klassenbuch. »Das gibt einen Eintrag ins Klassenbuch, Marco. Und morgen bringst du deinen Aufsatz, sonst kann ich dir nur eine Sechs geben. Und damit ist dann deine Versetzung gefährdet, und was das wiederum bedeutet, kannst du dir ja vorstellen, oder?«

»Jaja«, sagte Marco trotzig.

Frau Smorra nahm ungerührt das oberste Heft vom Stapel. »Gut«, sagte sie. »Und jetzt lese ich Peggys Aufsatz vor, damit wir schon mal eine Grundlage haben!«

Zum zweiten Mal hintereinander musste ich nun also diese ätzende Geschichte von der Tänzerin anhören, und ich verging fast vor Langeweile. Ich vertrieb mir die Zeit damit, aus dem Fenster zu gucken und abwechselnd mein gesundes und mein schlimmes Auge zusammenzukneifen, und das war dann doch einigermaßen spannend. Die Bäume sahen entweder aus wie Bäume oder wie verschleierte Gesichter, und als draußen ein verspäteter Schüler über den Schulhof hastete, war es, als ob ein Löwe sich anschlich.

Schließlich war Frau Smorra fertig mit Vorlesen und schlug Peggys Aufsatzheft zu. »So«, sagte sie und hüstelte. »Das war also mal ein ungewöhnliches Vorbild. Eine Tänzerin, aha. Möchte jemand von euch was dazu sagen?«

Alle schwiegen. Irgendwo fiel ein Lineal klappernd zu Boden, und in einer der hinteren Bänke ließ jemand laut ein Kaugummi knallen. Frau Smorra sah selber ein bisschen gelangweilt aus, fand ich, und ich wunderte mich deshalb auch nicht weiter, als sie es damit gut sein ließ und sich ein weiteres Heft aus dem Stapel nahm. Aber dann, als sie es aufgeschlagen in die Höhe hielt und ich die wenigen krumm und schief hingekritzelten Zeilen sah, wurde mir ganz anders zu Mute. Frau Smorra seufzte tief auf und sah vorwurfsvoll zu mir herüber.

»Kaya, Kaya!«, sagte sie kopfschüttelnd. »Was hast du dir nur dabei gedacht? Gerade mal fünf Sätze, und dann auch noch voller Fehler! Ein wenig mehr Mühe musst du dir schon geben!«

Ich zuckte mit den Schultern und rieb verstohlen mein schlimmes Auge, das angefangen hatte zu jucken.

»So geht es nicht weiter mit dir«, sagte Frau Smorra. »Nie beteiligst du dich, und deine Aufgaben vernachlässigst du auch immerzu! Gibt es eigentlich irgendwas, was du gern machst?«

Ich schwieg einen Moment, dann sagte ich: »Malen. Das mach ich ganz gern.«

»Klar! Malen, ej!«, schrie Marco von hinten. »Das denkt die bloß! Die denkt, die kann malen, weil sie jetzt immer bei diesen komischen Wessi-Künstlern bei uns in der Schmiede abhängt! Die spinnt ja total!« Er lachte dreckig, und einige in der Klasse kicherten.

Mir wurde ganz heiß, aber ich sagte nichts. Hatte ja doch keinen Sinn. Frau Smorra klopfte mit der flachen Hand auf den Tisch, um für Ruhe zu sorgen, aber Marco war noch nicht fertig.

»Müsstet ihr mal sehen, echt!«, brüllte er mit überkippender Stimme. »Da hat die so 'n ollen Kittel an und kritzelt rum wie ein Baby! Und die sagen ihr wahrscheinlich noch, dass der Scheiß toll ist, den sie da macht. Und hinterher lachen die sich 'n Ast ab! Und die ist so blöd und glaubt denen noch! Malen nennt die das, ej!«

Das konnte ich jetzt einfach nicht mehr so schlucken. Ich musste mich ganz herumdrehen, um Marco ansehen zu können, und Marcos Augen fingen sofort an zu blitzen. Gehässig machte er nach, wie ich den Hals verdrehte, und auf einmal reichte es mir endgültig.

»Halt doch die Klappe, du olle Petze!«, schrie ich ihn an. »Lass dich lieber weiter von deinem Alten verprügeln!«

Marco sprang fast über die Bank. »Fresse, Missgeburt!«, fauchte er zornig.

»Aber Marco!«, sagte Frau Smorra empört. »Jetzt reiß dich aber mal zusammen! Und Kaya, du auch! Los, ab in die Ecke, alle beide, und zwar sofort! Den Rest der Stunde bleibt ihr da stehen!«

Ich zitterte vor Wut, als ich vom Stuhl rutschte und in die Ecke ging, auf die Frau Smorra zeigte. Ein paar von den anderen lachten, und ich machte einfach die Augen fest zu.

Manchmal ist das Leben wirklich verdammt ungerecht. Von hinten bis vorne.

4

Am Mittagstisch saß wieder nur Onkel Gerd und mümmelte eine Bulette. »Dein Vater ist schon wieder oben beim Schuppen, mit Eileen«, sagte er schmatzend, »und Oma ist mit Kevin für Frau Stücker zum Konsum.«

»Konsum gibt's doch gar nicht mehr!«

Onkel Gerd runzelte die Stirn. »Na, dann eben zur Kaufhalle.«

»Kaufhalle gibt's auch nicht mehr, Onkel Gerd. Du meinst, zum Sparmarkt«, sagte ich und nahm mir auch eine Bulette. Oma hatte einen großen Teller davon auf den Tisch gestellt und Schnittbrot und Butter daneben. »Was hat denn Frau Stücker?«

Onkel Gerd zuckte mit den Schultern und trank einen Schluck Kaffee. »Na, mit dem Rücken wahrscheinlich. Oder sonst was. Keine Ahnung«, sagte er. »Irgendwas wird sie schon haben. Alt genug dafür ist sie ja nun mal.«

Meine Bulette war sogar noch ein bisschen warm. Ich griff mir noch eine, klatschte sie zwischen zwei Stullen und stand wieder auf. Die Gelegenheit war einfach zu günstig.

»Wo willst'n du hin?«, fragte mich Onkel Gerd verwundert.

»Nur kurz raus«, sagte ich, und dann war ich schon draußen.

Sicherheitshalber lief ich erst mal den Berg hoch, bis ganz zur Kuhweide, gucken, ob Papa noch da war und nicht irgendwo unten im Dorf.

Ich entdeckte ihn tatsächlich, als ich ganz oben auf der Kuppe angekommen war. Ganz hinten beim Schuppen stand er und hantierte an der uralten Egge herum. Wenn Papa mit den Geräten zugange war, brauchte er meistens recht lange. Also hatte ich ausreichend Zeit, runter zur Schmiede zu rennen.

Als ich mich umdrehte, sah ich Tante Eileen. Sie stand ein paar Meter von mir entfernt am Zaun und streichelte eine der grasenden Kühe.

Ich zögerte kurz, aber dann ging ich doch zu ihr rüber. Irgendwie sah sie so traurig aus, wie sie da stand.

Tante Eileen hob den Kopf, als sie mich bemerkte, und sah versonnen in die Ferne. »Früher«, sagte sie übergangslos, als hätte ich die ganze Zeit schon neben ihr gestanden, »früher war das noch schön. Die Tiere und alles.« Sie strich der Kuh über den Kopf. »Ja, das mochte ich gern!«

Ich betrachtete sie von der Seite. Tante Eileen war wirklich seltsam. Irgendwie nicht so ganz helle, aber manchmal auch schlauer als alle andern. Sie kriegte zwar alles mit, aber was sie zu den Sachen so dachte, das wusste ich nicht. Darüber redete sie nie.

»Da drüben ist Westen«, sagte sie jetzt und zeigte zu den Bergen weit hinten auf der anderen Seite des Tales.

Papas Spruch über Mama und ihre Besuche im Westen fiel mir ein und dann das, was Tilla neulich gesagt hatte. »Warst du eigentlich schon mal drüben?«, fragte ich neugierig.

Tante Eileen nickte. »Gleich nach der Wende.«

»Und wie fandest du's da?«

Tante Eileen zog die Schultern hoch. »Och«, sagte sie. »Hier ist es schöner. Obwohl, da drüben gibt's ja mehr Arbeit. Wär ja schon schön, wieder mit Tieren und so.« Sie strich der Kuh wieder über den Kopf, und die Kuh wackelte mit den Ohren und trottete davon.

Vielleicht, dachte ich plötzlich, vielleicht brauchte Tante Eileen einfach nur ein paar Tiere, um die sie sich kümmern konnte. Vielleicht wäre sie dann auch ganz normal.

»Und wenn du rübergehst und dir da Arbeit suchst? Als Tierpflegerin oder so?«, fragte ich.

Aber Tante Eileen lachte bloß. »Nee«, sagte sie. »Nee, aber Kaya! Was soll ich denn da im Westen?«

Darauf wusste ich nun auch keine Antwort, und ich legte den Kopf in den Nacken und sah zum Himmel auf. Dort oben kreiste ein Vogel, ein Rotmilan mit sehr großen Flügeln. So einen hatte ich schon lang nicht mehr gesehen. Ich machte mein gesundes Auge kurz zu, und für einen Moment schwebte der Milan als dunkler Schatten zwischen glitzernden Flecken und Punkten, die sich langsam bewegten. Lametta am Himmel und ein großer Vogel dazwischen.

Ich warf einen prüfenden Blick zu Papa hinüber, der immer noch mit der Egge hantierte. Allmählich musste ich mich sputen, sonst war es nachher zu spät für die Schmiede.

»Tschüss, Tante Eileen!«, rief ich und rannte los.

Unten auf dem Hof stand Onkel Gerd mit zwei Forken im Arm. »Kaya, komm doch mal her«, rief er mir zu. »Mach mal mit hier! Du kannst mir mal helfen!«

Ich bremste kurz ab. »Nee, kann ich nicht! Ich hab keine Zeit!«

»Wo willst du denn hin?«

»Rüber zu Peggy, Hausaufgaben machen.«

»Ist nicht«, rief Onkel Gerd. »Du bleibst hier! Du kannst ruhig mal helfen!«

Fing der jetzt auch noch damit an! »Jetzt reicht's mir aber!«, schrie ich. »Was habt ihr denn alle auf einmal!« Und dann rannte ich weiter. Onkel Gerd schimpfte hinter mir her, aber das war mir egal.

An der Landstraße hielt ich kurz an und guckte nach links und nach rechts. Ich ließ ein Auto vorbei, dann rannte ich über die Straße, mit vor Vorfreude klopfendem Herzen.

Aber an der Schmiede wartete eine große Enttäuschung auf mich. In der Einfahrt stand keines der Autos, und die Tür war geschlossen. Unglücklich blieb ich stehen. Ausgerechnet heute war keiner da! Und die Zeit verging viel zu schnell. Bald schon reisten Tilla und die anderen ab. Aber ich konnte ja nichts dagegen machen. Rein gar nichts. Was für ein beschissener Tag!

Ich trat einen Stein aus dem Weg und steckte die Hände tief in die Taschen meiner Hose.

Mal sehen, was Peggy so machte. Und wenn ich sie schon mal besuchte, dann konnte ich sie ja gleich wegen der Ausstellung fragen. Ich trat noch einen Stein aus dem Weg, und dann trabte ich wieder zur Straße zurück.

5 Peggy saß im Bett, mit knallroter Nase und einem Schal um den Hals, und blätterte in einem Pferdebuch. An der Wand über ihr hingen jetzt mehrere Pferdeposter. Auf einem davon saß ein Mädchen in einem rosa Kostüm auf einem Pferd und machte eine komische Verrenkung. Das sah ziemlich dämlich aus, aber na ja. War ja nicht mein Zimmer, zum Glück.

»Frau Smorra hat deinen Aufsatz vorgelesen«, sagte ich und ließ mich neben Peggy aufs Bett fallen. »Die fand den, glaub ich, ganz gut.«

»Weiß ich schon«, sagte Peggy, ohne hochzugucken, und schniefte.

»Wie? Von wem denn?«, fragte ich verwundert.

Peggy schlug eine neue Seite um. »Von Jasmin«, sagte sie.

Erst dachte ich, dass ich mich verhört oder dass sie einen Witz gemacht hatte. Aber Peggy sah ganz ernst aus.

»Jasmin? War die etwa hier, oder was?«

Peggy nickte, immer noch ohne mich anzusehen. Auf den

Wangen hatte sie jetzt rote Flecken, die gerade noch nicht da gewesen waren.

»Was willst du denn mit der alten Langweilerin?«, fragte ich und stützte einen Ellbogen auf.

»Nichts«, sagte Peggy trotzig und schniefte schon wieder.

»Hü«, sagte ich und lachte. Aber Peggy lachte nicht mit. Sie kniff die Lippen zusammen und starrte weiter auf ihr Pferdebuch runter. Soweit ich erkennen konnte, waren auf den Seiten verschiedene Pferderassen abgebildet, und daneben standen irgendwelche Erklärungen.

»Ist das gut, das Buch?«, fragte ich, und Peggy nickte, ohne was zu sagen, und schlug die nächste Seite um. Am liebsten hätte ich ihr das dämliche Pferdebuch aus der Hand geschlagen, damit sie mich endlich mal ansah. Aber ich riss mich zusammen. Immerhin wollte ich sie ja noch was fragen.

»Sag mal«, fing ich an, »du kennst doch die Künstler da drüben in der Schmiede?«

»Ja und?«

»Ich bin ja manchmal da drüben«, sagte ich, aber Peggy fiel mir ins Wort.

»Das weiß ich doch«, sagte sie spitz. »Haste zwar nie erzählt, aber ich bin ja nicht blöd. Weiß ich doch, dass du immer bei denen rumhängst.«

Na so was! Hätte ich gar nicht gedacht, dass Peggy das mitgekriegt hatte. »Na, jedenfalls«, fuhr ich fort, »die machen am vierten Advent 'ne Ausstellung und zeigen ihre Bilder. Und da haben sie mich gefragt, ob ich helfen will. Getränke ausschenken und so. Hast du nicht auch Lust?«

»Nö«, sagte Peggy. »Hab ich bestimmt nicht. Künstler sind doch blöd.«

»Wieso denn das?«, fragte ich und spürte, wie ich langsam sauer wurde.

Peggy blätterte um. »Na, weil die eben blöd sind. Und Dirk sagt das auch.«

»Kennt der denn welche?«, fragte ich wütend.

Peggy überhörte meine Frage glatt. »Und überhaupt hab ich ab nächste Woche auch gar keine Zeit mehr. Da geh ich nämlich zum Voltigieren«, sagte sie wichtig. »Und zwar mit Jasmin.«

Der letzte Satz klang richtig gehässig, und allmählich wurde es mir zu bunt. »Was ist denn mit dir los?«, fragte ich laut und setzte mich aufrecht hin. »Hast du jetzt etwa was gegen mich, oder wie?«

Peggy lief rot an. »Was soll denn mit mir los sein, du Doofi!«, blaffte sie. »Ich find jetzt eben Pferde gut, na und?«

»Selber na und«, sagte ich und stand vom Bett auf. »Dann geh doch mit deiner blöden Jasmin voltigieren. Mir doch egal.«

Mit einem Knall klappte Peggy ihr Buch zu. »Vorher haste mich ja auch nie gefragt, ob ich mal mitkommen will. Und jetzt auf einmal doch, nur weil ich jetzt helfen soll!« Mit hochrotem Gesicht starrte sie mich an.

Einen Moment lang stand ich völlig baff da. Dann tippte ich mir an die Stirn. »Du hast ja 'nen Vogel!«, schrie ich, drehte mich auf dem Absatz um und rannte hinaus.

Sollte Peggy doch mit ihrer bescheuerten Jasmin und ihren doofen Pferden verrotten! Konnte mir doch wirklich egal sein.

Trotzdem musste ich ein bisschen heulen, als ich um die Ecke rum und außer Sichtweite war. Aber nur ein winziges bisschen. So wenig, dass es fast gar nicht zählte.

6

Langsam ging ich zum Zebrastreifen hinunter, ließ einen Laster und zwei Autos vorbei und lief dann über die Straße. Beim alten Bresan war alles ruhig. Das Haus lag still im grauen Herbstlicht und kurz überlegte ich, ob ich mich hintenrum schleichen und nachsehen sollte, wie es dem Kettenhund ging. Aber irgendwie war mir jetzt nicht danach.

Mir war eigentlich nur danach, bei Tilla und den anderen zu sein und Lumpi zu streicheln. Und zu malen, das auch. Mein Lieblingsbild endlich fertig zu malen. Die ganze letzte Woche über hatte ich mich schon darauf gefreut.

Ich steckte die Hände in meine Jackentaschen und lief weiter die Dorfstraße entlang. Die letzten Reste vom Herbstlaub hatten sich am Straßenrand in Matsch verwandelt, und ich patschte grimmig mit meinen Gummistiefeln hindurch. Irgendwie tat das gut.

Kurz vor der Kurve sah ich den Krankenwagen, der vor Frau Stückers Haus parkte. Stocksteif blieb ich stehen. Im gleichen Moment ging die Haustür auf und zwei Sanitäter kamen mit einer Trage heraus. Frau Stücker lag drauf, ganz weiß im Gesicht.

Hinter ihnen trat Oma auf die Veranda, mit Kevin im Schlepptau. »Keine Sorge, Waltraud«, sagte sie zu Frau Stücker, »ich kümmer mich um deine Katzen!«

Frau Stücker lächelte kraftlos und schloss die Augen. Mit klopfendem Herzen sah ich zu, wie die Sanitäter sie die Treppe hinuntertrugen und hinten in den Krankenwagen hineinschoben. Einer stieg hinten mit ein, der andere vorne, und dann fuhren sie los. Einen Augenblick später war der Wagen auch schon um die Ecke verschwunden.

Ich wandte mich um und wollte Oma fragen, was eigentlich los war. Aber sie ging gerade wieder ins Haus. Kevin folgte ihr, seinen neuen Laster fest unter den Arm geklemmt.

Ich lief weiter, am »Gasthaus zum Hirschen« vorbei bis zum Gutshof. Am Ausgang vom Hof blieb ich stehen und guckte zur Schmiede hinüber, und mir wurde ganz schwer zu Mute. Die Einfahrt war immer noch leer. Wo steckten die nur?

Plötzlich wusste ich überhaupt nicht mehr, wo ich hinsollte. Nach Hause hatte ich echt keine Lust, und sonst gab's ja nicht viel. Blieb eigentlich nur noch die Scheune. Ich drehte mich um und trabte langsam hinüber.

Alles war ganz still, nur irgendwo in der Nähe krächzte ein Vogel. Der Hof sah richtig friedlich aus, wie er da so im Nachmittagslicht lag.

Aber als ich um die Ecke bog, traf mich fast der Schlag. Das Brett, das sonst den Eingang versperrte, war abgerissen und lag im Gebüsch, genau wie der Stein. Mein Geheimeingang! Irgendwer hatte meinen Geheimeingang entdeckt und kaputtgemacht!

Vorsichtig schlich ich mich näher und steckte den Kopf durch die Öffnung. Im ersten Moment konnte ich gar nichts erkennen, weil es so dunkel war drinnen. Aber dann roch ich Zigarettenrauch, und als meine Augen sich an das schwache Licht gewöhnt hatten, entdeckte ich eine Gestalt, die auf dem moosbewachsenen Holzklotz in der Mitte hockte und rauchte, genau da, wo sonst ich immer saß. Heiße Wut schoss in mir hoch. Marco, der Affenarsch!

Ich schob mich durch das Loch in der Wand und sprintete auf ihn zu, und Marco fuhr erschrocken herum und sprang auf. »Was machst du denn hier?«, brüllte ich. »Du hast hier gar nichts zu suchen!«

»Mann!« Marco ließ seine Zigarette fallen und hob abwehrend die Hände. »Ich hab doch …«

Ich ließ ihn gar nicht ausreden. »Immer machst du alles kaputt!«, schrie ich und ballte die Fäuste. »Das war meine Tür, die hab ich mir gebaut!«

Marco guckte von meinem Gesicht zu meinen Fäusten und wich zwei Schritte zurück. »Das war ich doch gar nicht!«, sagte er. »Das war doch mein Bruder! Pascal hat das gemacht!«

»Mir doch egal! Aber du hast hier drin gar nichts zu suchen, du Arschgeige, du!«, schrie ich. Ich war so wütend wie noch nie zuvor. »Verpiss dich! Hau doch bloß endlich ab!«

Marco stand ganz still da. Ein Lichtstrahl fiel durch ein Loch in der Decke genau auf sein Gesicht und ich konnte sehen, dass er ganz bleich war. Seine Wangen waren schmutzverschmiert, mit hellen Streifen dazwischen.

»Verpiss dich!«, schrie ich noch einmal, so laut wie ich konnte. »Dich will doch sowieso keiner!«

Marco starrte mich an, und ich starrte voller Wut zurück. Und dann passierte was, womit ich nie im Leben gerechnet hätte: Marco fing an zu heulen.

Er stand einfach da und heulte, und die Tränen liefen ihm nur so übers Gesicht.

Überrascht ließ ich die Fäuste sinken. Ich konnte kaum glauben, was ich da sah. Und irgendwie wusste ich plötzlich nicht mehr, was ich machen sollte.

»Lass mich gefälligst in Ruhe«, sagte ich, aber eigentlich passte das gar nicht mehr so richtig.

Marco antwortete nicht. Er heulte einfach weiter. Nur ein schwaches Schniefen war zu hören, als er die Nase hochzog.

Ich verstand überhaupt nichts mehr. Anscheinend waren heute alle verrückt geworden!

Ich drehte mich um und lief wieder raus aus der Scheune. Erst oben im Wald hörte ich auf zu laufen und ging langsam weiter. Mein Herz klopfte immer noch wild. Mattes graues Licht fiel durch die unbeweglich dastehenden Bäume. Kaum ein Laut war zu hören, nur dann und wann ein Rascheln. Und mein eigener Atem natürlich.

Unzählige Male war ich hier hochgelaufen, hatte Abkürzungen gefunden und mir eigene Pfade getrampelt. Ich kannte den Wald gut, aber jetzt war er mir plötzlich ein bisschen unheimlich.

»Hu!«, sagte ich laut und trat gegen eine verrostete Gießkanne, die am Wegrand lag, halb im Gestrüpp verborgen. »Huhu!« Ich versuchte zu lachen, aber mein Lachen klang komisch. Richtig gruselig sogar.

Schließlich erreichte ich die Lichtung, wo ich mit Tilla gewesen war. Es war noch lange nicht dunkel, aber das Licht drüben am Horizont war bereits trübe und grau. Die ganze Landschaft schien wie unter einer düsteren Decke zu brüten.

Ich setzte mich auf den Boden, schlang die Arme um meine Beine und legte meine Stirn auf die Knie. Mir war ein bisschen kalt, und feucht war es auch. Ich musste an Marco denken, wie komisch er ausgesehen hatte, und an Peggys abweisendes Gesicht und die Traurigkeit in Tante Eileens Augen, oben auf dem Berg. Und dann, ohne dass ich es eigentlich wollte, fing ich selbst an zu heulen.

Auf einmal hörte ich ein Knacken, und im gleichen Moment wurde ich umgestoßen. Ich erschrak so sehr, dass ich laut aufschrie. Aber dann erkannte ich Lumpi, der beide Vorderpfoten auf meine Schultern gestellt hatte, mich mit seinem breiten Hundegrinsen anlachte und mir übers Gesicht leckte. Hinter ihm standen Tilla und Mattis. Tilla trug ihren Malerkittel und Mattis seinen farbbekleckssten Overall, und beide waren ziemlich außer Atem.

»Da bist du ja!«, rief Mattis erleichtert, und Tilla fügte hinzu: »Wir haben dich aus dem Fenster gesehen, wie du aus der Scheune gerannt und in den Wald raufgerast bist. Alles in Ordnung mit dir?«

»Wo kommt ihr denn her?«, fragte ich, schob Lumpi zur Seite und rappelte mich mühsam auf. »Ich dachte, ihr seid gar nicht da. In der Einfahrt steht doch gar kein Auto!«

Tilla lächelte schief. »Klaus ist in Wernigerode, und mein Auto ist in der Werkstatt. So einfach ist das. Hättest du doch bloß mal geklopft!«

»Hab ich aber nicht«, sagte ich verlegen. Ich war so froh, die drei zu sehen! Aber ein bisschen peinlich war es mir auch. Verstohlen wischte ich mir über die Wangen.

»Nee, hast du nicht«, sagte Tilla. »Aber jetzt komm erst mal mit! Ich glaub, du brauchst einen Tee.«

»Aber mich darf keiner bei euch sehen«, sagte ich leise und tätschelte Lumpi, der sich wedelnd an mich drückte, den Kopf.

Mattis und Tilla sahen mich an, und dann warfen sie sich einen viel sagenden Blick zu. Mattis nickte.

»Dafür sorgen wir schon«, sagte er und legte mir eine Hand auf die Schulter. »Aber jetzt komm, langsam wird's kalt!«

7 In der Schmiede kochte Tilla mir einen Pfefferminztee. Eigentlich mag ich ja keinen Tee, aber der hier tat gut. Erst jetzt, wo ich im Warmen saß, eine Decke über den Knien, mit Lumpi neben mir wie sonst auch immer, erst jetzt merkte ich, dass mir wirklich ganz schön kalt geworden war da oben im Wald.

»Schmeckt's?«, fragte Tilla.

»Geht so«, sagte ich. »Mein Lieblingstee wird das zwar nie, aber ich krieg ihn schon runter.«

Tilla und Mattis, die mir gegenüber auf dem Fußboden saßen, grinsten beide. Dann wurde Tilla ernst.

»Was war denn eigentlich los vorhin? Warum bist du denn so abgezischt in den Wald?«

»Ach«, sagte ich und winkte ab. »Ich hab mich bloß mal wieder mit Marco gestritten.«

»In der Scheune?«, fragte Tilla verwundert. »Ich dachte, das ist dein Geheimplatz?«

»Ja, schon.« Ich guckte in meinen Becher. Der war fast leer, nur ein paar winzige Teeblättchen schwammen noch auf dem Boden. Um keinen Preis wollte ich erzählen, was passiert war. Irgendwie schämte ich mich fast dafür, dass mein Geheimplatz jetzt keiner mehr war.

Mattis verschränkte die Arme vor der Brust. »Seit über 'ner Woche warst du nicht mehr hier, und jetzt darf dich keiner bei uns sehen«, sagte er ruhig. »Hat dir das deine Familie verboten, oder wie?«

Ich nickte zaghaft. Tilla seufzte.

»Dann war das wohl kein so großer Erfolg gestern«, sagte sie und zog eine Grimasse. »Dass ich mich vorgestellt hab.«

»Nee«, sagte ich. »Das war leider echt kein Erfolg. Das war eher 'ne Katastrophe.«

Tilla sah mich scharf an. »Sag mal, hattest du eigentlich deswegen Hausarrest vorher? Weil du hier warst?«

Wieder nickte ich.

»Oh Mensch! Das tut mir echt Leid!«

»Schon gut«, sagte ich und streichelte Lumpis linkes Ohr. Lumpi brummte zufrieden. Der Kettenhund fiel mir ein, und ich blickte auf. »Du, Tilla? Was ist denn eigentlich mit dem Kettenhund passiert?«

»Klaus hat beim Tierschutzverein angerufen«, sagte Tilla. »Die wollen sich drum kümmern. Und zwar schon bald.«

»Das ist ja gut«, sagte ich erleichtert und kraulte Lumpi zwischen den Ohren.

»Das war eine klasse Aktion«, lobte Mattis. »Ich war richtig stolz auf euch drei, als ich das gehört hab! Aber sag mal, Kaya, das lässt mir jetzt gar keine Ruhe – warum sollst du denn nicht mehr hierher kommen? Was hat deine Familie denn dagegen?«

Ich überlegte einen Augenblick. Aber dann beschloss ich, einfach zu sagen, wie es wirklich war. »Erstens finden sie, dass ich bei Fremden nichts zu suchen hab«, sagte ich leise. »Und zweitens denkt mein Vater, dass ihr eingebildete Wessis seid, die nur auf ihn runtergucken und sich für was Besseres halten.«

»Aber das sind wir doch gar nicht!«, sagte Mattis und lachte. »Wir sind doch gar keine Wessis! Nur Klaus, aber der ist wirklich kein Stück eingebildet.«

»Klar«, sagte Tilla. »Es stimmt schon, viele Wessis halten sich für was Besseres und gucken auf die Ostler runter. Aber doch längst nicht alle!«

»Und wir halten uns *nicht* für was Besseres«, erklärte Mattis. »Oder, Tilla?«

Tilla schüttelte den Kopf. »Nee, auf gar keinen Fall! Ich wüsste auch gar nicht, wieso!«

»Na, vielleicht, weil ihr Künstler seid«, sagte ich, und jetzt konnte ich weder Tilla noch Mattis ansehen, weil mir das, was nun kam, so unangenehm war. »Meine Familie findet Künstler nämlich doof. Die denken, dass Künstler faule Nichtsnutze sind, die den ganzen Tag schlafen und nachts feiern.« Tilla und Mattis sahen sich verblüfft an, und ich fügte hinzu: »Also, ich glaub, mein Vater hat was gegen Künstler, weil meine Mutter damals mit einem durchgebrannt ist. In'n Westen.« Jetzt war es endlich raus. Vorsichtig blickte ich auf.

»Auweia«, sagte Mattis und blies die Backen auf. »Das ist ja ein ganz schön dicker Hund! Na ja, man kann es ja ein kleines bisschen verstehen, dass dein Vater nicht so gut auf Künstler zu sprechen ist. Aber ungerecht ist es trotzdem! Man darf doch nicht alle über einen Kamm scheren!«

»Nee!«, stimmte ich ihm zu. »Aber das machen die eben! Und vor allem mein Vater.«

»Na, jetzt wird mir einiges klar«, sagte Tilla betroffen und nickte nachdenklich. »Die Frage ist bloß, was kann man da machen?«

Mattis und Tilla schwiegen eine ganze Ewigkeit. Ich hätte ja liebend gern etwas gesagt, aber mir fiel zu alldem auch nichts mehr ein. Also streichelte ich weiter Lumpi, der mir dankbar über die Finger leckte.

Schließlich sagte Mattis: »Vielleicht laden wir deine ganze Familie einfach mal hierher ein! Damit sie merken, dass wir ganz anders sind, als sie denken. Weder eingebildet noch faul. Sie müssen uns kennen lernen und basta!« Er strahlte, als habe er eben die Lösung des Jahrhunderts gefunden, aber ich schüttelte den Kopf.

»Die kommen sowieso nicht.«

»Auch nicht zur Ausstellung?«, fragte Mattis

»Glaub nicht.« Vielleicht würde Tante Eileen ja kommen, aber die andern nie im Leben. Höchstens ... »Höchstens, wenn das ganze Dorf auch kommen würde«, sagte ich. »Dann ganz vielleicht.« Ich musste fast lachen bei der Vorstellung, dass das ganze Dorf hier aufkreuzte und sich die Ausstellung ansah: Peggys Mutter und ihr Stiefvater Dirk, Jasmin und ihre Familie, Marco, Pascal, ihre Schwestern und ihr Vater womöglich, der alte Bresan und Frau Stücker ... Sofort wurde ich wieder ernst, weil ich daran denken musste, wie der Krankenwagen Frau Stücker vorhin abgeholt hatte. Was sie wohl hatte und wann sie wohl wieder zurückkam? »Aber das passiert doch sowieso nicht!«, sagte ich. »Von den Leuten aus dem Dorf kommt doch sowieso keiner!«

»Hmm«, brummte Mattis und wiegte den Kopf hin und her, und Tilla runzelte die Stirn. Dann hellte ihre Miene sich auf.

»Hast du denn schon deine Freundin gefragt, ob sie mithilft bei der Ausstellung?«, erkundigte sie sich. »Wenn sie mitmacht, darfst du bestimmt auch, und dann verbieten sie dir bestimmt auch nicht mehr herzukommen!«

Ich schüttelte den Kopf und zog die Beine an. »Die will aber nicht«, sagte ich leise.

»Und jemand anders?«

»Nö. Wüsst ich auch gar nicht, wen ich fragen sollte. Die sind doch alle doof!«

»Aber es kann doch nicht das ganze Dorf doof sein!«, rief Mattis und verkniff sich ein Grinsen.

»Doch«, sagte ich. Und das fand ich tatsächlich. Irgendwie waren alle doof. Gemein und fies und doof! Auf jeden Fall war keiner auf meiner Seite.

»Sollen wir denn mal bei dir zu Hause fragen, ob du helfen darfst?«, fragte Mattis nach einem Moment.

»Nee! Bloß nicht!« Nicht auszudenken, wie sauer Papa dann werden würde! Wahrscheinlich dürfte ich dann den Rest des Jahres nicht mehr raus. Tillas Besuch hatte wirklich gereicht.

»Tja«, sagte Mattis und kehrte die Handflächen nach oben. »Jetzt bin ich mit meinem Latein bald am Ende.«

»Ich auch«, sagte Tilla unglücklich und guckte auf ihre farbbekleckssten Finger.

»Aber frag doch trotzdem noch mal zu Hause«, schlug Mattis vor. »Mehr als Nein sagen können sie schließlich auch nicht, oder? Fragen kann man ja mal!«

»Ich weiß nicht«, murmelte ich. »Ich überleg mir das noch.«

Mattis seufzte und stand auf. »Okay, ich muss wieder an die Arbeit. Bleibst du noch ein bisschen?«

Ich blickte zum Fenster. Draußen war es noch hell, aber die Dämmerung war nicht mehr fern. Spätestens dann musste ich nach Hause. »Ich male noch was«, sagte ich und zog die Decke von meinen Knien.

Tilla ging zu ihrer Staffelei hinüber, und Mattis hockte sich vor sein neuestes Foto. Ich stand auf, um frisches Wasser zu holen, und auf dem Rückweg blieb ich kurz bei Mattis stehen. Auf seinem Foto waren lauter Stangen zu sehen, die sich oben zur Seite bogen, so ähnlich wie die Heubündel, die ich aus alten Büchern kannte. Solche Heubündel gab es bei uns gar nicht mehr, wir hatten jetzt Ballen, diese runden, von Maschinen gemachten.

Mattis blickte mich erwartungsvoll an, und im gleichen Moment erkannte ich, was auf dem Foto drauf war.

»Eine Spülbürste!«, rief ich.

Mattis wirkte ein wenig enttäuscht, aber er nickte. »Dass du das so schnell erkennst!«

Ich betrachtete das Foto genauer. Die Oberfläche war glatt. »Du machst ja gar keine Schnitte mehr?«

»Nee«, sagte Mattis und lächelte fast ein bisschen verlegen.

»Find ich gut!«, sagte ich, und dann ging ich zu meinem Platz, stellte das Wasserglas auf den Boden und klappte den Malkasten auf. Als ich meinen Kittel anzog, fühlte ich mich zum ersten Mal an diesem blöden Tag richtig gut. Und als ich mein Bild ansah, das neueste, ging es mir gleich noch besser.

Es war wirklich schön geworden, und eigentlich war es auch fast fertig. Nur noch ein oder zwei Striche fehlten. Wenn ich die Augen halb zumachte, schienen die Punkte und Streifen und glitzernden Flecken sich sofort wieder zu bewegen, genau wie Lametta am Himmel.

Ich beugte mich vor, setzte zwei Striche links und rechts von der Mitte, dann lehnte ich mich zurück.

»Fertig?«, fragte Tilla und sah von ihrer Leinwand auf. Ich nickte stolz, und Tilla und Mattis kamen zu mir herüber, um mein Werk zu bewundern.

»Toll!«, sagte Tilla, und Mattis nickte zustimmend.

»Echt gut geworden! Sollten wir ausstellen, oder?«

Mir fiel wieder ein, was Marco neulich in der Schule gesagt hatte. Plötzlich musste ich unbedingt wissen, ob da was dran war.

»Findet ihr meine Bilder eigentlich wirklich gut oder tut ihr nur so?«, fragte ich und legte den Pinsel weg.

»Wie kommst du denn darauf?«, fragte Tilla entsetzt, und Mattis tippte sich an die Stirn.

»Das ist die blödeste Frage, die du mir je gestellt hast, Kleine. Was denkst du denn nur von uns?« Er sah richtig böse aus, und fast tat es mir Leid, dass ich überhaupt gefragt hatte.

Aber fragen konnte man ja mal, oder? Hatte Mattis ja vorhin selber gesagt. Und wenn ich schon mal dabei war, konnte ich eigentlich auch gleich Papa wegen der Ausstellung fragen. Zu verlieren hatte ich schließlich nichts mehr, und schlimmer konnte es auch nicht mehr werden.

»Wisst ihr was?«, sagte ich und zog meinen Kittel wieder aus. »Ich geh jetzt nach Hause und frag wegen der Ausstellung! Und zwar sofort!«

8

Aber ich hatte mich geirrt. Es sollte tatsächlich noch schlimmer kommen!

Den ganzen Weg über redete ich mir Mut zu, aber trotzdem zitterten mir die Knie, als ich bei uns um die Ecke bog.

Onkel Gerd und Papa standen mitten im Hof und unterhielten sich, aber als sie mich sahen, verstummten sie sofort.

»Kaya«, rief Papa. »Komm doch mal her!«

Seine Stimme klang nicht gerade freundlich. Mit langen Schritten ging ich auf ihn zu und blieb vor ihm und Onkel Gerd stehen.

»Wo kommst du her?«, fragte Papa. Er hatte noch seine Arbeitsjacke an, und ich konnte an seinem Atem riechen, dass er Schnaps getrunken hatte.

»Ich war bei Peggy«, sagte ich. Das war ja nicht gelogen, schließlich war ich tatsächlich vorhin bei Peggy gewesen.

Papa zog misstrauisch die Brauen zusammen, aber er fragte nicht weiter nach. Offensichtlich hatte er etwas ganz anderes auf dem Herzen. »Hör mal, Mädchen«, sagte er und stellte sich breitbeinig hin. »Du hast mich doch neulich nach Bresans Kettenhund gefragt, oder?«

Worauf wollte er denn jetzt bloß hinaus? Ich nickte und warf einen vorsichtigen Blick zu Onkel Gerd, aber der guckte mich ebenfalls grimmig an.

»Der alte Bresan ist angezeigt worden wegen Tierquälerei«, sagte Papa drohend. »Steckst du da etwa dahinter?«

Ich schüttelte heftig den Kopf, während mein Herz aufgeregt zu pochen anfing. »Ich doch nicht, Quatsch!«, sagte ich. »Ich wüsste doch gar nicht, wo man da anrufen sollte, wenn man wen anzeigen will!« Im Stillen beglückwünschte ich mich dazu, dass mir so eine gute Erklärung eingefallen war. Leider schien sie Papa nur halb zu überzeugen.

»Das waren garantiert die aus der Schmiede«, sagte er wütend. »Die haben dir bestimmt diese Flausen in den Kopf gesetzt, wegen der Kette und so. Wehe, ich krieg raus, dass du da deine Finger mit im Spiel gehabt hast! Glaub man ja nicht, dass ich doof bin! Und überhaupt«, er stemmte die Hände in die Seiten, »wer hat denn den Tierschutz angerufen, wenn nicht die? Die sollen sich hier mal nicht einmischen!«

»Genau«, sagte Onkel Gerd und spuckte zur Bekräftigung auf den Boden. »Die solln hier mal schön die Füße stillhalten!«

»Die waren das bestimmt nicht«, sagte ich ruhig und ballte meine Hände in den Hosentaschen zu Fäusten. Und dann holte ich tief Luft und atmete durch. »Aber ich wollte was fragen.«

Papa starrte mich durchdringend an. »Was denn?«, fragte er und runzelte die Stirn. »Was willst du fragen?«

Ich holte noch mal tief Luft. »Ich wollte fragen, ob ich bei der Ausstellung helfen darf«, sagte ich rasch. »Am vierten Advent. Stühle rücken und Getränke ausschenken und so.«

»Ausstellung?«, fragte Papa verdutzt. »Was für 'ne Ausstellung?«

»In der Schmiede«, sagte ich und drückte den Rücken durch. »Die Abschlussausstellung von Tilla und den anderen.«

Onkel Gerd schüttelte den Kopf, und Papa lachte gehässig auf.

»In der Schmiede!«, rief er. »Ja, hältst du mich denn für blöd? Ich hab doch gesagt, du gehst da nicht mehr rüber!«

So schnell wollte ich mich nicht geschlagen geben. »Aber da darf das ganze Dorf kommen«, sagte ich. »Das ist ja nichts Geheimes! Da ist doch nichts dabei, wenn ich da helfe!« Aus dem Augenwinkel entdeckte ich Tante Eileen und Kevin, die sich gegen das Küchenfenster drückten. Dahinter war Omas besorgtes Gesicht zu erkennen.

Papa lachte schon wieder gehässig. »Eben doch!«, rief er. »Da ist was dabei. Weil ich nämlich was dagegen habe, wenn du bei diesen Nichtsnutzen da rumhängst!«

Onkel Gerd nickte zustimmend, und als ich das sah, platzte mir plötzlich der Kragen. »Warum seid ihr denn alle so sehr dagegen?«, schrie ich. Ich war selbst erstaunt, woher diese lauten Worte gekommen waren. Aber ich konnte mich nicht mehr beruhigen. »Warum seid ihr bloß alle so misstrauisch? Warum wollt ihr die nicht mal kennen lernen und sehen, wie die in Wirklichkeit sind?«

»Das brauch ich gar nicht zu sehen«, sagte Papa zornig. »Das weiß ich auch so, wie die sind!«

»Das stimmt doch gar nicht!«, brüllte ich. »Du kennst die überhaupt nicht! Nur weil Mama damals mit diesem Schlagzeuger durchgebrannt ist, denkst du, du kennst die! Aber die sind gar nicht so!«

Onkel Gerd glotzte mich überrascht an, und Papa wurde schlagartig knallrot.

»Das geht dich gar nichts an, was ich denke, Fräuleinchen«, zischte er. »Du tust, was ich dir sage, und basta!«

»Aber warum?«, schrie ich, noch lauter als vorher. »Warum verbietest du mir denn das Schönste, was ich hab?«

»Weil das nicht unsere Leute sind«, schrie Papa wütend zurück. »Deshalb und basta! Du gehörst nicht zu denen, klar? Du gehörst hierher! Bei denen da drüben hast du sowieso nichts zu melden. Die Sorte kenn ich, die halten uns einfache Leute sowieso nur für doof! Die lachen sich bloß kaputt über dich! Guck dich doch mal an!«

Vor Zorn stiegen mir die Tränen in die Augen. Für einen Moment sah ich die erschrockenen Gesichter von Tante Eileen, Oma und Kevin im Küchenfenster, dann setzten sich meine Füße wie von selbst in Bewegung. Aber ich hatte kaum drei Schritte gemacht, als Papa hinter mir losbrüllte.

»Komm sofort zurück! Du bleibst hier!«

Ich drehte mich um, ohne stehen zu bleiben. »Aber warum denn?«, schrie ich. »Was soll ich denn hier?«

»Bleib hier!«, brüllte Papa, und dann lief er ebenfalls los, hinter mir her.

Ich hatte die Nase so voll wie noch nie, und ich wollte einfach nur weg, in die Schmiede, in den Wald, ganz egal wohin, einfach nur weg. Weg von Papa, der mich doch nur einsperren wollte, von Onkel Gerd, der mit ihm ganz einer Meinung war, und auch weg von Oma und Tante Eileen und Kevin, die sowieso immer den Mund hielten und nie wirklich zu mir standen.

Ich flitzte durch das Hoftor, am Gemeindeschaukasten vorbei und weiter zur Straße. Ich rannte so schnell, dass mir die Luft wegblieb, und ich hörte nichts mehr außer meinem eigenen Keuchen und Papas wütendem Rufen: »Stehen bleiben! Kaya, bleib stehen!«

Und dann wurde seine Stimme noch lauter und irgendwie schrill: »Kaya, bleib stehen!«

Aber ich rannte weiter, und erst als ich schon halb über die Straße war, da sah ich das Auto. Es kam von rechts, genau von der Seite, wo ich mein schlimmes Auge hab, und es war wie ein Blitz, der in mein schlimmes Auge einschlug und dann in mein gesundes. Ich wurde hochgehoben, hoch in die Luft, höher als jemals zuvor. Und einen Moment später kam dann der Donner.

Und dann war alles still.

Kapitel 6

Lametta am Himmel

1 Als ich aufwachte und die Augen aufschlagen wollte, ging das nicht richtig. Mein schlimmes Auge kriegte ich gar nicht auf, und das andere auch nur ein bisschen. Ich konnte nur wie durch einen schmalen Schlitz gucken, und viel sah ich da nicht. Nur eine hohe, weiß gestrichene Decke und den oberen Rand von zwei großen Fenstern. Der Himmel dahinter war trübe und grau.

Ich hatte vorher noch nie woanders geschlafen als zu Hause, deshalb dachte ich zuerst, dass ich in meinem Bett lag. Ich wunderte mich bloß, wie anders mein Zimmer auf einmal aussah. Aber dann, als ich mich aufrichtete, entdeckte ich Oma, die an meinem Bettrand saß und sich die Augen rieb. Hinter ihr stand ein weiteres Bett, genauso ein weißes mit Gittern wie meines. Ein kleines Mädchen lag darin und schlief. Ich war nicht zu Hause, sondern in einem Krankenhauszimmer!

Oma blickte hoch und sprang auf. »Nicht hinsetzen! Liegen bleiben, mein Mäuschen!«, rief sie hastig.

Aber das hätte sie mir gar nicht erst sagen müssen. Ich ließ mich wieder zurücksinken. Mir tat nämlich der Kopf weh, aber wie! Richtig höllisch sogar! Und schwindlig war mir auch. Noch dazu konnte ich meinen linken Arm nicht richtig bewegen. Der hing irgendwie fest.

Oma beugte sich besorgt über mich. Sie sah ganz verweint aus und hatte dunkle Ränder unter den Augen. »Ach Gottchen, Kind!«, rief sie. »Wie geht es dir denn?«

»Mein Kopf tut weh«, sagte ich, und Oma nickte mitfühlend.

»Das glaub ich gern«, antwortete sie. »Du hast ja auch eine Gehirnerschütterung!«

Ich fasste mir an den Kopf, und da merkte ich, dass ich einen dicken Verband trug. Er reichte ganz um den Kopf herum und bedeckte sogar mein schlimmes Auge. Als ich mein Gesicht abtastete, spürte ich, dass es ganz geschwollen war. Kein Wunder, dass ich mein gesundes Auge nicht richtig aufbekam!

»Was ist denn eigentlich passiert?«, fragte ich verwundert.

Oma schüttelte den Kopf und seufzte. »Direkt vors Auto gelaufen bist du, Kind. Wir dachten schon alle, du bist tot!«

Augenblicklich fiel mir alles wieder ein. Dieser ganze schreckliche Tag, erst Peggy, dann Marco in der Scheune, dann Tilla und Mattis, die mich im Wald gefunden hatten. Und wie ich nach Hause gelaufen war, um Papa wegen der Ausstellung zu fragen, und Papa mich angeschrien hatte und ich losgerannt war, einfach nur weg. Und dann das Auto ... erst der Blitz und dann der Donner!

Oma sah mich immer noch besorgt an. »Aber Gott sei Dank hast du nur einen gebrochenen Arm und eine dicke Platzwunde an der Stirn. Und die Gehirnerschütterung natürlich. Das hätte schlimm ausgehen können!«

Ich versuchte wieder meinen linken Arm anzuheben. Es ging nur ein winziges bisschen, und jetzt sah ich auch, warum: Der Arm war in Gips! Und zwar von ganz oben direkt unter der Schulter bis zum Handgelenk runter.

»Liegen bleiben, Kindchen!«, sagte Oma, strich mir vorsichtig über die Wange und seufzte wieder. »So was darfst du doch nicht machen, einfach so über die Straße! Papa ist immer noch ganz fertig mit den Nerven!«

Papa! Beim Gedanken an unseren Streit wurde mir ganz mulmig. »Wo ist Papa denn?«, fragte ich leise.

»Zu Hause. Er war die ganze Nacht hier«, erklärte Oma.

»Echt? Wie lang hab ich denn geschlafen?«

»Na, die ganze Nacht und heute fast den ganzen Tag!«

Plötzlich hörte ich Kevins Stimme. »Mittem Hubschrauber bist du geflogen!«, rief er. »Ganz hoch, Kaya!« Mein Bett wackelte, und dann tauchte Kevins kleines rundes Gesicht neben mir auf. Komisch, aber ich freute mich richtig, meinen nervigen kleinen Bruder zu sehen.

Kevin sah ganz aufgeregt aus. »Mittem Hubschrauber, Kaya!«, rief er. »Brummm, brumm! Das war sooo laut!« Er breitete die Arme aus, aber Oma hob ihn kurzerhand wieder vom Bett herunter.

»Scht, Kevin!«, sagte sie. »Kaya braucht Ruhe!«

»Stimmt das, Oma?«, fragte ich und war fast ein bisschen stolz. »Ich bin mit dem Hubschrauber geflogen?«

Oma nickte ernst. »Erst wollten sie dich sogar nach Magdeburg bringen, aber dann sind sie doch hier nach Wernigerode. So schlimm war es dann Gott sei Dank doch nicht.«

»Da flieg ich schon mal mit einem Hubschrauber, und ich krieg es gar nicht mit!«, sagte ich enttäuscht und wollte den Kopf schütteln. Aber ich ließ es schnell wieder sein. Tat einfach zu weh!

»Dem Autofahrer ist übrigens nichts passiert«, sagte Oma. »Aber das Auto, das war vielleicht ein Anblick! Das ist nämlich in den Zaun reingekracht, gleich neben der Stelle, wo schon das Loch ist.« Oma schmunzelte ein bisschen. »Komisch, nicht wahr? Jaja, das Leben geht seltsame Wege!«

Plötzlich hörte ich eine Tür gehen, und dann trat eine Krankenschwester neben Oma ans Bett. Sie hatte blonde halblange Haare und blickte freundlich zu mir herunter.

»Na, bist du endlich wach?«, fragte sie lächelnd. »Dann wollen wir dich mal ein bisschen untersuchen!« Sie hob ein Thermometer, und Oma trat zur Seite und nahm Kevin auf den Arm, damit er zugucken konnte, wie die Schwester mir die Temperatur maß.

Mit einer flinken Bewegung schlug sie die Decke zurück und griff nach meinem Handgelenk, während sie mir gleichzeitig das Thermometer in den Mundwinkel schob. Ihre Finger waren schön kühl, und während ich ihr zusah, merkte ich plötzlich, dass ich schon wieder unendlich müde war. Dabei war ich doch gerade erst aufgewacht!

Die Schwester nickte zufrieden, und dann drehte sie sich zu Oma und Kevin um. »Alles in Ordnung«, sagte sie. »In erster Linie braucht Kaya jetzt ihre Ruhe und viel, viel Schlaf. Fahren Sie ruhig nach Hause! Keine Angst, wir kümmern uns schon gut um sie. In ein paar Minuten kommt der Arzt und sieht sie sich noch einmal an.«

Mehr bekam ich nicht mit. Mir wurde ganz wohlig und schwer zu Mute, und erschöpft kuschelte ich mich ins Kissen. Einen Moment später war ich auch schon eingeschlafen.

2

Als ich das nächste Mal aufwachte, hatte ich schrecklichen Durst. Im Zimmer brannte Licht, und draußen war es schon dunkel. Mein Kopf tat immer noch weh, und mein Auge war auch noch ziemlich zugeschwollen. Durch den kleinen Schlitz konnte ich nicht viel erkennen, aber trotzdem drehte ich ganz vorsichtig den Kopf und sah mich um.

Das kleine Mädchen saß aufrecht im Bett nebenan und guckte neugierig zu mir herüber. Hinter ihm hockte eine Frau am Bettrand und strickte.

»Hallo!«, sagte das Mädchen und lächelte mich an. Die Frau dahinter blickte hoch und lächelte ebenfalls. Dann langte sie zur Seite und drückte auf einen Knopf, und draußen vor der Tür begann es zu piepen.

»Hallo«, sagte ich heiser. Sonst lächelten fremde Leute mich selten so an, das machte mich richtig verlegen.

»Wie heißt'n du?«, fragte das Mädchen neugierig.

»Kaya.« Ich kriegte meinen Namen kaum raus, so trocken war mein Mund.

»Ich heiß Lena«, sagte das Mädchen und zeigte auf die Frau. »Und das da ist meine Mama! Stell dir mal vor, ich hab den Blinddarm rausgekriegt!«, plapperte es munter weiter und grinste mich so stolz an, dass eine große Zahnlücke vorn sichtbar wurde. »Und weißt du was, nächstes Jahr komm ich schon in die zweite Klasse! In welcher bist du?«

»Nun lass Kaya mal in Ruhe, die muss sich ausruhen!«, sagte Lenas Mutter und blickte mitfühlend zu mir herüber. Im gleichen Moment ging die Tür auf, und eine Schwester kam herein. Es war nicht die Blonde von vorhin, sondern eine große Dicke mit dunklen Locken.

»Ich sollte doch klingeln, wenn die Kleine aufwacht«, erklärte Lenas Mutter und nickte zu mir herüber. Die Schwester trat zu mir ans Bett und beugte sich über mich.

»Na, kleines Fräulein? Wie geht es dir? Magst du was trinken?«

»Ja«, flüsterte ich.

Die Schwester griff zum Nachttisch und hielt mir eine Schnabeltasse an die Lippen. Vorsichtig probierte ich zu saugen. In der Tasse war Wasser, und ich trank alles aus, bis auf den letzten Tropfen. Noch nie hatte Wasser mir so gut geschmeckt!

»So, das reicht erst mal«, sagte die Schwester und stellte die Tasse wieder ab. »Und jetzt schluckst du noch das hier!« Sie hielt mir einen kleinen Becher mit einer komisch riechenden Flüssigkeit hin, und ich schluckte alles brav hinunter, obwohl es ekelhaft schmeckte. Die Schwester nahm mir den Becher ab und lächelte mich an. »Wenn was ist, klingelst du hier!« Sie deutete auf einen rötlich leuchtenden Knopf neben meinem Nachttisch. »Und nun schlaf schön wieder ein. Schlafen ist die beste Medizin, und bald geht es dir besser!« Sie strich mir über die Wange und ging wieder hinaus.

Ich hob vorsichtig meinen Gipsarm an. Die Hand, die da rausguckte, sah ganz normal aus, und weh tat sie auch nicht. Eigentlich hatte ich nur so ein watteartiges Gefühl, im ganzen Körper und im Kopf allmählich auch. Und müde war ich auch schon wieder. Und wie!

Ich blinzelte zu der kleinen Lampe hoch, die über meinem

Bett brannte. Wie merkwürdig das alles war: Gestern noch war alles nur schrecklich gewesen und ich hatte mich so einsam und eingesperrt gefühlt wie niemals zuvor, so schlimm, dass ich einfach nur noch hatte wegrennen wollen. Und das war ich ja auch. Und gelandet war ich hier in Wernigerode in einem weichen Krankenhausbett, wo alle mich anlächelten und lieb zu mir waren. Und niemand guckte mich angeekelt an. Das war wirklich mal ganz was Neues!

Erst als ich mein Auge zumachte, begriff ich, warum das so war: Na klar, wegen dem Verband! Hier ahnte ja keiner was von meinem schlimmen Auge, das sich darunter verbarg. Für die Leute hier sah ich wahrscheinlich völlig normal aus. Nur eben mit einem Verband um den Kopf.

Kurz bevor ich einschlief, fielen mir Tilla und Mattis ein. Ob die wussten, was mit mir passiert war? Aber dann sah ich plötzlich Lumpi vor mir und sein lustiges Grinsen. Und noch bevor ich darüber lachen konnte, war ich auch schon wieder eingeschlafen.

3

Am nächsten Morgen ging es mir schon viel besser. Mein Kopf tat nicht mehr so schlimm weh, mir war kaum noch schwindlig, und ich konnte sogar etwas zum Frühstück essen. Danach kam der Arzt vorbei und untersuchte mich. Er war ungefähr so alt wie Onkel Gerd und ziemlich nett, obwohl er lange nicht so viel lächelte wie die Schwestern. Als Erstes sah er unter meinem Kopfverband nach meinem Auge, und dann schlug er die Decke zurück, tastete mich überall ab und klopfte und drückte. Das kitzelte ein bisschen, und ich musste ein paarmal kichern. Der Arzt zog die Decke wieder hoch.

»Glück gehabt, Mädchen«, sagte er und nickte zufrieden. »Ein Weilchen musst du noch hier bleiben. Aber das wird schon, du wirst sehen!«

Kurz darauf ging er, und ich war so müde, dass ich gleich wieder einschlief.

Als ich wach wurde, saß Papa an meinem Bett und starrte mit trauriger Miene auf seine gefalteten Hände hinunter.

»Papa!«, sagte ich und riss mein Auge weit auf. Es war nicht mehr ganz so geschwollen, und ich konnte schon fast wieder normal damit sehen.

Papa schrak hoch. »Kaya!« Er versuchte ein Lächeln, das ihm ein bisschen verrutschte. »Meine Güte, du hast mir vielleicht einen Schrecken eingejagt!« Gleich darauf zog er eine finstere Miene. »Nächstes Mal läufst du aber nicht über die Straße!«, sagte er grimmig.

»Hallo, Kaya! Ist das dein Papa?«, rief Lena aus dem Bett nebenan und setzte sich aufrecht hin.

»Ja«, antwortete ich, und Papa drehte sich halb zu Lena um.

»Hallo!«, sagte sie und winkte ihm fröhlich zu. »Ich bin Lena und ich hab den Blinddarm rausgekriegt!«

»Wie schön«, sagte Papa und lächelte so, als ob er Zahnschmerzen hätte. Aber Lena war noch nicht fertig.

»Die Kaya hat gesagt, sie ist vor ein Auto gerannt, weil ihr euch gestritten habt!«, erklärte sie.

Papa runzelte die Stirn und guckte mich argwöhnisch an. »Das hast du erzählt?«, fragte er.

Ich war selbst ein bisschen überrascht, aber dann erinnerte ich mich: Gestern, im Halbschlaf, hatte Lena mich ausgefragt, so lange, bis ihre Mutter ihr es verboten hatte.

»Das ist aber man schlimm!«, sagte Lena und sah Papa strafend an. »Da hätte sie ja tot sein können! So doll darf man sich doch nicht streiten!«

»Nee«, sagte Papa. »Nee, eigentlich nicht.« Dann drehte er ihr schnell den Rücken zu.

Lena griff wieder nach ihrem Comicheft, in dem sie vorher geblättert hatte, und legte sich zufrieden hin, und Papa beugte sich vor.

»Wie oft hab ich dir das eingebläut«, flüsterte er, »und dann rennst du doch da rüber!«

»Aber das war was anderes«, sagte ich. »Ich hatte Angst, dass …« Ich verstummte, und Papa runzelte wieder die Stirn.

»Ich hätte dir doch nichts getan, Mensch, Kaya!«, sagte er leise. »Das weißt du doch, oder? Ich hätte dir doch nichts getan! Ich war doch nur wütend!«

»Ja, schon! Aber ich hatte Angst, dass du mich nie wieder weglässt.« Jetzt, wo ich hier lag, konnte ich das selbst kaum noch verstehen. Papa sah so lieb aus und so unglücklich, dass ich mir gar nicht mehr vorstellen konnte, vor ihm weggerannt zu sein. Aber so war es ja nun mal gewesen! »Weil du eben so wütend warst«, setzte ich hinzu. »Ich glaub, so wütend warst du noch nie.«

Papa guckte auf seine Hände hinunter und lief langsam rot an. »Kann sein«, sagte er zerknirscht. »Aber, hmm, jetzt bin ich's nicht mehr.« Und dann fügte er hinzu: »Tut mir Leid.«

Ich war richtig platt. In meinem ganzen Leben hatte ich noch nie gehört, dass Papa sich entschuldigte. Ich wusste nicht, was ich dazu sagen sollte, und Papa guckte mich ja auch nicht an, also schwieg ich eben.

Und Papa schwieg auch.

Hinter seinen breiten Schultern sah ich Lena, die in ihrem Heft blätterte und ab und zu neugierig zu uns herüberguckte.

Papa sah stur auf seine Hände hinunter, und ich wackelte unter meiner Bettdecke mit den Zehen. Schließlich wurde mir das Schweigen zu blöd.

»Papa? Wie lange muss ich eigentlich hier bleiben?«

Papa schien richtig froh zu sein, dass ich ihn was gefragt hatte. »Drei Wochen wahrscheinlich«, beeilte er sich zu erklären. »Aber Weihnachten bist du auf jeden Fall wieder zu Hause!«

Ich hörte auf mit den Zehen zu wackeln und starrte ihn entsetzt an. Weihnachten? Aber das hieß ja … Weihnachten würden Tilla, Mattis und Klaus schon nicht mehr da sein. Und was war dann mit der Ausstellung am vierten Advent? Deswegen hatten Papa und ich uns doch so gestritten und deswegen war ich vors Auto gerannt. Würde ich die Ausstellung am Ende jetzt etwa auch noch verpassen?

Papa merkte gar nicht, wie erschrocken ich war, denn im gleichen Moment ging die Tür auf, und Frau Smorra, meine Lehrerin, trat ins Zimmer. Sie trug ein grünes Kostüm und sah ganz anders aus als sonst in der Schule. Viel feiner irgendwie.

»Hallo, Kaya«, sagte sie ernst. Dann trat sie ans Bett und legte mir ein eingewickeltes Päckchen auf die Decke. »Ich wollte nur kurz nach dir schauen. Wie geht es dir denn?«

»Gut«, sagte ich und zeigte auf Papa. »Das ist mein Papa.«

Papa glotzte Frau Smorra stumm an, und Frau Smorra lächelte unsicher.

»Tag, Herr Schwolow«, sagte sie. »Wir haben uns, glaube ich, noch nicht kennen gelernt.« Sie guckte schnell von Papa zu mir und dann wieder zurück, so als könnte sie kaum glauben, dass Papa wirklich mein Papa war.

Erst jetzt schien Papa sich zu besinnen, denn er sprang auf und reichte Frau Smorra über mein Bett hinweg seine schwielige Hand.

»Ja, nö. Ich meine ... Tag auch.« Erstaunlicherweise lief Papa schon wieder rot an. Sonst wurde er immer höchstens aus Wut rot, aber aus Verlegenheit, das war etwas völlig Neues. Doch in letzter Zeit passierte ja ständig was Neues. Wurde Zeit, dass ich mich allmählich dran gewöhnte.

»Eine schlimme Geschichte«, sagte Frau Smorra. »Aber Kaya hat offensichtlich großes Glück gehabt!«

Papa errötete noch tiefer. »Hm-hm«, brummte er. »Ein Riesenglück, ja!« Er sah mich fast flehentlich an, als hätte er Angst, ich würde jetzt auch noch Frau Smorra erzählen, was eigentlich vorgefallen war.

Aber das machte ich natürlich nicht. So gemein bin ich nun auch nicht.

»Möchten Sie sich vielleicht setzen?«, fragte Papa höflich

und zeigte auf seinen Stuhl, aber Frau Smorra schüttelte den Kopf.

»Nein, danke, ich stehe gern. In der Schule sitze ich ja genug!« Sie schenkte Papa ein künstliches Lächeln.

»Aha«, sagte Papa und blieb auch stehen, obwohl ich genau sehen konnte, dass er sich gern wieder hingesetzt hätte. Ich hatte Mühe, mir ein Grinsen zu verkneifen. Schien ganz schön anstrengend, höflich sein zu müssen!

Eine Weile sagte keiner mehr was. Papa und Frau Smorra standen zu beiden Seiten meines Bettes wie zwei stumme Wachtmeister. Papa räusperte sich mehrfach und sah mit gespitzten Lippen an die Decke, und Frau Smorra wischte ein paar unsichtbare Flusen von ihrem Kostüm.

Schließlich nutzte ich die günstige Gelegenheit für eine weitere Frage, die mir die ganze Zeit schon im Kopf herumging. »Du, Papa?«

»Ja?«

»Kannst du nicht in der Schmiede Bescheid geben, dass ich im Krankenhaus bin? Brauchst ja nicht selber hingehen, schick doch einfach Tante Eileen. Tilla und die anderen machen sich sonst bestimmt Sorgen um mich.« Ich hielt den Atem an.

Papa sah mich überrumpelt an. Ein bisschen säuerlich wirkte er zwar, aber richtig böse nicht. Eher fast ein wenig niedergeschlagen. »Na gut«, sagte er nach ein paar Sekunden. »Mach ich.«

»Die Schmiede?«, fragte Frau Smorra höflich. »Ist das nicht die Schmiede, wo deine Künstlerfreunde wohnen, von denen Marco erzählt hat?«

»Genau«, sagte ich und vermied es, Papa anzugucken.

Frau Smorra nickte ernst. »Das ist sicher ein interessanter Ort«, sagte sie, offensichtlich froh darüber, endlich ein Gesprächsthema gefunden zu haben. »Waren Sie denn schon dort, Herr Schwolow?«

Papa guckte schon wieder so, als hätte er Zahnschmerzen. »Öh, nö«, sagte er und räusperte sich. »Bis jetzt noch nicht.«

»Die Künstler da machen am vierten Advent eine Ausstellung mit ihren Bildern und Fotos«, sagte ich rasch. »Alle sind eingeladen!«

Frau Smorra zog die Brauen hoch. »Ach? Das lohnt sicher einen Besuch. Mal sehen, ob ich das einrichten kann. Ich werde drüber nachdenken. So, und nun muss ich wieder!«, fügte sie hinzu und trat vom Bett zurück. »Wiedersehen, Kaya, und gute Besserung! Vielleicht kann Peggy dir ja die Schularbeiten vorbeibringen. Aber Hauptsache, du wirst recht bald wieder gesund.«

»Ich versuch's«, sagte ich und winkte ihr zum Abschied mit meinem Gipsarm.

»Und ich würde mich freuen, wenn Sie vielleicht mal zum Schulelternabend kommen!« Frau Smorra reichte Papa die Hand. »Vielleicht sehen wir uns ja aber auch vorher bei der Ausstellung in der Schmiede!«

Papa lief schon wieder rot an. »Hmm, ja, vielleicht«, murmelte er und sah verlegen zu Boden.

Frau Smorra lächelte mir noch einmal zu und ging dann hinaus.

Papa ließ sich ächzend auf seinen Stuhl plumpsen und seufzte laut auf. »Uff! Also so was«, sagte er und schüttelte den Kopf. »Du bist mir vielleicht eine Marke! Das mit der Schmiede – einfach reingelegt hast du mich.« Er kniff die Augen zusammen, aber er lächelte dabei. Wenn auch nur ein bisschen.

»Du aber auch!«, sagte ich, und dann lächelte ich vorsichtig zurück. »Aber du machst das doch, Papa? Du sagst Tilla Bescheid, oder?«

Papa nickte und seufzte noch einmal. Allmählich kehrte seine normale Gesichtsfarbe zurück, so rot wie gerade eben noch war er nicht mehr. »Jaja«, brummte er. »Hab ich doch gesagt! Aber nur, weil ... weil du's bist!«

»Die ist ja auch deine Tochter!«, rief Lena von hinten, und da musste ich dann tatsächlich lachen. Mein Kopf tat ziemlich weh, aber das machte nichts. Papa lächelte nämlich schon wieder. Und dann beugte er sich vor und küsste mich ganz schnell auf die Wange.

»So, Kind«, sagte er und stand hastig auf. »Und jetzt muss ich los! Der Bus wartet ja nicht!«

4 Nach ein paar Tagen ging es mir schon viel besser. Sitzen durfte ich mittlerweile, aber nicht aufstehen, und so gab es nicht viel zu tun. Lena vertrieb mir mit ihrem munteren Gequassel einen Teil der Zeit, aber sie war eben viel jünger als ich, und manchmal ging sie mir auch echt auf die Nerven.

Besuch kriegte ich auch nicht so viel. Oma, Papa und Tante Eileen wechselten sich zwar ab, und fast jeden Tag kam einer von ihnen. Aber Adeleben war nun mal doch ganz schön weit weg, die Fahrt mit dem Bus dauerte immer eine Stunde hin und zurück. Und teuer war sie auch.

Lena hingegen kam aus Wernigerode, und sie kriegte deswegen reichlich Besuch: Verwandte, Klassenkameraden, ein paar Kinder aus ihrem Turnverein, ab und zu ihr Vater und natürlich ihre Mutter, die jeden Tag stundenlang an Lenas Bett saß und strickte. Nach ein paar Tagen fragte sie mich, wo denn meine Mutter eigentlich sei.

»Weg«, sagte ich. »Die wohnt nicht mehr bei uns, die ist in Hannover.«

Lenas Mutter guckte ganz mitleidig, und danach brachte sie mir immer was Kleines mit, Süßigkeiten und selbst gebackenen Kuchen und so. Ich fand zwar nicht, dass ich besonders bedauernswert dran war ohne Mama, doch mir sollte es recht sein.

Das Geschenk von Frau Smorra war ein Buch über ein Mädchen, das unbedingt Pilotin werden wollte. Ab und zu schlug ich es auf, aber es waren leider keine Bilder drin. Aus reiner Langeweile begann ich, darin zu lesen, immer nur ein paar Wörter und Sätze. Spaß machte es mir trotzdem nicht so besonders. Nur, was sollte ich sonst tun?

Wenn ich also nicht mit Lena redete oder in meinem Buch blätterte, lag ich da, guckte aus dem Fenster und dachte nach. Besonders abends, wenn Lena schon schlief. Es war eine ganze Menge passiert, seit ich Tilla und die anderen kennen gelernt hatte. Eigentlich ganz schön viel Doofes: der Ärger mit Marco, der fiese Streit mit Peggy und der ständige Stress mit Papa zu Hause. Vielleicht würde das jetzt besser werden, aber sicher war ich mir nicht. Was, wenn wir uns dann doch wieder stritten?

Aber andere Sachen in letzter Zeit waren wiederum auch besonders schön gewesen: meine Besuche in der Schmiede, die Gespräche mit Tilla, Mattis und Klaus. Lumpi und das Malen natürlich. Und die Aktion mit dem Kettenhund auch, obwohl ich ja noch nicht wusste, was am Ende dabei rauskommen würde.

Nur, dass ich jetzt eben im Krankenhaus lag und all das Schöne erst mal für mich vorbei war. Und wenn ich Pech hatte, dann kam ich erst wieder raus, wenn Tilla und die andern schon abgereist waren. Beim Gedanken daran wurde mir immer eiskalt im Bauch, und ich musste mich zusammenreißen, damit ich nicht weinte.

Aber manchmal weinte ich doch. Nachts, wenn es keiner merkte.

5 Am Morgen des zweiten Advents lag ich gerade da und grübelte vor mich hin, als die Tür aufging und Tante Eileen hereinkam. Hinter ihr schob sich Peggy ins Zimmer.

»Kaya, mein Mäuschen!«, rief Tante Eileen begeistert wie jedes Mal, wenn sie mich besuchte, und küsste mich schmatzend auf beide Wangen. »Einen schönen zweiten Advent wünsche ich dir! Du siehst ja schon viel besser aus!« Sie hielt mir meinen Atlas hin. »Hier, den wolltest du doch gerne haben! Und jetzt guck mal, wen ich dir mitgebracht hab!«

Peggy trat vorsichtig näher. Sie hatte eine neue große Spange im Haar, eine mit zwei Pferden drauf, und im Gesicht war sie ganz rot. »Hallo, Kaya!«, sagte sie schüchtern und legte mir eine Tafel Schokolade aufs Bett.

Die ganze Woche über hatte ich mich immer geärgert, wenn ich an Peggy gedacht hatte, aber jetzt, wo sie vor mir stand, war meine Wut auf sie wie weggeblasen.

Ich fing an zu grinsen. »Hü, Lotte!«

Peggy zog die Nase kraus, aber dann grinste sie zurück.

»Selber hü!«, sagte sie. »Du brauchst ja wohl nicht gleich vor ein Auto zu rennen, nur weil wir mal zanken!«

»Pah, was bildest du dir denn ein!«, rief ich entrüstet. »Wegen dir doch nicht, du!« Dann sah ich, dass Peggy lachte.

»Vergackeiert!«, rief sie kichernd. »Reingefallen bist du!«

Ich gab mich geschlagen und klopfte auf meine Bettkante, und Peggy setzte sich hin.

Während Tante Eileen Lena und ihre Mutter begrüßte und sich dann geschäftig daranmachte, neue Wäsche in mein Schrankfach einzusortieren und die schmutzige zusammenzupacken, erzählte mir Peggy den neuesten Tratsch. Viel zu berichten hatte sie zwar eigentlich nicht, aber es machte trotzdem Spaß, von den Leuten zu Hause zu hören.

»Also, ob Frau Stücker bald wieder nach Hause darf, das weiß keiner. Vielleicht kommt sie auch direkt ins Altersheim, wegen ihrem schlimmen Rücken.«, sagte Peggy schließlich und rückte ihre Haarspange gerade. »Übrigens, rat mal, wer jetzt auch eine Glatze hat.«

»Keine Ahnung«, sagte ich und zuckte mit den Schultern. »Dirk vielleicht?«

»Nee!«, rief Peggy empört. »Dirk doch nicht! Marco, der Doofi!«

Mir fiel fast das Stück Schokolade aus der Hand, das ich mir gerade hatte in den Mund stecken wollen. »Marco? Ach, nee!«

Peggy nickte so heftig, dass ihre Haarspange wieder ein Stückchen verrutschte. »Ja! Das sieht vielleicht stulle aus! Und dem sein Bruder ist wieder im Knast, der Pascal, stell dir vor!«

»Was hat er denn jetzt ausgefressen?«, fragte ich und steckte die Schokolade schnell in den Mund.

»Der hat seinen Vater beklaut. Und dann, als der es mitgekriegt hat, hat er ihn verprügelt! Den eigenen Vater, stell dir mal vor!«, sagte Peggy und schlug ein Bein übers andere. Das sah ziemlich affig aus, aber ich sagte nichts dazu. Sollte sie doch, wie sie wollte. Aber das mit Pascal, das schockierte mich richtig.

»Am gleichen Tag war das, wie du vors Auto gerannt bist«, sagte Peggy wichtigtuerisch. »Erst hat er sich noch in einer von den alten Scheunen auf dem Gutshof versteckt, aber sie haben ihn da gefunden und gleich mitgenommen. Sein Vater hat ihn angezeigt, weißt du.«

Eine von den alten Scheunen, aha! Ich musste an Marco denken, wie er auf dem Holzklotz in meiner Lieblingsscheune gekauert hatte. Und wie er dann plötzlich losgeheult hatte.

Für einen Moment tat er mir Leid. Aber nur für einen Moment, denn Tante Eileen kam zu mir ans Bett und klatschte sich mit der Hand an die Stirn.

»Ach, fast hätt ich's vergessen, Kaya: Schöne Grüße von Tilla soll ich dir ausrichten! Die war gestern bei uns und hat nach dir gefragt. Sie wusste aber schon, dass du im Krankenhaus bist. Ingo ist nämlich drüben gewesen.«

»Papa?«, fragte ich verwundert. »Papa war in der Schmiede?«

Tante Eileen nickte und strich meine Bettdecke glatt. »Ja«, sagte sie und lächelte mich liebevoll an. »Stell dir vor, der ist selber rübergegangen. Du weißt doch, der ist manchmal brummig, der Ingo, aber das meint er nicht so!«

Plötzlich stand Lena neben ihr. »Hallo! Ich bin Lena und hab den Blinddarm rausgekriegt!«, sagte sie zu Peggy. »Bist du die Freundin von Kaya?«

Peggy starrte Lena mit hochgezogenen Augenbrauen von oben bis unten an, ohne zu antworten, aber Lena scherte sich gar nicht darum.

»Du heißt Lotte, stimmt's?«, fragte sie und grinste vergnügt, sodass man ihre Zahnlücke sah. »Das hab ich vorhin gehört. Hü, Lotte, hat Kaya zu dir gesagt. Komische Begrüßung! Aber Lotte, der Name ist schön!«

Peggy glotzte Lena verdutzt an, und ich musste lachen. Und zwar so sehr, dass ich mich fast verschluckte. Ich hörte erst auf, als mir der Kopf wieder wehtat. Aber da lachte Peggy längst auch und Tante Eileen genauso.

6

In den nächsten Tagen fing es dann an, so richtig langweilig zu werden. Mittlerweile durfte ich zwar aufstehen und auf dem Flur rumgehen und nachmittags im Fernsehzimmer die Kindersendungen gucken, aber besonders aufregend war das irgendwie auch nicht. Nicht mal das Blättern im Atlas machte mir Spaß. Zu Hause, in meinem eigenen Bett, war das immer viel schöner gewesen. Hier gelang mir das Träumen von fernen Ländern einfach nicht so gut.

Und außerdem hatte ich Heimweh. Andauernd musste ich daran denken, was ich zu Hause alles machen könnte: mich in die Schmiede schleichen und malen und mit Tilla und den anderen reden oder draußen rumlaufen und durch den Wald streifen oder einen neuen Eingang für die Scheune bauen. Sogar auf Kevin aufgepasst und mit ihm gespielt hätte ich jetzt freiwillig. Alles, nur nicht im Krankenhaus hocken, immer noch mit dem Verband um den Kopf.

Obwohl, das mit dem Verband war trotzdem gar nicht so schlecht. Lenas Besuch und die Leute im Flur, alle guckten mich freundlich und mitleidig an und bedauerten mich wegen dem Unfall. Es war ein bisschen, als trüge ich eine Maske. Wie ich darunter wirklich aussah, das wusste ja keiner. Nur der Arzt und die Schwestern, und die waren auch immer nett. Aber das mussten sie schließlich, immerhin war das ihr Beruf, oder nicht?

Schließlich fing ich aus lauter Langeweile an, jeden Tag ein paar Seiten mehr in Frau Smorras Pilotinnen-Buch zu lesen. Lena half mir dabei und zeigte auf die einzelnen Buchstaben.

»Du kannst ja viel schlechter lesen als ich«, rief sie und lachte vergnügt, wenn ich nicht weiterkam. »Und ich bin erst in der ersten Klasse!«

Das stachelte mich irgendwie an. Vor einer Erstklässlerin wollte ich mich schließlich nicht blamieren! Und so gab ich mir alle Mühe und begann auch alleine zu üben.

Ganz allmählich ging es schneller voran. Was in dem Buch eigentlich drinstand, kriegte ich zwar gar nicht so richtig mit, aber mit dem Lesen selbst klappte es dafür immer besser.

Zwei Tage vorm dritten Advent saß ich auf meinem Bett und buchstabierte mich durch den ersten Absatz auf Seite 32. Lena und ihre Mutter waren draußen spazieren, als es an der Tür klopfte.

»Ja-ha«, sagte ich. Die Tür ging auf, und ich blickte von meinem Buch hoch. Vor mir standen Tilla und Mattis!

Ich musste ziemlich blöd ausgesehen haben, wie ich da saß, mit offenem Mund und meinem Verband um den Kopf, denn Tilla und Mattis grinsten beide.

»Meine Güte, du siehst ja schräg aus!«, kicherte Mattis. »Coole Verkleidung, wirklich!« Er klopfte auf meinen Gipsarm. »Ist der auch echt?«

»Hallo, Kaya!« Tilla umarmte mich vorsichtig, und dann drückte sie mir ein Päckchen in die Hand. »Wir haben dir was mitgebracht. Damit du bald wieder gesund wirst!«

Ungeschickt klemmte ich das Päckchen zwischen meine Knie und riss das Papier auf. Ein dicker Malblock kam zum

Vorschein, dazu ein großer Kasten mit Buntstiften, in mindestens zwanzig verschiedenen Farben. Sprachlos starrte ich darauf hinunter.

Mattis legte mir eine Tüte Kekse und einen Schokoladen-Weihnachtsmann hin und ließ sich aufs Fußende plumpsen. »Mit Wasserfarben malen, das macht sich im Bett nicht so gut. Da kriegst du nur Ärger mit den Schwestern. Wir dachten uns, Buntstifte tun es dann auch fürs Erste.«

Ich strich mit dem Finger über die Stifte. Sie waren ganz anders als alle, die ich bisher gehabt hatte. Viel feiner, und die Farben waren auch viel schöner. »Danke. Danke, das ist toll!«

Tilla setzte sich vorsichtig auf die Bettkante. »Du liest ja«, sagte sie mit einem Blick auf mein Buch. »Ich dachte, du kannst gar nicht ...« Sie verstummte, dann setzte sie neu an. »Ich dachte, du liest gar nicht gern?«

»Tu ich ja auch eigentlich nicht«, sagte ich verlegen. Mir war gar nicht klar gewesen, dass Tilla mich durchschaut hatte. »Aber ich könnte mich vielleicht doch dran gewöhnen.«

Tilla nickte und zeigte auf meinen Gipsarm. »Tut das sehr weh? Du hast ja noch Glück gehabt, was? Meine Güte, haben wir uns erschrocken, als wir von deinem Unfall gehört haben!«

»Mein Papa hat euch Bescheid gesagt, ja?«, fragte ich zaghaft.

Mattis stützte sich auf dem Ellbogen auf. »Letzte Woche kam er zu uns rüber«, sagte er. »Wir hatten uns schon gefragt, ob er vom alten Bresan die Hundekette geklaut und dich angekettet hatte, weil wir dich gar nicht mehr gesehen haben!« Er grinste mich an und streckte sich behaglich am Fußende aus.

»Was hat er denn gesagt?«, erkundigte ich mich. Papa hatte mich zwar noch zweimal besucht, aber über die Schmiede und alles, was damit zusammenhing, hatten wir nicht mehr geredet. Irgendwie war das auch besser so gewesen.

Tilla betrachtete mich nachdenklich. »Dass du vor ein Auto gelaufen bist«, sagte sie.

»Und sonst nichts?«, fragte ich.

»Doch. Dass ihr euch gestritten hattet, das auch. Aber er hat nicht gesagt, worüber. Nur, dass ihr gestritten habt.«

»Und dass du leider noch ein Weilchen im Krankenhaus bleiben musst«, fügte Mattis hinzu. »Sonst hätte er auch nichts mehr dagegen gehabt, dass du uns besuchst.«

»Echt, das hat Papa gesagt?« Verblüfft starrte ich ihn an.

»Das hat er gesagt«, bekräftigte Mattis. »Gar nicht so übel, dein Alter, wenn du mich fragst. Ein bisschen brummelig, aber in Ordnung.«

»Ja«, stimmte Tilla ihm zu, »er war ganz schön verändert. Hat sich offenbar wirklich sehr erschrocken, dass das passiert ist. Und sich so seine Gedanken darüber gemacht.«

»Und jetzt faulenzt du hier also herum und lässt uns ganz allein in der Schmiede hocken«, sagte Mattis ernsthaft, aber im nächsten Moment zwinkerte er mir zu. »Das ist aber nicht nett von dir!«

»Ich würde ja tausend Mal lieber nach Hause!«, sagte ich. »Aber der Arzt sagt, erst müssen die Kopfwunden heilen. Spätestens in zehn Tagen darf ich raus. Vielleicht schaff ich es ja bis zur Ausstellung!«

Mattis und Tilla wechselten einen Blick. »Könnte knapp werden«, sagte Mattis. »Übermorgen ist ja schon der dritte Advent. Der vierte Advent ist also in genau neun Tagen!«

Ich nickte traurig. »Und wenn ich erst später rauskomm – seid ihr danach denn noch da?«

Ich hatte richtig Angst vor der Antwort, aber Mattis und Tilla lächelten beide.

»Klar sind wir dann noch da«, sagte Tilla. »Wir fahren erst Mittwoch – am Tag vor Heiligabend!«

Erleichtert zog ich die Knie an. »Da bin ich aber froh! Aber das mit der Ausstellung, das ist schade. Ich wollte doch so gerne helfen!«

»Tja, aber mit dem Arm!«, sagte Mattis und klopfte wieder

auf meinen Gips. »Das ginge doch sowieso nicht.« Er überlegte einen Moment, dann griff er nach den Buntstiften und nahm einen roten heraus. »Darf ich?« Und schon malte er seinen Namen auf meinen Gips und noch ein paar Blümchen dazu. Auch Tilla fischte sich einen Stift heraus und fing an meinen Gips zu verzieren. Vergnügt guckte ich ihnen dabei zu. Als sie fertig waren, sah mein Gipsarm richtig bunt und fröhlich aus.

»Na, das ist doch was, oder?«, fragte Mattis und betrachtete zufrieden sein Werk.

»Klar!« Wir lachten uns an, aber plötzlich wurde ich wieder ganz traurig. »Echt doof, dass ihr bald wieder wegfahrt«, sagte ich leise.

Tilla seufzte und wuschelte mir durchs Haar, so wie Oma es immer machte. »Tja, so ist das eben. Das lässt sich nicht ändern. Aber eines Tages kommst du uns vielleicht mal besuchen, wer weiß.«

»Und noch ein paar Jahre«, sagte Mattis, »und du kannst selbst weggehen, wohin auch immer du willst.«

»Dann geh ich nach Australien«, sagte ich. »Und seh mir die Beuteltiere an.«

»Oh, da komm ich vielleicht mit«, sagte Mattis und knuffte mich in die Seite.

»Aber jetzt müssen wir leider wieder los«, sagte Tilla bedauernd und stand vom Bett auf. »Wir müssen noch Leinwände besorgen, und Lumpi wartet zu Hause.«

»Streichel ihn mal von mir«, sagte ich. »Kommt ihr mal wieder vorbei?«

»Bestimmt«, sagte Tilla und winkte mir zu. Mattis hob den Daumen.

»Halt die Ohren steif, Mädchen. Bis bald!«

7 Am Donnerstag darauf sollte Lena entlassen werden, und einen Tag vorher kam mein Kopfverband endgültig ab. Dazu brachte mich eine Schwester zu einem Zimmer am Ende des Flures. Den Arzt, der dort auf mich wartete, hatte ich vorher noch nie gesehen.

»Ich bin der neue Chefarzt hier«, stellte er sich vor, als ich eintrat, und schüttelte mir die Hand. »Komm, setz dich da drüben hin!«

Für einen Chef sah er ganz schön jung aus, dachte ich, während ich mich auf die schmale Liege an der Wand setzte. Mit seinen struppigen dunklen Haaren und den verschmitzten Fältchen um die Augen hätte er auch ein älterer Bruder von Mattis sein können.

»Hmm, na, dann wollen wir mal sehen«, sagte der Arzt und schnitt behutsam den Verband seitlich an meinem Kopf durch. Dann nahm er ihn ab und zog mir mit einer sanften Bewegung die Mullbinde vom Auge. »Tätärätäääää! So, kleines Fräulein, lass doch mal sehen. Bitte das Auge öffnen, aber ganz langsam.«

Vorsichtig machte ich mein schlimmes Auge auf. Einen Moment lang war alles dunkel. Dann sah ich ein Flimmern, und als ich mein gesundes Auge zukniff, einen Schatten, der sich bewegte. Das war der Chefarzt.

»Kannst du etwas sehen?«, fragte er ruhig.

Ich nickte. »Ungefähr so viel wie vorher! Alles okay.« Viel hatte ich ja sowieso nie mit dem Auge gesehen, aber schade hätte ich es doch gefunden, wenn es damit dann auch vorbei gewesen wäre. Schließlich hatte ich mir so oft die Zeit damit vertrieben, die Welt um mich herum mit meinem schlimmen Auge zu betrachten. Und all die Bilder, die ich danach gemalt hatte und noch malen wollte!

»Nun, okay kann man das nicht gerade nennen«, sagte der Chefarzt lächelnd und beugte sich vor. Prüfend musterte er mein Auge und drückte vorsichtig daran herum. »Das sieht ja nicht schön aus!«, murmelte er. »Tut das weh?«

»Nö«, sagte ich.

»Und hier?«

»Nö, gar nicht.« Ich zuckte mit den Schultern. »Ist alles wie immer.«

Der Arzt trat einen Schritt zurück und musterte mich. »Ist daran eigentlich mal etwas gemacht worden, Kaya? Eine Operation oder so?«

»Nö. Nicht dass ich wüsste«, sagte ich und betastete vorsichtig mein Auge. Es fühlte sich ganz normal an. Na ja, ganz normal – wie vor dem Unfall natürlich.

»Also, der Verband bleibt jetzt ab. Und so gut, wie es aussieht, denke ich, können wir dich nächste Woche entlassen«, sagte der Arzt und zog ein Blatt Papier zu sich heran, um darauf etwas zu notieren.

Mein Herz fing heftig zu klopfen an, und ich ließ die Hand sinken und starrte ihn an. »Nächste Woche erst?«, fragte ich nach.

Der Chefarzt nickte. »Dienstag oder Mittwoch, würde ich sagen. Damit du die letzten Tage vor Weihnachten schon zu Hause verbringen kannst!«

»Aber das ist zu spät!«, sagte ich. »Kann ich nicht schon Sonntag raus?«

Er schüttelte den Kopf. »Nein, Kaya, tut mir Leid. Das kann ich nicht verantworten. Du hast einen schlimmen Unfall gehabt, und deine Kopfwunden müssen erst richtig abheilen, bevor du nach Hause kannst. Der Gips bleibt ohnehin bis nach Weihnachten dran, und ich will sehen, was sich machen lässt. Aber bis Dienstag musst du auf jeden Fall bleiben.« Sein Tonfall war ernst, und ich kapierte, dass es keinen Zweck haben würde zu betteln. Also nickte ich bloß. Die Ausstellung war also gestrichen. Wenn ich Glück hatte, erwischte ich Tilla und Mattis noch, bevor sie abreisten.

Der Chefarzt ging zum Tisch hinüber, setzte sich hin und notierte etwas. »Stört dich dein Auge eigentlich sehr?«, fragte er plötzlich.

Ich sah ihn misstrauisch an. Was für eine komische Frage! »Na ja«, sagte ich. »Eigentlich nicht. Jedenfalls nicht richtig. Mich stören eher die Leute. Wie die deswegen gucken. Aber das Auge selbst, das ist ja meins. Und ich gucke eigentlich auch gerne damit. Ich seh damit ganz besondere Sachen.« Ich verstummte. Besser konnte ich es nicht erklären. Aber scheinbar genügte es auch.

»Aha«, sagte der Chefarzt und musterte mich nachdenklich. Dann legte er den Stift weg. »Weißt du was, meine liebe Kaya?«, sagte er schließlich. »Ich denke, da kann man was machen. Nicht am Auge selbst, das nicht. Richtig gut sehen wirst du damit nie. Deine besonderen Sachen«, er lächelte kurz, »die wirst du weiterhin sehen können. Aber das Drumrum, die Verwachsungen, da kann man was machen. Ein oder zwei Operationen, die Wülste beseitigen, die Haut glätten, und schon sieht es ganz anders aus. Ich will nicht zu viel versprechen, aber danach werden dich die Leute bestimmt nicht mehr ganz so doll anstarren.«

Ich sah ihn ungläubig an. »Wie?«, fragte ich. »Sie meinen, man kann mein Monsterauge wegmachen?«

»Monsterauge?«, fragte er stirnrunzelnd zurück. »Sagen das manchmal Leute zu dir?«

Ich zögerte, und dann nickte ich.

Der Chefarzt sah plötzlich sehr wütend aus. »Die spinnen ja!«, sagte er. »Mach dir nichts draus! Lass dich bloß nicht von solchen Dummköpfen ärgern! Die sind die Monster, nicht du!« Dann beruhigte er sich. »Jedenfalls, wegmachen kann man dein Auge zwar nicht, aber ein bisschen normaler aussehen lassen, das schon. Damit es nicht mehr so auffällt.« Er hob eine Braue. »Natürlich nur, wenn du das willst!«

»Klar!«, sagte ich. »Klar will ich das! Und wann können Sie das machen?«

»Na, ich kann das leider nicht«, sagte der Chefarzt bedauernd und lächelte mich an. »Dazu müsstest du nach Hannover in eine Spezialklinik, und von heute auf morgen geht das bestimmt nicht. Ich werde erst mal mit deinen Eltern reden. Wenn sie einverstanden sind, dann bekommst du einen Beratungstermin in Hannover, und dann sehen wir weiter. Einverstanden?« Er kam um den Tisch herum zu mir und streckte die Hand aus.

»Einverstanden!«, sagte ich, und dann schlug ich ein.

»Also, mach's gut, Kaya«, sagte der Chefarzt und drückte mir noch mal die Hand. »Und denk dran: Lass dich nicht ärgern!«

Auf dem Weg zurück ins Zimmer lächelten die Leute mich gleich nicht mehr so freundlich an wie in den letzten zwei Wochen. Ein paar Besucher glotzten aufdringlich mein schlimmes Auge an, und ein kleiner Junge zog eine angewiderte Grimasse, als ich an ihm vorbeikam. Aber es fiel mir fast gar nicht auf, so sehr war ich in meine Gedanken vertieft.

Einerseits war ich wahnsinnig traurig, dass ich die Ausstellung nun wirklich verpassen würde. Aber andererseits war ich total aufgeregt: Man konnte mit meinem schlimmen Auge also was machen! Das hätte ich niemals gedacht.

Als ich die Tür zu meinem Zimmer öffnete, saßen Lena und ihre Mutter am Tisch und aßen Kekse. Bei meinem Anblick zuckten sie beide zusammen.

»Du siehst ja komisch aus!«, sagte Lena verblüfft. »Ist das immer so, oder wie?«

»Ja klar, was denkst denn du?«

Lenas Mutter starrte mich entgeistert an. Dann versuchte sie ein Lächeln, aber sie kriegte es nicht richtig hin. Es sah aus wie eine verzerrte Grimasse.

»Das hat man ja vorher gar nicht gesehen mit dem Verband«, wunderte sich Lena weiter. »Dass du so komisch aussiehst!«

»Pssst!«, schimpfte ihre Mutter leise, aber ich lachte nur.

»Das ist mein Monsterauge«, sagte ich laut. »Das war über

zwei Wochen versteckt, und jetzt ist es wieder zurück!« Aber vielleicht nicht für immer, dachte ich und fing an zu grinsen. Dann ging ich zum Tisch. »Krieg ich auch einen Keks?«

8 Am nächsten Tag wurde Lena entlassen. »Besuch mich doch mal!«, rief sie fröhlich und winkte mir zu, bevor sie aus dem Zimmer hüpfte.

Ihre Mutter tätschelte mir mitfühlend den Gipsarm. »Du bist jederzeit herzlich willkommen! Werde rasch wieder gesund!«, sagte sie und lächelte angestrengt. Dann ging sie eilig hinaus.

Sie hätte bestimmt länger gebraucht, um sich an mein schlimmes Auge zu gewöhnen. Und ihre Adresse hatte sie mir auch gar nicht gegeben. Aber egal!

Statt Lena kam kurz darauf ein noch jüngeres Mädchen ins Nachbarbett, das ein Zwei-Euro-Stück verschluckt hatte und den ganzen Tag weinte. Es musste immerzu Sauerkraut essen, damit sich die Krautfäden um das Geldstück wickelten und es so wieder rauskam. Ihre Mutter und ihre beiden größeren Schwestern hockten ums Bett und versuchten sie zu beruhigen. Ständig kam eine Krankenschwester vorbei und sah nach dem Rechten. Es war ein ziemlicher Aufstand, aber das juckte mich nicht. Ich war viel zu aufgeregt, um mich darum zu kümmern. Ich war sogar zu aufgeregt, um in meinem Buch zu lesen oder im Atlas zu blättern, denn ich wartete auf Papa.

Endlich, am späten Nachmittag, trat er ins Zimmer, und sofort sprang ich auf.

»Papa«, rief ich. »Stell dir mal vor, was der Chefarzt gesagt hat! Vielleicht kann man da was machen mit meinem Auge!«

Papa grüßte zur Familie des kleinen Mädchens hinüber und setzte sich auf den Stuhl neben meinem Bett. »Ich weiß«, sagte er und streckte die Beine aus. »Ich hab eben mit ihm gesprochen.«

»Und? Wie findest du das?«

Papa kratzte sich im Nacken. »Na ja«, sagte er. »Gut. Obwohl, meinetwegen kann dein Auge auch so bleiben. Mich stört es ja nicht. Aber wenn du unbedingt willst …«

Ich nickte ganz fest. »Na klar will ich das! Und du hast mich doch auch schon manchmal deswegen beschimpft«, sagte ich. »Missgeburt hast du gesagt.«

»Das hab ich doch aber nicht so gemeint!«, verteidigte sich Papa hastig. »Da war ich nur wütend!«

»Aber gesagt ist gesagt.«

Papa räusperte sich und pulte an seinem Daumen. »Da haste Recht«, sagte er. »Gesagt ist gesagt. Aber na gut, dann fahren wir eben zu diesem Termin und sehen, was sich da machen lässt. Gut so, mein Mädchen?«

»Das ist aber im Westen«, sagte ich kleinlaut. »In Hannover.«

Papa räusperte sich. »Jaja«, sagte er. »In Hannover. Aber wenn's sein muss, fahren wir da eben hin.«

»Warst du da eigentlich schon mal?«, fragte ich.

Papa räusperte sich erneut. Und dann wieder. »Nee«, sagte er. »Aber wie deine Oma immer so schön sagt: ›Aus'm Westen kommt nicht nur Schlechtes.‹ Dann kann ich ja sehen, ob das nun stimmt.« Er verstummte, als er meinen verdutzten Blick sah. »Nicht dass du denkst, wir ziehn nach'm Westen, nee!«, fügte er eilig hinzu. »Aber wenn wir schon mal da sind – angucken kann man sich's ja mal.«

»Genau«, sagte ich und nickte heftig. »Angucken kann man sich's ja mal.« Und vielleicht Mama besuchen und sehen, wie sie da lebt, dachte ich, aber das sprach ich lieber nicht laut aus.

Außerdem wusste ich gar nicht, ob das wirklich so eine gute Idee war. Und ob ich das eigentlich wollte.

Eine Weile schwiegen wir beide. Das Mädchen drüben weinte schon wieder, und seine Mutter redete leise auf es ein. Plötzlich hob Papa den Kopf.

»Dieser Schlagzeuger da«, sagte er, und ich wusste natürlich sofort, wen er meinte, »dieser Schlagzeuger da fand wirklich, dass er als Künstler was Besseres ist. Und deine Mutter hat das dann auch irgendwann geglaubt. Der hat so lange auf sie eingeredet, bis sie ihm das Märchen von einem besseren Leben dann auch noch geglaubt hat und mit ihm abgehauen ist. Der hat immer gesagt, hier im Osten gibt es keine Zukunft.«

»Stimmt das denn?«, fragte ich.

Papa dachte eine Weile nach. Dann schüttelte er den Kopf. »Nein«, sagte er. »Wir haben es zwar schwer, aber eine Zukunft gibt es bestimmt auch für uns.«

Eine Weile schwiegen wir beide. Dann sagte ich leise: »Aber Tilla und Mattis und Klaus, die sind wirklich nicht so. Haben einen ganz ordentlichen Eindruck gemacht, ja.«

Papa zuckte mit den Schultern und pulte wieder an seinem Daumen. »Nee«, sagte er schließlich. »Wahrscheinlich nicht.« Dann blickte er auf. »Übrigens soll ich dir liebe Grüße von Mama bestellen.«

»Von Mama?«, fragte ich erstaunt. »War die da, oder was?«

Papa nickte. »Nur kurz. Sie hat ein paar Sachen geholt. Ich glaube, die sehen wir so bald nicht wieder. Aber grüßen soll ich dich«, sagte er und lächelte schief.

Ein bisschen weh tat mir das schon, dass Mama mich noch nicht mal besuchen kam, wenn sie schon in Adeleben war. Aber irgendwie …

»Weißt du was?«, sagte ich und schlang meinen gesunden Arm um meine Knie. »Ich find das gar nicht so schlimm. Vielleicht ist das ja auch besser, wenn sie erst mal gar nicht mehr kommt. Wir kommen doch auch gut ohne Mama klar, findest du nicht? Immerhin haben wir ja uns.«

Papa sah mich überrascht an, und dann nickte er langsam. »Ja, eigentlich schon«, sagte er. »Eigentlich schon.« Und dann nickte er noch mal. »Genau«, sagte er. »Immerhin haben wir ja uns.«

Als ich an diesem Abend einschlief, hatte ich solche Sehnsucht nach zu Hause wie niemals zuvor. Ich freute mich richtig. Auf mein Bett und das Schnarchen von Oma. Auf Kevin und Onkel Gerd und dessen ewiges Schmatzen und Schlürfen. Auf Tante Eileens albernes Kichern. Und auf Papa, auf den freute ich mich auch. Wahrscheinlich würden wir auch weiterhin streiten – aber bestimmt nicht mehr so schlimm wie zuletzt. Und das war ja schon mal nicht schlecht.

9 Schließlich wurde meine Entlassung auf Dienstag festgelegt. Also würde ich Tilla, Mattis, Lumpi und Klaus noch einmal sehen, aber das war kein großer Trost. Am Sonntag lag ich die ganze Zeit im Bett und versuchte, nicht an die Ausstellung zu denken, die ich jetzt gerade verpasste. Aber es gelang mir nicht so besonders.

Überhaupt zogen sich die letzten Tage im Krankenhaus endlos hin. Nur der Malblock und die Stifte von Tilla halfen mir ein wenig über die Langeweile und Ungeduld hinweg. Ich malte ein Bild nach dem anderen, aus dem Gedächtnis oder eben das, was ich mit meinem schlimmen Auge so sah, und dann wurde es doch endlich Dienstag. Morgens hatte ich noch ein paar letzte Untersuchungen, und danach verabschiedete ich mich reihum von den Schwestern, die mir allesamt Glück wünschten. Papa wollte mich nach dem Mittagessen mit dem Bus abholen, und so saß ich um kurz nach eins fertig angezogen auf dem Bett, meine gepackte Tasche neben mir. Aber als schließlich die Tür aufging, trat nicht Papa herein. Sondern – Tilla!

»Na«, grinste sie, als sie mein verblüfftes Gesicht sah. »Das ist eine Überraschung, oder?« Sie griff nach meiner Tasche und hielt mir die Hand hin. »Ich hab den offiziellen Auftrag, dich abzuholen! Wie sieht es aus, kommst du mit?«

Das ließ ich mir nicht zweimal sagen. Ich rutschte vom Bett und griff mit meiner gesunden Hand nach Tillas.

»Na klar!«, rief ich und zog sie zur Tür. So eilig hatte ich es schon lange nicht mehr gehabt.

Unten vorm Haupteingang stand Tillas kleines blaues Auto. Lumpi saß auf dem Rücksitz, und als er mich entdeckte, sprang er aufgeregt hin und her, während Tilla meine Tasche im Kofferraum verstaute.

»Der Aufkleber ist ja ab«, sagte ich und deutete auf den blanken Fleck auf der Kofferraumklappe, wo vorher der Aufkleber mit dem Bierglas geprangt hatte.

»Saufen gegen rechts, ja.« Tilla ging nach vorn, um die Türen aufzuschließen. »Hat doch sowieso keiner verstanden, was der eigentlich sollte. Nicht mal ich selbst. Aber da hast du mich erst drauf gebracht!« Sie hielt mir die Tür auf und klappte den Sitz vor, und ich stieg hinten ein. Lumpi grinste wie wild und leckte mir quer übers Gesicht, und ich umarmte ihn und drückte seinen großen Hundekopf an mich.

Als wir losfuhren, sah ich mich noch einmal nach dem großen grauen Kasten um, in dem ich die letzten drei Wochen verbracht hatte. Mensch, war ich froh, da endlich rauszukommen!

Tilla kurvte zügig durch die Stadt und schlug dann die Ausfallstraße in Richtung Adeleben ein, und ich lehnte mich zurück. Lumpi rollte sich neben mir zusammen, legte seinen Kopf in meinen Schoß und schnaufte behaglich.

»Wie war denn eigentlich die Ausstellung?«, fragte ich und streichelte seine weiche Stirn.

»Gut«, sagte Tilla in einem merkwürdigen Tonfall und überholte einen alten Trabi, der vor uns die Straße hinauftuckerte.

»Waren viele da?«

»Ja«, sagte Tilla gedehnt. Ich wunderte mich zwar darüber, dass sie so kurz angebunden war, aber später war bestimmt noch Zeit, sie ausführlicher zu fragen. Erst mal genoss ich die Fahrt, gemütlich in den Rücksitz gekuschelt. Ich fuhr schließlich so gut wie nie Auto. Wir hatten ja keins.

Draußen zog die winterliche Harzlandschaft vorbei. Die kargen Bäume streckten sich in den grauen Himmel. Als ich den Kopf auf die Rücklehne legte, sah ich einen Rotmilan, der weit über mir seine Kreise zog.

Kurz darauf kam der Berg in Sicht. Die Straße führte in engen Kurven bergauf, und schließlich erreichten wir die Kuppe. Oben trat der Wald von der Straße zurück, und dann tauchte am Fuß des Berges auch schon Adeleben auf. Unser Haus war das erste, und Tilla hielt direkt darauf zu. Das Loch im Zaun war deutlich zu erkennen, und je näher wir kamen, desto mehr wunderte ich mich darüber, wie riesig es war. Ich wartete darauf, dass Tilla abbremste, um in den Hof einzubiegen. Aber sie fuhr einfach daran vorbei.

»Wo fahren wir denn hin?«, fragte ich verwundert. Aber Tilla antwortete nicht. Am Zebrastreifen neben der Bushaltestelle bremste sie ab, bog nach links in die Dorfstraße ein und hielt mit quietschenden Reifen vor Bresans Haus.

»So, da wären wir«, sagte sie und stellte den Motor ab. »Ich will dir was zeigen. Lumpi muss allerdings im Auto bleiben. Der darf leider nicht mit.«

Tilla führte mich zum Schleichweg hinter Bresans Haus, und ich hielt mich dicht hinter ihr. Als wir den Zaun erreichten, machte ich mich auf das wilde Gebell des Kettenhundes gefasst. Aber alles blieb still.

»Hallo, mein Dicker!«, rief Tilla leise und hockte sich dicht vor dem Zaun hin, und als ich hinter ihr hervorlugte, sah ich, dass der Kettenhund sich ans Gitter drückte und Tilla schwanzwedelnd ansah.

Aber eigentlich war er gar kein Kettenhund mehr. Die Kette war nämlich weg.

Als der Hund mich entdeckte, hörte er sofort auf zu wedeln und starrte mich misstrauisch an. Doch als Tilla weiter leise auf ihn einsprach, drückte er sich wieder ans Gitter und wedelte erneut mit dem Schwanz. Tilla streckte eine Hand aus und streichelte ihn vorsichtig durch den Zaun hindurch.

»Siehst du!«, sagte sie und sah lächelnd zu mir hoch. »Toll

ist es immer noch nicht, wie er leben muss. Immer eingesperrt hinter dem Zaun. Aber zumindest kann er sich jetzt in seinem Käfig frei bewegen. Und das hat er dir zu verdanken!«

»Und euch!« Ich hockte mich vorsichtig neben sie. »Hallo«, sagte ich leise.

Der Hund legte den Kopf schief und sah mich mit seinen dunklen Augen aufmerksam an.

Komisch, ich hatte immer noch mächtig Angst vor ihm. Trotzdem hob ich meinen Gipsarm und hielt ihn ihm hin. Wenn er mich beißen würde, dann wenigstens in den Gips.

Aber der Hund streckte nur langsam den Hals, schnupperte vorsichtig an meinem Gipsarm und dann an meinen Fingern, bevor er sich wieder zurückzog.

Anscheinend ging es ihm genauso wie mir: Ich hatte Angst vor ihm, und er hatte Angst vor mir. Als mir das klar wurde, musste ich lächeln. Mochte ja sein, dass wir beide Angst voreinander hatten. Aber das konnte sich doch ändern!

»Und wie heißt er nun eigentlich?«, fragte ich und schnalzte leise mit der Zunge. Der Hund spitzte die Ohren.

»Ich weiß nicht«, sagte Tilla. »So wie ich gehört hab, hat er gar keinen Namen.«

»Dann geb ich dir einen!«, sagte ich laut und sah wieder den Hund an. »Ich nenne dich einfach Dingo! Wie die Hunde in Australien. Da kommst du zwar bestimmt nie hin, aber das klingt doch gut, oder?«

Der Hund drehte beide Ohren nach vorne, und dann wedelte er ganz leicht mit dem Schwanz.

Tilla lachte und stand vorsichtig auf. »Komm jetzt«, sagte sie, »ich muss dir noch etwas anderes zeigen.«

An der Ecke drehten wir uns beide noch einmal um. Dingo stand da und guckte uns nach, mit hängenden Ohren.

»Na ja«, sagte Tilla, »optimal ist es nicht. Aber schon besser. Findest du nicht?«

»Doch«, sagte ich. »Doch, eigentlich schon.« Und dann

winkte ich Dingo zu. »Ich komm wieder vorbei!«, rief ich. »Ich besuch dich jetzt regelmäßig, ja, Dingo? Vielleicht werden wir doch noch Freunde!«

Dingo wedelte erneut mit dem Schwanz, als ob er mich verstanden hätte. Und dann zog Tilla mich mit sich.

Als wir wieder beim Auto angelangt waren und einsteigen wollten, fiel mein Blick auf das Haus an der Ecke. Erschrocken blieb ich stehen. Die Tür stand sperrangelweit offen, die Vorhänge vor den Fenstern waren verschwunden, und von den Katzen war keine Spur zu sehen.

»Aber was ist das denn?«, fragte ich entgeistert. »Das Haus von Frau Stücker ist ja leer!«

Tilla folgte meinem Blick. »Die alte Frau mit den Katzen? Die ist ins Altersheim gekommen.«

»Und wo sind die Katzen geblieben?«, fragte ich.

»Die haben die Nachbarn genommen.«

Stumm stieg ich ein. Adeleben ohne Frau Stücker – das war wirklich ein merkwürdiges Gefühl.

Tilla sah mich mitfühlend an. »Wenn man alt und krank wird, dann kann man sich eben manchmal nicht mehr selbst versorgen. Da kann man nichts machen, Kaya. Die Dinge ändern sich einfach, zum Guten wie auch zum Schlechten.«

»Und ihr fahrt auch bald weg«, sagte ich traurig und streichelte Lumpi über den Kopf, der interessiert an meinem Gipsarm schnupperte.

Tilla nickte. »Tja, wir fahren auch bald weg.« Sie betrachtete mich einen Augenblick lang nachdenklich, dann ließ sie den Wagen an. »Komm«, sagte sie. »Ich zeig dir jetzt was, das dich aufheitern wird!«

10

Während der kurzen Fahrt bis zur Schmiede sah ich schweigend zu Lumpi hinunter, der seinen Kopf wieder in meinen Schoß gelegt hatte. Ausgerechnet Frau Stücker, die immer so nett zu mir gewesen war, musste ins Altersheim.

Alle, die mich mochten, würden bald fort sein. Sogar Lumpi. Bei dem Gedanken wurde mir richtig kalt.

Aber dann fiel mir Dingo ein. Den würde ich einfach öfter besuchen. Vielleicht war das kein richtiger Ersatz, aber ein kleiner Trost bestimmt.

Der Wagen bog um die Kurve, dann hielten wir in der Einfahrt zur Schmiede, und Tilla stellte den Motor ab. »So!«, rief sie laut und stieß die Tür auf. »Da wären wir endlich!«

Lumpi rappelte sich auf und sprang aus dem Wagen, und ich stieg ebenfalls aus.

»He, da ist ja endlich unser Ehrengast!«, schrie jemand, und ich blickte verwundert auf. Und dann fiel mir fast die Kinnlade runter.

Denn auf der Treppe standen Mattis und Klaus, zusammen mit Tante Eileen, Peggy und Frau Smorra, und wie auf Kommando klatschten sie allesamt wild in die Hände. Über ihnen hing ein Plakat, auf dem in großen Buchstaben stand: »Willkommen zur Abschlussausstellung!«

»Aber …«, sagte ich verdutzt. »Was macht ihr denn hier?«

Mattis stürzte auf mich zu. »Die Eröffnungsrede hast du leider verpasst!«, rief er gut gelaunt. »Aber trotzdem bist du gerade richtig gekommen! Komm rein und sieh dir alles an!«

»Aber ich dachte, die Ausstellung war schon am Sonntag?«

Mattis blinzelte mir zu. »Die haben wir verschoben, extra wegen dir. Das konnten wir dir ja nicht antun, dass du das große Ereignis verpasst! Und außerdem bist du doch unser Ehrengast!«

Mir wurde ganz warm vor Freude, und ich ließ es ohne Murren über mich ergehen, dass Tante Eileen mich strahlend umarmte und küsste. Klaus klopfte mir freundschaftlich auf den Gipsarm, Frau Smorra schüttelte mir lächelnd die Hand, und Peggy zupfte mich am Ärmel und trat aufgeregt von einem Fuß auf den anderen.

»Komm mit rein, Kaya«, rief sie. »Das musst du dir angucken!«

Wir gingen alle zusammen hinein. In der Tür zum Atelier blieb ich stehen, schon wieder total überrascht. Der große Raum war nicht wiederzuerkennen. Die Staffeleien, die Papierstapel und die Kartons mit den Farben waren weggeräumt, aber der Raum war trotzdem nicht leer. Nein, ganz im Gegenteil! Überall waren Leute. Sie standen in kleinen Gruppen zusammen und unterhielten sich oder betrachteten die Bilder, die an den Wänden hingen. Stimmengewirr hing in der Luft, und ab und zu war auch ein Lachen zu hören.

Ich drehte mich einmal im Kreis. Einige Fremde waren gekommen, aber die meisten Leute kannte ich: Peggys Mutter, ihr Stiefvater Dirk, Jasmins Eltern, die Nachbarn von Frau Stücker und andere Leute aus dem Dorf. Sogar Dennis war da und bestaunte eins von Klaus' Bildern, das an der Stirnwand hing und einen roten Hahn auf einer Mauer zeigte. Anscheinend war das ganze Dorf zusammengekommen!

»Na, was sagst du dazu?«, fragte Tilla fröhlich.

»Ist ja total verrückt!«, sagte ich. »Wie habt ihr denn die alle hierher gekriegt?«

»Tja, wir haben viel Werbung gemacht«, erklärte Tilla stolz. »Sind von Haus zu Haus gegangen und haben überall eine Einladung in den Briefkasten geworfen. Und deine Tante Eileen hat uns dabei geholfen!«

»Tante Eileen?«

Tilla nickte, und Tante Eileen, die neben ihr stand, errötete leicht. Dann kicherte sie. »Na, wo du doch ausgefallen bist als Hilfe, da musste ich eben einspringen!«

»Klasse!«, sagte ich und sah mich weiter um. Ein paar aus dem Dorf fehlten doch, stellte ich fest: Marcos Vater zum Beispiel, der alte Bresan und Frau Stücker natürlich. Und Papa. Papa war auch nicht unter den Gästen.

»Willst du was trinken?«, fragte Tilla und führte mich, ohne meine Antwort erst abzuwarten, in eine Ecke. Dort war ein Tisch mit Getränken aufgebaut. Und wer stand dahinter und schenkte Wasser und Saft aus?

»Also hilfst du doch, Peggy!«, rief ich. »Ich dachte, du hättest keine Lust?«

Peggy, die gerade Wasser in ein Glas füllte, kniff die Lippen zusammen. »Man kann ja wohl mal seine Meinung ändern, oder?«, sagte sie schnippisch und reichte das Glas an ihren Stiefvater weiter. Dann rückte sie ihre Pferde-Haarspange zurecht und blitzte mich herausfordernd an. Im gleichen Moment tauchte Jasmin neben ihr auf. Sie trug ein Tablett mit leeren Gläsern und hatte sich besonders fein gemacht, mit einer weißen Bluse und einem dazu passenden weißen Haarreif.

»Hallo, Kaya«, sagte sie schüchtern. »Schön, dass du wieder aus dem Krankenhaus raus bist!«

Eigentlich war ich gerade ein bisschen sauer geworden, dass Jasmin hier einfach so frech mitmachte, aber irgendwie nahm mir ihre freundliche Begrüßung den Wind aus den Segeln. »Was denn, seid ihr gar nicht am Ballettreiten oder wie das heißt?«, sagte ich lahm.

»Vol-ti-giiiiie-ren!«, berichtigte mich Peggy, verdrehte die Augen und spitzte gekünstelt die Lippen. Das sah so dämlich aus, dass ich mir ein Grinsen nicht verkneifen konnte.

»Na, dann eben voltigieren!«, sagte ich. »Hü, Lotte!«

»Selber hü!«, gab Peggy zurück und grinste ebenfalls. Sogar Jasmin versuchte ein Lächeln, und im Stillen beschloss ich, ausnahmsweise mal gnädig zu sein. Sollte sie doch ruhig hier rumstehen und Saft ausschenken. Ich konnte es ja eh nicht mit meinem Gips. Langweilig fand ich sie trotzdem.

Plötzlich klopfte Mattis mir auf den Gipsarm. »Komm mal mit, Kaya!« Und schon zog er mich mit sich zu seinem ehemaligen Arbeitsplatz. Dort lagen jetzt vier von seinen riesigen Fotos auf dem Boden. Drei davon kannte ich schon, aber das letzte war neu. Es war voll mit schwarzen, leicht gebogenen Strichen, und in der Mitte prangte ein rundlicher Kreis.

»Was ist das?«, fragte Mattis gespannt.

»Ein Teppich?«

Mattis schüttelte den Kopf. Seine Augen glänzten.

»Oder eine Wiese von ganz nahem?«, riet ich, obwohl ich mir das eigentlich kaum vorstellen konnte. Denn für Gras waren die Halme zu dünn.

»Nee!«, rief Mattis. »Ganz falsch!«

Grübelnd stand ich vor dem Foto. Schließlich gab ich auf. »Ich komm nicht drauf!«

Mattis schlug sich erfreut auf die Schenkel. »Das ist Lumpis Gesicht, von der Seite und ganz nah aufgenommen!«, rief er vergnügt. »Endlich hast du es mal nicht erraten!«

Ein Mann, der neben Tilla gestanden hatte, sprach ihn an und fragte ihn nach dem Bild, und ich drehte mich zur Seite. Ein paar Leute grüßten mich, und ich grüßte zurück. Jetzt erst entdeckte ich, dass noch mehr Kinder aus meiner Klasse gekommen waren und zusammen mit Frau Smorra die Bilder betrachteten. Sogar Marco war da! Er stand ganz hinten, neben seinen beiden Schwestern, die sich mit Dennis unterhielten.

Ich betrachtete Marcos Glatze, die vor der weißen Wand richtig zu schimmern schien. Komisch sah das aus! Affenarsch mit Glatze, dachte ich und musste unwillkürlich grinsen.

Im selben Moment sah Marco zu mir herüber. Ein paar Sekunden lang starrten wir uns in die Augen, dann verzog Marco verächtlich den Mund und drehte sich weg.

Wir beide würden jedenfalls nie Freunde werden, das war mal sicher.

Klaus' Stimme riss mich aus meinen Gedanken. »So, jetzt wird es Zeit!«, sagte er geheimnisvoll und fasste mich am Arm. Er und Tilla nahmen mich in die Mitte, Lumpi lief schwanzwedelnd vorneweg, und Mattis ging hinterher. Gemeinsam bahnten wir uns einen Weg durch die Menge bis auf die andere Seite des Raumes. Als die Leute uns kommen sahen, traten sie zur Seite und machten uns Platz. Dort, an der Wand, hing ein mit einem weißen Laken verdecktes Bild.

Klaus stieg auf einen umgedrehten Eimer und klopfte mit seinem Taschenmesser an ein Wasserglas, das er in der Hand hielt. »Wir bitten einen Moment um Ihre Aufmerksamkeit!«, rief er laut. Das Stimmengewirr wurde leiser, dann verstummte es ganz, und alles war still.

Klaus räusperte sich. »Meine Damen und Herren, liebe Gäste! Wie ich vorhin schon erzählt habe, haben wir das letzte Bild noch nicht zeigen können, weil unser Ehrengast noch gefehlt hat. Aber jetzt ist er da!«

Mattis schob mich nach vorn, und Klaus sprang vom Eimer hinunter und hob mich hinauf, so blitzschnell, dass ich es erst begriff, als ich oben stand.

»Kaya Schwolow!«, rief Klaus. »Frisch aus dem Krankenhaus zurück und gerade rechtzeitig eingetroffen, damit wir jetzt endlich das letzte Bild unserer Ausstellung enthüllen können. Alle hier kennen bestimmt den Spruch: Das Beste zum Schluss! So ist es auch heute!« Er griff nach einem Zipfel des Lakens. »Sehen Sie hier: ›Lametta am Himmel‹ von Kaya Schwolow!« Mit einem Ruck riss er das Laken weg, und die Leute begannen zu klatschen.

Ungläubig starrte ich das Bild an, das dahinter verborgen gewesen war. Es war tatsächlich von mir! Lauter Punkte und Streifen und glitzernde Flecken. Mein Lieblingsbild!

Ich musste schlucken und dann noch einmal. Langsam drehte ich mich um. Die Leute hörten auf zu klatschen und sahen mich erwartungsvoll an. Für einen Moment wollte ich am liebsten vom Eimer herunterspringen und weglaufen, so schnell ich nur konnte. Aber dann, als ich all die gespannten Gesichter sah, kroch plötzlich ein Gefühl in mir hoch, das ich gar nicht richtig gekannt hatte. Auf einmal war ich so stolz wie niemals zuvor!

»Na los«, rief ich laut. »Jetzt dürft ihr alle mal gucken!«

Und dann sprang ich lachend vom Eimer. Die Leute drängelten sich sofort um mein Bild und gaben lobende Kommentare ab. Plötzlich waren lauter Menschen um mich herum, gratulierten mir und schüttelten mir die Hand. Mattis und Klaus klopften mir auf die Schulter, Tilla gab mir einen schmatzenden Kuss auf die Backe, und Tante Eileen umarmte mich stürmisch. Und auf einmal war Oma vor mir, zupfte mich am Ohr und wuschelte mir durchs Haar. Sie hatte Tränen in den Augen und sah ganz gerührt aus. Kevin war auch da, fest an ihr Bein geklammert, und starrte mit offenem Mund zu mir auf.

»Oma! Kevin! Wo kommt ihr denn her?«, rief ich begeistert und drückte mich in Omas Arme.

Oma deutete zum Eingang hinüber. »Na, woher wohl!«, rief sie. »Und guck mal, wer noch gekommen ist!«

Ich drehte mich um. In der Tür stand Papa und sah sich ratlos um. Ich machte mich rasch von Oma los und winkte ihm zu.

»Papa!«, rief ich. »Papa! Hier sind wir, Papa!«

Papa hob eine Hand und winkte zurück. Er schien einmal tief durchzuatmen, dann ging er los, direkt auf mich zu.

11

Am nächsten Morgen lief ich zum letzten Mal zur Schmiede hinüber. Ich hatte den neuen rosa Pullover von Mama an, den Oma mir herausgelegt hatte, und meine dicke Winterjacke. An der Straßenecke hielt ich kurz an und machte meinen Reißverschluss zu, aber trotzdem war mir noch kalt. Wie schnell die Zeit vergangen war – als ich Tilla und Lumpi zum ersten Mal gesehen hatte, war der Sommer gerade erst vorbei gewesen. Und jetzt war schon Winter.

Ein Auto kam oben vom Berg heruntergesaust und brauste an mir vorbei. Ich sah ihm nach, und mein Blick fiel auf das Riesenloch in unserem Holzzaun und die Splitter in unserem Vorgarten. Ich schauderte. Das war jetzt doppelt so groß wie vorher. Wahrscheinlich würde es nie repariert werden, aber vielleicht war das ja auch gar nicht so übel. Konnte ja sein, dass es irgendwem eine Warnung war, der da von oben runterraste, wer wusste das schon?

Ich trat an den Straßenrand und sah nach rechts und links. Die Straße war frei, und einen Moment hatte ich Lust, einfach rüberzurennen. Aber dann lief ich doch lieber am Zaun entlang runter zum Zebrastreifen.

Vor Bresans Haus bog ich links in den Schleichweg ein und ging langsamer, als der Gitterzaun in Sicht kam. Dingo hatte auf dem Boden gelegen, aber jetzt sprang er auf und spitzte die Ohren.

Ich konnte genau sehen, dass er eigentlich bellen wollte. Aber dann überlegte er es sich anders und beobachtete mich aufmerksam, während ich näher kam.

»Hallo, Dingo«, flüsterte ich, blieb stehen und streckte eine Hand aus, aber ganz bis ans Gitter traute ich mich immer noch nicht.

Dingo schnüffelte an meiner Hand, und ich stand einen Augenblick lang ganz still da, bevor ich weiterging.

Tillas blaues kleines Auto und Klaus' weißer Lieferwagen parkten in der Einfahrt zur Schmiede. Beide Autos waren mit Kisten und Kartons bis oben hin voll gepackt, und die Tür zur Schmiede stand weit offen. Ich blieb an der Vortreppe stehen und blickte an der Fassade empor. Der Himmel über der Schmiede war grau und trübe und es sah nach Schnee aus. Morgen war Heiligabend. Ob es wohl weiße Weihnachten geben würde diesmal?

Plötzlich spürte ich etwas Kaltes an meiner Hand, und dann bemerkte ich Lumpi, der mich mit seiner nassen Hundenase angestupst hatte.

»He, Lumpi!« Ich bückte mich und kraulte ihn hinter den Ohren, und Lumpi gähnte zufrieden.

Tilla tauchte in der offenen Tür auf. Sie hatte eine Jeans an und einen dicken Wollpullover unter ihrer Daunenjacke, und auf dem Kopf trug sie eine Mütze. Als ich sah, wie dick sie eingepackt war, begriff ich auf einmal so richtig, dass sie wirklich abfahren würde. Sie und Lumpi und Klaus und Mattis. So ein Mist aber auch!

»Da bist du ja!« Tilla legte mir den Arm um die Schultern und zog mich ins Haus. »Wir fahren gleich los. Wir haben nur noch auf dich gewartet!«

Mattis und Klaus saßen im Atelier auf der Fensterbank und unterhielten sich. Auch sie hatten bereits ihre Jacken an. Als Tilla und ich reinkamen, standen sie auf.

»Hi, Kaya«, sagte Mattis traurig. »Jetzt ist es so weit!«

»Ja«, sagte ich. »Leider!« Ich blickte mich um. Der Raum, in dem ich in den letzten drei Monaten so viele schöne Stunden verbrachte hatte, war jetzt leer. Die Staffeleien, Papierhaufen und Eimer waren fort, nicht ein einziger Karton war übrig geblieben. Nur mein Lieblingsbild hing noch an der Wand.

»Tja«, sagte Mattis, der meinem Blick gefolgt war. »Was machen wir damit? Sollen wir's dir rasch rübertragen?«

»Oder soll es erst mal hängen bleiben?«, fragte Tilla. »Als Begrüßung für die Neuen?«

Ich drehe mich verwirrt zu ihr um. »Welche Neuen?«

»Na, die neuen Künstler! Anfang Januar kommen doch wieder drei neue Stipendiaten!«, sagte Tilla. »Wusstest du das nicht?«

Ich schüttelte den Kopf. »Nee«, sagte ich. »Nee, das wusste ich nicht.« Meine Gedanken überschlugen sich. Drei neue Künstler? Das war ja eine Überraschung!

»Bestimmt wirst du dich mit den Neuen auch gut verstehen«, sagte Mattis. »Da könnte ich sogar drauf wetten!«

»Wie wäre es, wenn du ihnen den Schlüssel überreichst?« Klaus hob die Hand und klingelte mit dem Schlüssel. »Wir sollten ihn eigentlich in den Briefkasten werfen, aber ich denke, bei dir ist er besser aufgehoben, nicht wahr?«

Ich starrte ihn ungläubig an, und dann nickte ich langsam. »Na klar«, sagte ich. »Klar mache ich das!«

Alle drei lächelten breit.

»Und das Bild«, fügte ich eifrig hinzu, »das kann ruhig hängen bleiben, erst mal. Ich kann ja ab und zu herkommen und es ansehen, oder?«

»Natürlich kannst du das«, sagte Tilla. »Du kannst auch hier malen, bis die anderen kommen, wenn du willst!« Sie ging zur Fensterbank und kam mit einem Päckchen wieder zurück. »Für dich!«, sagte sie und hielt es mir hin.

»Für mich?« Überrumpelt nahm ich das Päckchen in die Hand. Es war in farbbekleckststen Stoff eingeschlagen, und als ich es vorsichtig auswickelte, kam Tillas alter Malkasten zum Vorschein. Darauf lag ein Haufen brandneuer Pinsel.

»Für mich, echt?«, fragte ich ungläubig. »Das ist ja toll! Danke!«

»Und hier ist noch was für dich!« Klaus tippte auf einen ziemlich großen Karton, der neben ihm an der Fensterbank lehnte. Als ich die Verpackung öffnete, lugte ein Stück Holz heraus. Ich wusste sofort, was es war.

»Eine Staffelei!«, rief ich. »Aber …«

»Genau für deine Größe!«, sagte Klaus stolz und zog die Staffelei ganz aus der Verpackung heraus. »Die ist zum Zusammenklappen, guck mal! So einfach geht das!« Er zeigte mir mit ein paar raschen Handgriffen, wie ich die Staffelei aufstellen konnte, und ich machte es nach, obwohl das gar nicht so einfach war mit meinem Gips. Der war übrigens mittlerweile knallbunt, denn auf der Abschlussausstellung hatten sich noch fast alle, die ich kannte, darauf verewigt.

»Siehst du, klappt doch!«, sagte Mattis lächelnd. »Damit du auch wirklich weitermalst, wenn wir weg sind!«

»Na, sowieso!«, rief ich begeistert. »Aber jetzt natürlich erst recht!«

»Und das Beste ist«, sagte Klaus, »das Ding wächst mit dir mit. Du kannst die Höhe der Staffelei immer wieder verstellen, sie reicht bis zwei Meter Höhe. Aber so groß wirst du ja hoffentlich nicht!«

»Wer weiß! Vielleicht doch!«, sagte ich fröhlich, und wir lachten alle vier.

»Im Malkasten ist ein Zettel mit unseren Adressen«, erklärte Tilla. »Und ich schreib dir auch mal – du liest jetzt doch ganz gerne, nicht wahr?« Sie zwinkerte mir verschmitzt zu, und ich zog die Nase kraus.

»Na ja«, sagte ich. »Geht so. Malen mach ich schon lieber.«

»Okay«, Klaus sah auf seine Armbanduhr. »Wir müssen los. Sollen wir dir die Sachen rasch noch rüberbringen?«

Ich schüttelte heftig den Kopf. »Nein! Die lass ich hier! Ich komm immer mal her und seh sie mir an.« Ich legte meine Geschenke vorsichtig ab, und wir gingen zusammen hinaus.

Draußen schloss Klaus die Tür hinter uns ab und drückte mir den Schlüssel in die Hand. »Aber gut drauf aufpassen, ja?«, sagte er und klopfte mir kurz auf die Backe. Dann schwang er sich in den Lieferwagen.

Mattis umarmte mich. »Denk mal an uns«, sagte er und stieg in Tillas Auto. »Komm, Lumpi!«

»Warte!«, rief ich und streichelte Lumpi ausgiebig hinter den Ohren. Lumpi leckte mir mit seiner nassen Zunge über die Hand, dann sprang er in den Wagen.

»Wiedersehen, Kaya«, sagte Tilla. »Pass gut auf dich auf!«

»Mach ich«, sagte ich, und meine Stimme klang auf einmal ziemlich belegt. Kein Wunder, mir war ganz schön zum Heulen zu Mute.

»Das war schön mit dir, Kaya«, sagte Tilla. »Und wir sehen uns garantiert wieder! Hier oder in Berlin oder sonst wo!«

Ich nickte stumm, und Tilla umarmte mich fest. Dann stieg sie ebenfalls ein und schlug die Fahrertür hinter sich zu.

Ich steckte den Schlüssel in meine Jackentasche und atmete tief durch. Mein schlimmes Auge juckte plötzlich ganz heftig, und ich wischte ein paarmal darüber. Das Jucken hörte auf, aber jetzt hatte ich einen Kloß im Hals. Unglücklich sah ich zu, wie die beiden Wagen wendeten und dann langsam die

Einfahrt hinunterfuhren. Unten an der Dorfstraße kurbelte Tilla noch einmal ihr Fenster hinunter.

»Grüß Dingo von mir!«, rief sie und winkte mir zu. Dann fuhren sie los, erst Klaus und dann Tilla und Mattis. Lumpi drückte aufgeregt seine Schnauze gegen die Heckscheibe, und Tilla, Mattis und Klaus winkten wie wild aus den Fenstern. Und schon waren sie um die Ecke verschwunden. Kurz darauf verklang das Motorengeräusch, und alles war still.

Ich drehte mich um. Dort, hinter den dicken Mauern der Schmiede, hing mein Lieblingsbild an der Wand, und auf dem Fußboden lagen meine tollen Geschenke. Gleich morgen würde ich herkommen und malen.

Bald schon kamen die neuen Künstler, und dann waren da ja noch Dingo und der Beratungstermin in Hannover …

Plötzlich war ich gar nicht mehr ganz so traurig. Eigentlich war das echt spannend, das alles. Tilla, Lumpi, Mattis und Klaus waren nun fort, aber dafür warteten lauter neue Dinge auf mich. So langweilig und blöde wie früher konnte es dann ja gar nicht mehr werden!

Ich schlang die Arme um meinen Oberkörper und sah zum Himmel auf. Eine Sekunde lang traute ich meinen Augen nicht. Aber dann begriff ich, dass sich dort oben tatsächlich etwas bewegte.

Schnee, das war Schnee! Es hatte angefangen zu schneien!

Ich schloss die Finger fest um den Schlüssel in meiner Jackentasche, und dann stand ich ganz still da und sah zu, wie die Schneeflocken umeinander flogen und tanzend zu mir hinunterschwebten. Langsam machte ich mein gesundes Auge zu, und die Schneeflocken über mir verschwammen zu silbrigen Punkten und Strichen, die sich flirrend und flimmernd bewegten.

»Lametta am Himmel«, flüsterte ich, und dann machte ich den Mund ganz weit auf und streckte die Zunge heraus. Ich musste nicht lange warten. Nur einen Augenblick später landete eine Schneeflocke auf meiner Zungenspitze, und noch einen Augenblick später war sie auch schon geschmolzen.